KB204040

잃어버린 시간

잃어버린 시간

—

초판 1쇄 2023년 11월 1일
지은이 이상문
펴낸이 김영재
펴낸곳 책만드는집

—

주소 서울 마포구 양화로3길 99, 4층 (04022)
전화 3142-1585·6
팩스 336-8908
전자우편 chaekjip@naver.com
출판등록 1994년 1월 13일 제10-927호

—

ISBN 978-89-7944-853-5 (03810)

만해축전 제20회 유심작품상 수상기념

이상문 소설

잃어버린 시간

책만드는집

「잃어버린 시간」을 찾아가다

사람이 진실되고 절실하게 살았다면, 그 생애를 도서관에 비유할 수 있습니다. '생애의 도서관'을 남겼다 합니다. 그가 산 시간이 세월이 세상에 유익했다는 뜻입니다. 종이의 힘으로 이를 증명할 수 있습니다.

형제의 도서관이 있습니다. 하나는 70여 년 전에 완성된 것인데 멀리 있는데다 고약한 사정까지 겹친 탓에 '잃어버린 시간'이 들어 있고, 하나는 이제 막 완성된 것인데 주위에서 소홀히 여겼기에 '잊고 산 시간'이 들어 있습니다.

일제에 빼앗긴 이 나라의 두만강 가까운 회령 땅에서 부모와 형제가 삽니다. 한지를 잘 만들어서 먹고 살아가는 집입니다. 형제는 어느 날 아버지의 뛰어난 한지 만드는 솜씨가 화근이 되어, 이웃나라 소비에트의 블라디보스토크로 나가 살게 됩니다. 이것이 형제의 시간이 한국 역사와 연관될 수밖에 없게 된 계기입니다.

해방에 이어 일어난 한국전쟁, 그리고 분단. 이 모두가 외세에 의해 이루어졌듯이 형제의 삶도 그렇게 엉망이 됩니다. 형은 스탈린의 갑작스런 명령으로 고려인 강제 이주열차를 타고 떠나서 중앙아시아 박토 위에 쓰레기처럼 버려집니다. 그 지역의 우리 독립지사들과 엮여서 그 열차에 태웠는지도 모릅니다.

동생은 징집되어 인민군으로 나갔다가 거제도 포로수용소에 갇히는 신세가 됐지만 반공포로로 풀려난 뒤에 남쪽에서 한지 제지장으로 삽니다.

놀라운 사실은 여기까지. 아니 그 뒤에도 끝까지 형제의 삶을 종이가 매개했다는 것입니다. 뒷날 손자는 할아버지의 한을 풀자고 멀리 우즈베키스탄에 있는 큰할아버지의 도서관을 찾아갔다가 뜻밖에도 그 땅의 현대사를 체감하게 되고 공감하게 되어 그곳 사람들과 함께할 생각까지 갖게 되는 데도 역시나였습니다.

불편한 현대사를 다시 뒤지고 뒤졌습니다. 지금이 어느 때인데……. 답답하게 보는 이들이 있다는 것을 알면서도 나는 어쩔 수 없었습니다. 바람직한 미래의 시간을 현재로 불러낼 수 있는 지혜를 과거의 시간에 현실을 더했을 때 비로소 짜낼 수 있었으니까요.

2023. 초겨울
이상문

|차례|

잃어버린 시간

연행

한 사내와 내가 서로 눈이 마주쳤다. 그는 맞은편에서 짐을 찾는 승객들의 뒤편에 서 있었다. 전광판 바로 곁이었다. 밤이며 실내인데도 연갈색의 알이 큰 선글라스를 꼈다. 그 때문에 검은 콧수염이 더욱 풍성해 보였다. 그것이 내 목덜미를 스치기라도 한 것처럼 오싹 움츠러들 정도였다. 40대 중반의 동양적인 얼굴, 정확하게는 슬라브계와 동양계의 특징이 섞인 혼혈인이었다. 그러고 보니 20분 전쯤 내게 잠깐 눈을 맞추고 지나간 그 사내였다.

그는 우리 일행이 입국장 문을 들어선 순간부터 모두들 짐을 찾기 위해 어기적어기적 돌아가는 컨베이어 벨트로 다가가

11

서 있는 동안, 나를 놓치지 않고 내내 지켜본 것이 분명했다. 누구일까? 무엇 때문일까? 나는 일어나는 의문들 속에 마음을 도사리면서, 자신도 모르게 지난 6일간의 여정을 뒤적였다. 참으로 낯설고 어설픈 일들과 마주한 날들이었다. 내가 과민해진 탓인가?

나는 일행 열한 명과 함께 이 나라의 동쪽 도시 타슈켄트에서 시작해 서쪽 도시 히바까지 관광했다. 그리고 히바의 우르겐지 공항에서 오후 9시 50분에 출발한 HY기 편으로 11시 20분에 타슈켄트 공항에 도착한 것이다. 이제는 짐으로 부친 여행 가방이 나오기를 기다리며 남은 일정을 헤아리고 있던 참이었다. 짐을 찾으면 일행과 함께 기다리고 있는 버스를 타고 곧장 시내로 들어가 호텔에서 잠을 잘 것이다. 내일 낮에 시내 관광을 마치고 나서, 오후 10시 20분발 인천행 OZ 국적기를 탈 예정이었다. 이때 큰 열패감이 나를 놓아주지 않고 함께 탈 것이었다. 그러면 고단했던 여정이 모두 끝난다.

손목시계를 들여다보았다. 오후 11시 42분이었다. 그동안 직장에서든 집에서든 걸어온 전화가 없었다. 직장에서야 휴가를 간 사람을 배려한 것이리라. 그러나 집에서 전화가 없었다는 데는 쉽게 넘어가지지가 않았다. 섭섭한 마음이 들기도 했다. 아마 나는 지난 며칠 동안 집에서 누구든 전화를 걸어오리라 여기고서, 내심으로 기다리면서 애를 태우고 있었던가 보았다.

내가 박 순경에게 집으로 보내는 편지를 부쳐달라 부탁한 것은 인천공항으로 나오는 승용차 안에서였다. 그 지난밤에 난생

처음 할아버지 앞으로 쓴 편지였다. 오래전부터 망설여오다가 이번 여행과 함께 결심한 일을 몇 차례씩 고쳐 써가면서 끝낸 것이었다. 애초에는 공항 우체국으로 가서 부치려고 했더랬다. 그런데 그가 선배의 해외여행을 축하해야 한다면서 기어이 차를 갖고 하숙을 찾아온 것이었다. 그는 내가 타고 떠난 비행기 안에 있는 시각에 편지를 잘 부쳤다는 '보고'를 카카오톡으로 보내왔었다. 그랬으니 4, 5일 전에는 집에 도착했을 터이고, 누구든 내용을 보았어야 했다. 할아버지 병세가 급격히 나빠졌다는 것인가. 그래서 아버지도 어머니도 경황이 없다는 것인가. 할아버지가 자리보전을 한 지는 2년이 지났다. 가끔 정신 줄을 놓기까지 한 것은 지난봄을 나면서부터였다. 생각이 여기에 미치자 나는 은근히 겁이 났다. 이번의 여름휴가도 집이 있는 용암천으로 갔어야 옳았더란 말인가. 작년까지는 그렇게 해왔었다. 결국은 이번 여행을 떠나지 말았어야 했다는 말이 되는데…….

하지만 내게는 오랫동안 준비해 온 일이 있었다. 할아버지의 큰 관심사 때문이었다. 어떻게든 먼저 처리해야 할 일이었다. 구태여 이곳에 내가 온 이유는 그것이 다였다. 그런데 결국은 열패감만 키운 꼴이었다.

짐을 찾은 일행이 저마다 보안검색대를 빠져나가고 있었다. 공교롭게도 내가 제일 뒤처졌다. 컨베이어 벨트는 토도독 토도독 소리를 내며 게으를망정 열심히 제 할 도리를 다하고 있었다. 벨트 위에 줄지어 오던 가방들이 금세 줄어든다 싶었는데,

이제는 한두 개씩 그것도 문득문득 나타났다. 일행이 함께 짐을 부쳤는데 왜 내 것만 아직인가……. 나는 짜증이 나고 불안했다. 보안검색대 밖으로 나가 있는 일행을 찾아보았다. 여행사 깃발이 눈에 들어왔다. 그것을 치켜든 가이드 막달레나가 벌써 일행을 인솔해 밖으로 이동하고 있었다. 왜인지 서두르는 것으로도 보였다. 가이드가 왜 저러지? 내가 아직도 짐을 찾지 못했다는 것을 모르다니……. 나 하나를 빼면 나머지 열한 명이 학교 동창생들로 이루어진 일행이었다. 그래서 가이드가 나에게 더욱 관심을 두어야 하는 것 아닌가. 우루겐지 공항에서도 무슨 일인지 한 시간 늦게 출발한 비행기였다. 나는 이래저래 짜증이 더했다. 가이드가 대합실에서도 인원 점검을 안 할 정도로 무책임할 것 같지는 않았다.

그때야 내 가방이 벨트를 타고 천연스럽게 내게 다가오는 것을 보았다. 손잡이에 녹색 끈을 매 놓은 대로였다. 서둘러 다가간 나는 가방을 꺼내서 손잡이를 잡아끌고 검색대로 가서 줄을 섰다. 차례가 됐을 때 직원은 내 얼굴만 한 차례 쓰윽 훑어보았을 뿐이었다.

나는 대합실 안을 급히 둘러보았다. 기다리고 있을 막달레나를 찾았다. 어디에 있는 것인지 보이지 않았다. 깃발도 눈에 들어오지 않았다. 물론 일행도 없었다. 어떻게 된 일인가? 벌써 불안감이 목덜미에서 스멀거리는 듯했다. 그때 누군가 내 오른쪽 팔에 제 팔을 슬쩍 끼웠다. 친숙한 사람이 그렇게 하듯 아주 자연스러웠다. 내 몸의 방어 본능을 전혀 자극하지 않을 정도였다. 나는 태권도를 5년 넘게 수련해 왔고, 더욱이 직업이 경찰관이었다. 무심코 옆을 돌아보았을 때 검은담비 꼬리 같은 콧수염이 눈앞으로 달려드는 느낌이었다. 짐 찾는 곳에서부터 나를 주시하던 바로 그였다. 나를 누군가로 잘못 안 모양이었다. 그때서야 나는 소리 없이 웃어 보이면서 조심스레 팔을 빼내려 했다. 경찰관의 몸에 밴 친절이었다. 그런데 콧수염의 단단한 근육이 내 팔을 힘주어 물고 늘어졌다. 나는 순간 자유로운 쪽으로 몸을 돌리면서 동시에 왼쪽 주먹으로 콧수염의 명치를 가격할 생각이었다.

"김태수 씨, 맞지요?"

콧수염이 내게 얼굴을 바짝 들이대면서 물었다. 그런데 뜻밖이었다. 서툴지만 한국어를 사용한 것이다. 나는 어리둥절해져서 그만 그 자리에 멈춰 섰다. 외국에서 한국어를 사용하는 사람을 만나면 반가움이 앞설 터였다. 그러나 이번에는 섬뜩한 기운이 느껴졌다. 콧수염은 이 나라 성인 남자들이 흔히 입고 다니는, 신앙을 상징하는 차반을 입거나 칼팍을 쓰지 않았다. 넥타이만 매지 않았을 뿐 말쑥한 감색 양복 차림이었다. 우리 민족일까? 우리 모습을 닮은 데가 없는 사람도 우리 민족인 경우가 많았던 것처럼 우리 모습을 닮았어도 우리 민족이 아닌 경우 또한 많았다. 그러나 콧수염이 어느 민족이든 지금 이 순간에 그것은 전혀 중요하지 않았다.

"나는 우즈베키스탄공화국 국가보위부에서 일합니다. 사람이 많은 곳이어서 신분증은 잠시 뒤에 제시하겠습니다. 나와 같이 가 주셔야겠습니다."

콧수염은 이미 내가 누군지 알고 있다는 듯 내 대답을 기다리지 않았다. 나는 정신이 번쩍 들었다. 두려움과 기대감이 들기도 했다. 어떻게 이런 기회가 찾아온단 말인가? 나는 그동안 이 나라의 공안기관이 내 여정에 개입한다는 의구심을 얼마간 갖긴 했었다. 또 공안기관 같은 권력기관이 나서야 큰할아버지의 행방을 찾을 수 있으리라는 생각을 했었다. 그러나 이 나라의 현실을 감안할 때 내 능력으로는 감히 그런 곳에 접근할 수 없었다. 설혹 이 나라 주재 한국대사관을 찾아간다 해도 일의 성격상 더는 어찌해 볼 도리가 없을 것이라고 지레 단념했었다.

"무슨 일입니까?"

"이 나라를 여행하면서 했던 김태수 씨의 특이 언행들에 대해서 해명을 듣고 싶습니다. 협조 부탁드리겠습니다."

콧수염은 짐짓 정중한 태도로 나를 대하고 있긴 했다. 그러나 마음에서 우러나온 태도는 아니었다. 어쩌면 거만하다고 할 수 있을 만큼 말투가 뻣뻣했다. 단지 훈련받은 직업인의 태도일 수도 있었다. 나는 평범한 여행자가 아니었다. 내가 큰할아버지를 찾고 있는 사람이란 사실을 콧수염이 이미 알고 있을지도 몰랐다. 그것을 알고 있다 해도, 아무래도 나를 연행하는 이유는 그것만이 아닌 것 같았다. 나는 머리를 이리저리 돌려서 막달레나 가이드와 일행을 찾아보려 했다. 끌려가더라도 그들이 알고 있어야 할 것 같아서였다. 헐렁해진 입국장에는 히잡을 쓴 여자 몇과 칼팍을 쓴 남자 몇이 팻말을 하나씩 들고 서서 저마다 아직도 안에서 나오지 않은 사람을 기다리고 있을 뿐이었다.

"걱정하지 마십시오. 가이드에게는 김태수 씨가 일행에서 잠시 이탈할 것이라는 사실을 이미 통보해 놓았습니다. 많은 시간이 걸리지 않을 것입니다. 동행에 협조해 주시겠습니까?"

"그러지요."

콧수염이 내 팔에 끼었던 제 팔을 빼냈다. 나는 콧수염을 따라 입국장 로비를 지나 공항청사 밖을 향해서 걸었다. 그동안 살펴본 자료들은 큰할아버지가 이 나라에 오지 않았다는 사실을 알려주고 있었다. 그 최종적인 확인을 위한 기회가 될까? 그러나 한편으로는 내게 유리한 생각만 하고 있다는 깨우침이 일었다. 콧수염이 '김태수 씨의 특이 언행들'이라고 덧붙인 말이 수상쩍었다. 만약 큰할아버지를 찾는 일과 무관한 일로 콧수염이 동행을 원한다면? 자신도 모르는 사이에 내가 심각한 일을 저질렀을까? 아직도 덜미에서 스멀거리는 불쾌감에 불안감이 한 꺼풀 더 얹히고 있었다. 기대감은 저만큼 밀려나 있었다.

여긴 한국이 아니다. 만일에 내가 여기서 소란을 피운다고 해도 이 상황을 벗어나긴 어려울 것이다. 이 나라의 국가보위부라면 마음먹기에 따라서 얼마든지 나를 완벽하게 장악하는 상황을 만들 것이다. 일단 협조하면서 내 순수한 뜻을 알린다면……? 그래서 나 또한 큰할아버지의 행방에 대해서 국가보위부의 협조를 받을 수 있을까?

청사 밖으로 나왔다. 산뜻한 밤바람이 팔과 얼굴을 휘감았다. 이글거리던 태양 아래서 40도 가까웠던 낮 동안의 무더위가 언제 그랬냐는 듯 싹 가셨다. 팔뚝에 물기가 살짝 배어나는 느낌이었다.

"저쪽으로 가십시다."

차가 빠져나올 때마다 차단봉이 올라가는 주차장 입구를 콧수염이 손을 들어 가리켰다. 그쪽에서 검은색 SUV 한 대가 전조등을 한 번 깜빡이고는 우리 앞으로 달려왔다. 운전기사가 청사 밖으로 나온 콧수염을 지켜보고 있었던가 보았다.

멈추라는 교통경찰의 수신호를 무시하고 SUV가 우리 앞에 끼익 소리를 내며 멈추었다. 이래도 되나 싶을 정도로 조심성이 없었다. 경찰이 기분 상했다는 듯 거만하게 다가왔다. 그러고 보니 SUV가 멈춘 곳이 주차 금지구역이었다. 그런데 교통경찰이 SUV에서 내리는 운전기사를 보고는 얼른 차렷 자세를 취하며 경례를 붙였다. 교통경찰의 놀란 표정이 가로등 불빛에 여실히 드러났다. 운전기사는 교통경찰을 본체만체하고 우리에게 차의 뒷문을 열어 주었다. 그러고는 내 여행 가방을 받아서 트렁크에 실었다.

콧수염은 운전석 뒷자리에 나와 나란히 앉았다. SUV가 출발했다. 교통경찰이 SUV 옆에 서서 다시 경례를 붙였다. 공항을 빠져나가 시내로 들어가는 도로로 진입했다. 그때에야 콧수염이 양복 안주머니에서 신분증을 꺼냈다.

"국가보위부 3국 소속의 차이코 마르크입니다. 협조해 주셔서 감사합니다."

나는 신분증을 훑어보았다.

"성이 차이코 씨입니까?"

성이 차이코라면 채 씨와 비슷하다는 생각이 언뜻 머리를 스쳤다. 첫인상이 동양계로 보인 데다 잘하는 편인 한국어 때문인지 몰랐다. 그러나 차에 타서 본 그는 강한 인상일 뿐, 이 나라 사람의 특징을 갖고 있었다. 풍성한 콧수염에 가려져서 잘못 보았던 것 같았다. 무엇보다 체구가 워낙 컸다. 그에게 무엇을 기대했던가. 작은 실망감 같은 것이 시급하게 입에 고였다.

"업무 무관한 질문 대답하지 않겠습니다."

고개를 돌려 일부러 마르크와 눈을 맞췄다. 선글라스를 끼어서 정확히 알 수는 없었지만, 마르크의 눈빛은 조금도 흔들리지 않는 듯했다. 원칙을 철저히 지키겠다고 다짐한 사람의 태도이면서, 하는 일에 확실한 자부심을 가진 사람의 태도였다.

여행 중에 내가 한 특이 언행들이 무엇일까? 이리저리 기억을 뒤지다가 더러 짚이는 것들 가운데서 국가보위부가 개입할 만큼의 특이한 것이 없었다. 이 나라에 도착하자마자 우리나라 외교부에서 보낸 휴대전화 문자 메시지가 떠올랐다.

해외 위급 상황 시 영사콜센터에 연락하여 필요한 안내를 받으십시오.

테러 가능성이 높으니 신변안전에 유의하시고, 특히 다중이 밀집한 장소의 방문 자제를 요망합니다.

국가보위부

나는 일단 마르크가 하는 짓을 보기로 했다. 특이 언행들이 어떤 것이며, 왜 문제가 되는지부터 알아야 할 터이었다.

SUV는 급히 속도를 붙여갔다. 활엽수로 보이는 가로수들이 줄지어 선 도로였다. 공항 청사를 나설 때 하늘에 상현달이 떠 있는 것을 보았던가. 밤이 어두웠다. 푸른 불빛 위에 붕 떠 있는 듯한 모스크의 돔과 그 곁을 우뚝 지키고 서서 사방으로 빛을 뿌리고 있는 미네트라가 멀리서 가까이서 딴 세상처럼 다가왔다가 사라지곤 했다. 이슬람 사원들이었다.

이제 도심인 듯싶었다. 어쩌다 질주하는 차가 한 대씩 눈에 띌 뿐이었다. 교통신호등은 벌써 잠들어 있었고, 당연히 버스나 승용차, 택시 같은 것들은 보이지 않았다. 그나마 길 양쪽에 줄지어 선 희미한 가로등 불빛조차 왜인지 금세 꺼져버릴 것만 같았다. 가로등 불빛이 겨우 미치는 곳에 5층쯤이거나 10층쯤의 건물들이 숨듯이 서 있는 것을 볼 수 있었다. 거기에 불빛이 보이는 창문은 하나도 없었다. 문득 떠오르는 말이 있었다. 통행금지 시간. 한국에도 해방 이후 37년간, 이런 시절이 있었다. 파출소 동료들과 차로 야간 순찰을 돌 때면, 가끔 신화처럼 전설처럼 그 시절 밤거리 이야기를 했었다. 서울 도심의 밤거리도 이렇게 어둠에 짓눌려 있었으리라. 이곳의 경찰 파출소들도 통행금지 시간에 걸린 사람들로 진풍경을 이루고 있는지 궁금했다.

SUV는 스며들 듯이 밤거리를 지났다. 속도를 줄이고 방향을 꺾더니 어느 건물의 앞마당으로 들어섰다. 차창 밖으로 얼핏 보이는 건물은 놀랍게도 아직 창마다 불빛이 환했다. 건물의 중앙계단 앞에 SUV가 섰다.

운전기사가 내려서 문을 열어 주었다. 차에서 내리면서 둘러보자 앞쪽 가까이에 비슷한 5층쯤의 건물이 하나 더 보였다.

나는 운전기사가 꺼내준 가방을 들고 마르크를 뒤따랐다. 계단을 올라 안으로 들어갔다. 카키색 제복을 입은 남자가 나타났다. 두 어깨 위에 금색 작은 별을 수놓은 계급장이 얹혀 있었다. 마르크가 그에게 신분증을 제시했다. 이어서 나를 가리키며 현지어로 뭐라고 말했다. 제복이 옆의 보안 검색대 쪽으로 우리를 데리고 갔다. 휴대용 금속 탐지기로 나와 마르크의 몸을 구석구석 검색했다. 가슴과 배와 엉덩이를 간지럼을 느낄 정도로, 아무렇지 않은 듯 만졌다. 여행 가방은 별도로 엑스레이 투시기에 통과시켰다.

로비 구석에 여러 대의 엘리베이터가 있었다. 그중 하나를 탔다. 안에는 층 표시가 없었다. 특정 층만 운행하는 전용 엘리베이터인가 보았다. 뭔가 대단한 비밀이 있어서 물샐틈없이 지키고 있다는 인식을 하게 하자는 것 같았다. 그래서 여기가 바로 이 나라 최고의 정보를 다루며 최고의 위험인물들을 취조하는 국가보위부라며 위압감을 조성하려 드는 것으로 여겨졌다. 한국도 이와 크게 다르지 않았다. 엘리베이터가 곧장 올라가다가 섰다. 엘리베이터에서 내리자 창밖으로 가까운 거리의 야경이 눈에 슬쩍 들어왔다. 4층쯤 될까 하는 생각이 들었다. 마르크가 비상등만 켜진 어둑한 복도를 따라갔다. 문 이마에 호실의 숫자도 없는 방의 출입문을 밀었다. 불빛이 훅 쏟아져 나왔다. 30제곱미터나 될까 말까? 한가운데에 4인용 식탁 크기의 탁자가 놓여 있었다. 안쪽과 바깥쪽에 마주 보는 의자가 하나씩 있었다. 벽에는 창문 하나가 세로로 나 있었다. 손수건두 개 크기로 작았다. 그나마도 검은색 커튼이 가리고 있었다. 바깥세상과 단절감을 주려는 것 같았다. 에어컨이 작동하는지 시원한 바람이 알 듯 모를 듯 피부를 스쳤다.

"앉으십시오."

나는 끌고 온 여행 가방을 출입문 옆의 벽에 기대 놓았다. 그러고는 마르크가 가리키는 중앙의 탁자 바깥쪽 의자에 앉았다. 안쪽 의자는 마르크가 이미 차지했다. 아주 오래전에나 보았던 등받이가 있는 나무 의자였다.

"저곳은 화장실입니다."

마르크가 손짓으로 오른쪽 벽에 난 문들을 가리켰다.

"그 옆이 휴게실입니다. 안에 침대, 냉장고 있습니다. 이 모든 것들 어느 때나 사용해도 됩니다."

설명을 좇아 나는 눈으로 화장실과 휴게실을 확인했다.

"커피 드시겠습니까?"

"네."

마르크가 휴게실로 들어가서 물병과 커피 캔을 하나씩 두 손에 나눠 들고 왔다. 그중 커피 캔을 내 앞에 놓았다.

마르크의 등 뒤 창문 위쪽 벽에 걸린 그림이 눈에 띄었다. 빈센트 반 고흐의 작품이었다. 고갱과 다투다가 제 손으로 왼쪽 귀를 잘라 버렸다는 〈귀를 자른 자화상〉. 작품 속의 반 고흐는 심한 추위를 견디려는 사람처럼 정수리부터 턱까지 털목도리를 감은 뒤 챙 없는 털모자를 눌러썼다. 반 고흐가 나를 보는 눈빛이 거슬렸다. 같잖게 방 안의 품격을 높이자는 것은 아닐 터…… . 나 같은 사람한테 심리적인 압박을 가하자는 것인가…… . 나는 커피 캔을 땄다. 한꺼번에 반쯤을 비웠다. 목이 타기도 했지만, 정신을 바짝 차리려는 것이었다. 한국에서 파출소 관할 지역을 야간에 순찰할 때가 떠올랐다.

마르크가 선글라스를 벗었다. 그러고는 탁자 위의 노트북을 앞으로 당겨 덮개를 열었다. 그의 날카로운 눈매가 드러나자 얼굴에 생기가 솟는 듯했다.

"지금 2019년 9월 18일 오전 1시 30분입니다. 지금부터 이 방에서 일어나는 모든 일은 녹화되고 있다는 사실 알려 드립니다. 먼저 인적 사항 확인하겠습니다. 국적 대한민국, 나이 28년 10개월, 입국 일자 2019년 9월 12일, 성별 남자, 이름 김태수…… , 맞지요?"

"네."

마르크는 통역을 두지 않은 채로 심문을 시작했다. 명사 뒤에 붙여 써야 할 조사들은 생략하고 존칭을 지나치게 사용하는 한국어였다. 그만큼 한국어 사용에 자신이 있는 것인지 다른 이유가 있는 것인지는 알 수 없었다.

카메라가 앞쪽 벽의 왼쪽 귀퉁이와 천장 가운데에 전등을 피해 설치되어 있었다.

"여권을 제시해 주십시오."

나는 점퍼 안주머니에서 여권을 꺼내 마르크에게 건넸다. 마르크가 그것을 펴들었다. 방금 자신이 말한 인적 사항을 하나하나 확인하며 노트북의 자판을 두드렸다.

"입국 목적 무엇입니까?"

문득 마르크가 내 신상을 어디까지 알고 있는지 궁금했다. 어쩌면 다 알고 있을지 몰랐다. 여행사를 통해 비자 발급 신청을 할 때, 나는 간략한 이력을 제출했다. 다만 경찰관 신분을 회사원으로 바꿨다. 아무리 휴가 중일지라도 해외여행이기 때문에 혹시라도 괜히 공안 조직의 관심을 키울 가능성이 컸기 때문이었다. 또 나는 이 나라에서 가급적 당당한 사람보다는 안쓰러운 사람으로 인식되기를 바랐다. 내 목적을 달성하는 데에는 그것이 유리했다.

"관광하러 왔지, 무엇 하러 왔겠어요? 그리고……."

나는 일부러 또박또박 말했다. 좀 퉁명스럽게 들렸을 것이다. 왜인지 그래야 할 것 같아서였다.

나는 상식적인 대답을 했다. 틀렸다고 할 수 없는 대답을 선택했다.

"당신은 나를 임의동행 형식으로 이곳에 데려왔습니다. 더구나 한밤중에 조사를 진행하고 있습니다. 한국대사관에서는 이사실을 알고 있습니까?"

덧붙여서 나는 자신이 외국인임을 상기시켰다. 앞으로 마르크가 무례한 짓을 저지를지 모른다는 생각이 고개를 들었기 때문이었다.

"한국대사관에 통보하지 않았습니다. 김태수 씨는 본인 뜻에 반해 이 자리에 오신 것 아닙니다. 따라서 현재까지 우리에게 그럴 의무 발생하지 않았습니다. 참고 말씀 드립니다. 우리가 김태수 씨에게 두고 있는 혐의점들에 대해 스스로 진실하고 성실한 태도로 진술해야 합니다. 그래야 그 혐의 깨끗이 벗을 수 있습니다. 그러면 꼭 대사관에 도움 요청 안 해도 됩니다. 그러나 본인 꼭 원하신다면 얼마든지 언제든지 연락하셔도 좋습니다. 김태수 씨 깊이 아십시오. 내일, 아니, 이제는 오늘 22시 20분, 그러니까 오후 10시 20분 OZ574편으로 자기 나라 돌아가는 비행기 예약하셨습니다. 이 시간에 맞춰 비행기 타시려면 어떻게 하십니까? 남은 시간 얼마 없으십니다. 이 밤 시간, 오늘 낮 시간만 있습니다. 이 점 알고 있으시겠지요?"

마르크는 앞에 있는 유선전화 수화기를 들었다가 내려놓았다.

그가 내게서 어떤 낌새 같은 것을 느낀 듯싶었다. 외부의 힘을 동원할 것 같은 낌새였다. 그래서 아예 그 싹을 자르려 든 것으로 보였다. 하지만 나는 그를 슬쩍 찔러놓고 반응을 본 것

뿐이었다. 나는 잘못이 없는 사람이었다. 죄를 만들어 덮어씌
우려 들지 않는 한 스스로 벗어날 자신감이 있었다. 다만 지금
좀 혼란스러울 뿐이었다.

"좋습니다. 당장 전화는 걸지 않겠습니다."

"만약이라는 가정 아래 하나 더 말씀드립니다. 김태수 씨가
거짓 진술로 저희를 기만하시고, 우리가 두고 있는 혐의에서
벗어나지 못하신다면 우리나라의 법에 의해서 처벌될 수 있습
니다. 물론 처벌은 구금을 포함합니다."

마르크가 나를 뚫어지게 바라보았다. 말보다는 눈빛이 더욱
강하게 나를 압박하려 들었다. 은근히 마음이 켕겼다. 원래 수
사관의 오해나 의도는 그 결과가 무서운 법이다.

"잠시 화장실 다녀온 뒤에 계속하십시다."

마르크가 고개를 끄덕였다. 나는 화장실로 갔다. 문을 활짝
열어 놓은 채로 오줌을 갈겼다. 이 상황을 어떻게 극복할까, 동
시에 어떻게 기회로 활용할 수 있을까…… 아무것도 머릿속에
짚이지 않았다. 나는 괜히 헛기침을 하면서 자리로 돌아올 수
밖에 없었다.

"김태수 씨는 역사학자, 인류문화학자 아니지 않습니까?"

"물론입니다. 다시 말씀드리지만, 나는 관광객입니다."

"잘 알고 있습니다. 분명히 관광객의 역할 수행했습니다. 그
런데 김태수 씨는 우리나라 도착 다음 날 숙소인 시티팰리스
호텔에서 08시에 일행으로부터 이탈하여 약 11시간 동안 개별
행동 했습니다. 한국에서 여행 계획 짜는 단계에서부터 이곳

여행사에 따로 예약해 둔 가이드 있었지요?"

"네."

"그 가이드가 가져온 차량 이용해 우리나라에서 카자흐스탄으로 국경 넘어가 5시간 가까이 지나 돌아왔지요?"

"밀입국한 것은 아닙니다. 그 나라의 입국 승인을 받아서 다녀왔습니다."

"물론 그렇게 해야 국경 통과할 수 있습니다. 그 시간에 탈라스 전투 유적지 다녀왔지요?"

"네."

나는 또박또박 대답했다. 경찰관 입장의 경험으로 미루어보면 사실대로 진술하는 것이 오해에서 벗어나는 가장 빠른 방법이었다. 게다가 나는 아직껏 자신이 뜻하지 않게 공안기관인 국가보위부에 연행된 것이 기회가 될 수 있다고 생각하고 있었다. 나는 이 나라에서 큰할아버지의 행적을 찾아야 했다. 물론 앞서는 실패한 일이었다. 그러나 공안기관의 협조를 얻을 수만 있다면 한번 기대해 볼 만하지 않은가 했다.

"그 증거, 김태수 씨 여권에 다 남아 있습니다. 탈라스 전투 유적지에 전투를 치른 1천3백 년 전 흔적 아무것도 남아 있지 않습니다. 그래서 아무나 그곳에 가지 않습니다. 특별한 목적 가진 아주 소수 사람만 찾아갑니다. 김태수 관광객이 거기 간 이유 말하세요. 더구나 김태수 씨는 미리 개인적으로 약속한 가이드와 동행했습니다. 아직 다 알 수 없지만 두 사람 목적 같습니다. 이래도 일반 관광객이다 하고 발뺌을 하시겠습니까?"

마르크의 눈빛에 다 아는 것을 묻는다는 냉소가 서려 있었다. 또한, 그 냉소에는 나에 대해 파악할 일이 적잖다는 고백이 담겨 있기도 했다.

"우리 집의 가업이 제지업입니다. 탈라스 전투는 동양에서 발명된 종이가 서양으로 전파된 계기입니다. 그래서 탈라스 전투 유적지에 갔습니다. 확실한 사실은 내가 원해서 가이드 겸 운전기사인 아르쳄이라는 청년과 같이 간 것이 아니라는 것입니다. 유능한 역사 유적지 가이드로 이 나라 여행 사이트에 추천돼 있었기 때문입니다. 따라서 당신의 말은 틀립니다. 아르쳄과 같은 목적을 가진 관계라는 말이 맞지 않다는 말입니다. 그날 난생처음 만난 사람과 도대체 무슨 목적을 같이한다는 말입니까?"

나는 조금 큰소리로 되물었다. 걱정이 기대를 누르며 한층 짙어졌다.

"두 사람이 차 타고 다니면서 나눈 이야기 다 들었습니다. 말씀드릴 수 없는 경로로 들어 어떻게 들었는지 말할 수 없습니다. 참으로 의미심장한 부분 많습니다. 김태수 씨는 엉뚱하게 13년 전 우리나라 불온 분자들이 일으킨 '안디잔 소요 사태' 들먹였습니다. 그 이유 말하세요. 외국인이 남의 나라 소요 사태 관심 갖고 내국인 충동질하는 목적이 어디 있는가 하는 것 때문입니다. 나는 이런 관점에서 두 사람 목적 같다고 주장하는 것입니다."

마르크는 나와 아르쳄이 탈라스 전투 유적지를 다녀오는 과정에서 주고받은 이야기를 다 들었다고 내놓고 말했다. 그 과정은 말할 수 없다고 했다. 차 안에서 블랙박스가 설치되어 있는 것을 본 것 같지는 않았다. 그렇다면 따로 녹음 장치가 되어 있었을까? 아르쳄이 알아서 고발이라도 했을까? 그러나 내가 보기에 아르쳄은 그런 사람이 아니었다. 더욱이 아르쳄이 스스로 안디잔 사태에 대해서 말했고, 나는 그 말의 아주 일부에 맞장구쳐 주었을 뿐이었다. 등에 찬바람이 스치고 지나갔다.

"마르크 씨."

나는 처음으로 존칭을 붙여 그의 이름을 불렀다. 객관적이면서 단호한 태도를 보이려는 것이었다. 뜻밖이어서인지 마르크가 자판을 두드리던 동작을 멈추고 나를 바라보았다. 갸름한 눈꼬리가 아래로 살짝 굽어드는 것 같았다.

"마르크 씨는 저의 일상적 관심에 지나지 않는 사소한 대화를 충동질로 비약시켰습니다. 왜 그러는지 도무지 이해가 되지 않습니다. 그래서 묻습니다. 만일에, 만일에 말입니다. 내게 내국인을 충동질할 목적이 있었다면, 마르크 씨는 그 이유가 어디에 있다고 생각하십니까?"

나는 참으로 어처구니없다는 표정을 지어 보였다. 마르크의 두 눈이 살포시 감겼다.

"나도 그것 알고 싶습니다. 하지만 그것을 나보다 김태수 씨가 말해야 합니다. 김태수 씨 그만한 이유 많이 갖고 있습니다. 이 나라에 개인적 원한 갖고 있다든지, 직업적 필요성 갖고 있다든지, 인권, 민주화 운동가 행세한다든지……."

나는 나도 모르게 쓴웃음을 머금었다. 마르크가 넘겨짚고 있었다.

"마르크 씨, 나는 당신이 내놓은 의문점들에 하나도 동의할 수 없습니다. 모두 아닙니다."

"좋습니다. 아니라는 것을 증명해 주시면 됩니다."

증명이 쉽겠느냐는 듯 마르크가 자신만만하게 대꾸했다.

"입국 셋째 날, 김태수 씨는 사마르칸트로 이동해서 일행과 함께 14시경에 그 도시의 중앙광장에 있었습니다. 그곳에 우뚝 앉아 계신 구르간 아미르 장군의 동상 앞에서 김태수 씨가 한 행동을 기억하십니까? 이 나라의 국부를 모독하는 데 가담했지요?"

나는 남은 커피를 다 들이켰다. 그러나 이 밤 시간에 이야기를 다 마치려면 수면을 취할 시간이 따로 있을 것 같지 않았다.

"국부를 모독했다고요?"

나는 아주 낯선 세계 속으로 빠져드는 기분이었다. 이 나라 사람들은 술탄 티무르를 구르간 아미르 장군이라고 호칭했다. 티무르는 전투에서 입은 부상으로 오른쪽 다리를 절단했다고 알려졌다. 따라서 티무르는 절름발이라는 뜻의 비칭이라 했다. 그런데 야욕을 가진 현재 이 나라의 최고 권력자가 앞장서서 국부로 떠받드는 인물이었다. 그래서 티무르의 아내가 한漢나라 후손이라는 점을 이용해 지어 붙인 구르간 아미르 즉, '지배자의 사위'라는 호칭을 사용했다. 이런 사실을 나는 이 나라에 온 뒤에야 알았다.

"맞습니다."

마르크는 대답을 망설이지 않았다.

"그곳에는 녹음 장치가 되어 있지 않았나 보군요, 마르크 씨. 호호호."

나는 낮고 짧게 코웃음을 쳤다. 마르크는 표정이 굳어졌다.

"그리고 그다음으로 찾아간 사마르칸트카키드 공장에서 김태수 씨 활약상 매우 눈부셨습니다. 당신 김태수가 아닌, 다른 김태수라는 이름이 새롭게 등장했습니다. 정확히는 당신이 찾고 있다는 큰할아버지 김태수 씨라고 말해야겠지요. 도대체 그분을 그토록 집요하게 찾는 이유 뭡니까? 나이로 보면 벌써 사망했을 확률 아주 높은 사람입니다. 살아 있다면 백 살이 넘었으니까요. 당신의 가족들만 큰할아버지 김태수 씨가 이곳으로 이주했다고 주장하고 있지 않습니까?"

나는 속으로, 이것 봐라! 했다. 마르크가 큰할아버지의 이야기를 알아서 꺼낸 것이었다. 내가 바라던 바였다. 여기서 일이 잘만 풀린다면, 큰할아버지 찾는 일에 다시 희망을 품을 수도 있었다. 사마르칸트카키드 공장에서 있었던 일을 마르크가 이미 알고 있었다니 얼마나 고마운 일인가. 어찌 알게 되었는지는 조금도 중요하지 않았다. 나는 마르크에게 바짝 다가들었다.

"마르크 씨! 정확히 말씀드리면 우리 할아버지 김경수 씨가 형님인 김태수 씨를 찾고 있는 것입니다. 아우가 오래전에 헤어진 하나뿐인 형님을 찾는 데 이유가 따로 있어야 합니까? 우리

할아버지는 형님이 이곳으로 오셨다고 철석같이 믿고 있습니다. 1937년 9월에 형님이 블라디보스토크에 살고 있었다는 것이 그 증거입니다."

나는 침착하게 말머리를 내놓았다.

"겉으로 그와 같은 이유 내세우지만, 속으로 다른 이유 감추고 있습니다. 우리는 확실한 이유가 있다고 봅니다. 전국에 동시다발적인 소요 일으켜 국가 전복 음모 가진 내국인들 충동질하고 지원하는 목적 있다고 판단합니다. 그래야 당신 행동 매우 합리적입니다. 우리 판단이 맞습니다!"

내가 전혀 모르는 사이에 나를 전혀 다른 사람으로 판단했다는 사실이 놀라웠다.

"뭘 어째요? 국가를 전복시켜요? 하하하. 정말 나를 그 정도의 대단한 사람으로 평가합니까? 지금 보니 마르크 씨가 참 안쓰럽습니다. 나 같은 사람이 이 나라 내국인들과 작당하여 음모를 꾸미고 실행할 정도로 이 나라의 안보가 허술합니까? 아니면 마르크 씨의 추리력이 겨우 그 정도입니까?"

크게 웃었지만, 이내 내 목소리는 차분히 가라앉았다. 마르크가 이런 시나리오를 펼쳤다면, 노리는 결과가 그만큼 크다는 뜻일 터였다. 일이 그런 쪽으로 번져 간다면, 결국 이곳 주재 대사관에 전화를 걸어 도움을 요청하는 일이 생길 수 있으리라. 그때도 마르크는 내게 전화를 걸 기회를 줄까?

"한국은 시민 소요에 의해 국가 최고지도자 몇 번씩 바뀐 역사 가진 나라입니다. 그런 역사 최근까지 이어져 왔습니다. 촛

불혁명이라 불리는 정치적 대변혁 일어난 것이 불과 1년 전입니다. 한국인이라면 그런 식의 혁명 우리나라에서 충동질할 가능성 무시할 수 없다고 봅니다."

"나는 한국인으로서 우리나라가 자유롭고 평등하고 부유한 사회가 될 수 있었으면 좋겠습니다. 그 때문에 한국 정치에는 약간의 관심을 가지고 있습니다. 그러나 이 나라의 정치에까지 관심을 가질 만큼 오지랖이 넓지는 않습니다. 또 무슨 국제적인 활동을 한 경험도 전혀 없고요. 마르크 씨는 정말로 내게 그럴 이유가 있다고 봅니까? 허허허."

"웃지 마십시오. 나는 지금 진지하게 공무를 수행하는 중입니다."

마르크의 무표정이 조금 흔들리는 듯했다. 나는 기가 막혀서 웃기는 했지만, 이내 마음을 움츠렸다. 마르크를 기분 나쁘게 해서 내게 이로울 것이 없다는 자각이 새삼 들었다.

"좋습니다. 김태수 씨의 말 사실로 믿고 싶습니다. 제발 내가 믿도록 도와주십시오."

손목시계의 시침이 1시를 넘어서고 있었다. 이곳에 도착한 지 어느덧 30여 분이 흘렀다. 나는 입을 가릴 생각도 안 하고 소리 내서 하품했다. 마르크도 어쩔 수 없는지 따라서 짧게 하품을 했다.

"내가 김태수 씨에게 할 말 더 있습니다. 그러나 여기서 그치겠습니다. 지금까지 우리가 김태수 씨에게 두고 있는 혐의 내용 알았기 바랍니다."

"마르크 씨! 할 말이 더 있으면 말해 보세요."

워낙 갑작스러운 그의 태도 변화에 나는 적이 당황스러웠다. 그 때문에 자신도 모르게 언성이 좀 높아졌다. 여기서 직접 신문을 끝내다니…… 속셈이 뭔가…… 그는 무표정한 얼굴로 내 얼굴을 마주한 채 입을 열었다.

"자신이 잘 아실 것입니다. 이제는 자술서에 진실하게 적어 주십시오."

마르크는 지금까지 자판을 두드려대던 노트북을 접었다.

"날이 밝으면 일행이 타슈켄트 시내 관광에 나서겠군요. 오늘 일정, 박물관, 사원, 신학교, 시장 등 찾아가는 것이지요? 이렇게 붙들어 놔서 미안합니다. 특히 박물관에 가면 새끼 양 4백여 마리 껍질로 만든 양피지에 기록한 세계에서 가장 오래된 코란을 보실 수 있습니다. 그런데 김태수 씨 자신이 주장한 대로 제지소 운영하는 가문 후예가 그것을 못 보게 되어 유감스럽습니다. 지금부터 오늘 17시까지 김태수 씨에게 시간 드리겠습니다. 지금부터 우리가 당신한테 두고 있는 혐의점들을 해명하는 자술서를 쓰십시오. 다 쓰고 시간 남는다면 자유롭게 활용하십시오. 한국대사관에 전화 걸어 도움 요청하는 일도 그 자유 속에 포함돼 있습니다. 하지만 다른 곳 전화 걸면 안 됩니다. 장소는 이 방 안으로 한정합니다. 김태수 씨가 일행과 함께 아무 일도 없었다는 듯 예약된 비행기 타고 22시 20분 타슈켄트 국제선 공항 출발할 수 있기를 나는 진심으로 바랍니다. 그 자술서 내용 진실하다면 아무 일 없었다는 듯 안전한

출국 보장합니다. 다시 한번 말씀드립니다. 김태수 씨의 적극적인 협조 필요합니다. 나는 김태수 씨가 처한 이 심각한 상황을 타개하기 위해 큰 지혜 발휘해 주시기 바랍니다. 그리고 김태수 씨의 휴대전화기 당분간 우리가 보관하고 있겠습니다. 내게 주십시오."

마르크는 왼손으로 수염을 쓰다듬었다. 나는 휴대전화기를 꺼내서 디밀었다. 휴대전화기를 받아 든 그가 다른 한 손으로 탁자 위의 선글라스를 집어 들었다. 한 차례 나를 훑어본 뒤에야 얼굴에 꼈다. 그러고는 자리에서 일어섰다.

"마르크 씨, 잠깐! 물을 말이 있어요."

나는 마르크가 그대로 나간다면 쫓아가서 붙들기라도 할 기세로 자리에서 엉덩이를 뗐다. 마르크가 돌아보았다. 선글라스가 불빛에 반사되어 그 속에 숨은 두 눈이 나를 쏘아보는 듯했다.

"말씀해 보십시오."

"지난 14일 오후 5시 20분부터 6시까지 나는 사마르칸트카키드 공장에서 소장인 자리프 씨를 만나고 있었습니다. 그때 자리프 소장에게 전화를 걸어 이것저것 지시한 사람이 마르크 씨인가요?"

"그런 질문은 내 직무상 대답할 수 없습니다. 그렇다거나 그렇지 않다고 추측하는 것 김태수 씨 자유입니다."

마르크가 얼굴에 일순간 번진 어색한 웃음기를 거뒀다.

"나는 이 나라에 들어와서 이 나라 법에 저촉된 행동을 한 적이 단 한 차례도 없습니다. 아까 마르크 씨가 말한 대로 지금은 죽었을지도 모르는 나와 동명이인인 큰할아버지의 행적을 찾으려고 노력했을 뿐입니다. 동생 소식을 기다리면서 죽지도 못하는 아흔아홉 살 된 병든 노인을 위해서란 말입니다. 그게 잘못이냐고요? 그게 이 나라 법에 저촉되느냐고요……."

나는 흥분하여 소리를 높였다.

"분명한 말씀 드립니다. 우리 그런 문제 전혀 관심 없습니다."

마르크는 얼마간 화를 끓이는 목소리로 선언하듯 말했다. 내가 하는 양이 답답하다는 투였다. 마르크가 노트북을 들고서 돌아섰다. 나는 이 기회를 놓치고 싶지 않았다. 이왕에 꺼낸 말이었다.

"우리 큰할아버지의 행적에 대해서 알아봐 주실 수 있나요? 혹시 국가보위부에서 알고 있는 것은 없나요?"

마르크는 대답하지 않았다. 내 질문만이 공허하게 마르크의 등 뒤에 머물렀다. 출입문이 여닫히고 마르크가 사라졌다. 다시 자리에 앉자 귀를 싸맨 반 고흐의 자화상이 다시 눈에 들어왔다. 한없이 처량한 눈빛이었다. '오죽했으면 내 손으로 내 귀를 잘라버렸겠는가' 하는 것 같았다. 나는 주먹으로 탁자를 내리쳤다. 어디서부터 일이 잘못되었을까?

나는 하도 답답해서 벌떡 일어나 하나밖에 없는 창문께로 갔다. 그 방에 들어섰을 때 먼저 눈에 들어온 검정 커튼이 쳐진 작은 창문이었다. 밖에다 대고 소리라도 칠 생각이었다. 그런데 커튼 자락을 잡고 옆으로 밀었을 때, 나는 그만 허물어지듯 주저앉고 말았다. 그곳에는 창문이 없었다. 흔적도 없었다. 그냥 멀쩡한 벽이었다. 속임수였다. 절망감이 내 가슴을 짓눌렀다. 치밀히 계산된 장치였다. 천장과 한 구석에서 계속 나를 지켜보고 있는 카메라들에게 내 속마음을 그대로 읽힌 셈이었다. 저 너머에서 몹시 흡족해하고 있을 사람들의 얼굴이 떠올랐다. 망신도 이런 개망신이 없었다.

노크 소리가 들렸다. 놀란 나는 벌떡 자리에서 일어났다. 대답도 하기 전에 문이 열렸다. 노크는 그저 들어간다는 사실을 알리는 신호에 지나지 않았다. 녹색 히잡을 쓰고 앞치마를 두른 중년 여성이 카트를 밀고 들어왔다. 카트에는 간단한 음식이 담겨 있었다. 여성은 숙련된 손놀림으로 카트 위의 접시들을 탁자 위에 내려놓았다. 빵과 잼, 몇 가지 과일, 커피 따위였다. 가볍게 눈이 마주쳤지만, 오래된 습관처럼 여성은 무심한 표정을 바꾸지 않았다. 카트의 하단에는 노트북과 무릎담요가 놓여 있었다. 그것들을 내 앞에 가지런히 놓았다. 여성이 하는 것을 보고 서 있던 나는 그때서야 자리로 돌아갔다. 나는 과일 접시에서 망고 한 조각을 집어서 입에 넣고 숫자를 세면서 천천히 씹었다.

문득 가이드 막달레나가 생각났다. 막달레나는 히잡을 쓰고 다니지 않았다. 이 나라에서 종교생활이 아니라면 히잡 착용은 자유의사에 맡겨진 것 같았다. 막달레나가 나를 걱정하고 있을까? 일행 또한 내가 없어진 것을 의아하게 생각할까? 조심성이 강한 막달레나라면 내 사정을 일행에게 전하지 않을 것 같았다.

할아버지와 큰할아버지

그날 나는 경기도 북녘의 서울시립승화원에서 업무를 마치고 돌아오는 중이었다. 우리 파출소 관할에 있는 공공 임대아파트에서 신고가 들어왔다. 옆집에서 악취가 심하게 풍긴다고 했다. 관할 소방서에 연락하여 출입문을 강제로 땄다. 악취는 숨쉬기가 힘들 정도로 진동했다. 방안의 이불 속에 노인이 누워 있었다. 이불을 걷어 내자 온몸에 구더기가 덮여 있었다. 놀라서 뒤로 나자빠질 뻔했다. 주검의 주인은 67세 되는 탈북 독거노인. 죽은 지 15일이 지난 상태였다. 나는 부검에 참여한 뒤 화장해서 승화원에 안장하는 과정까지 살폈다.

그날 나는 팀장의 어중된 지시를 군소리 없이 따랐다. 물론 우리 관할 지역에 사는 탈북자들의 보호 업무는 내 담당이었다. 그러나 무연고자의 주검을 처리하는 일은 구청 업무였다. 구청 담당자와 한 차례 전화 통화만 하면, 구태여 내가 나서지 않아도 될 일이었다. 그럼에도 나는 화장이 끝날 때까지 지켰다. 그리고 구청의 업무를 대행하는 자활센터 사람들과 함께 근처 국밥집에 들러 소주까지 마셨다. 타향에서 살다 간 기구한 주검이 큰할아버지를 떠올리게 한 까닭이었을까? 몹시 심란했다. 문득 미뤄 놓은 여름휴가나 가야겠다는 생각을 그때 한 것이다.

국밥집에서 나와 몇 걸음을 뗐다. 그때 나를 기다리고 있었다는 듯 전단 한 장이 팔랑거리며 바로 발밑에 떨어졌다. 어디엔가 있던 것이 공교롭게도 내 발치로 날아든 것이었다.

결심하세요. 그 순간에 미뤄 둔 숙제의 절반을 이루게 됩니다.

여행사 광고였다. 나는 잠시 카피의 의미를 곱씹었다. 그래. 미뤄 둔 숙제를 풀자. 나는 휴대전화기를 꺼냈다. 파출소로 돌아가는 사이에 마음이 변할까 봐 걱정되었다. 가까운 여행사를 검색했다. 눈앞에 보이는 네거리 건너편에 있는 여행사 대리점 하나가 떴다. 그리로 걸음을 돌렸다. 횡단보도를 건넜다. 파라솔을 펼친 것 같은 남국의 야자수 이파리가 늘어진 백사장에서 비키니를 입고 머리에 물을 뒤집어쓴 미녀들의 사진으로 치장한 대리점이 나타났다. 출입문을 밀고 안으로 들어갔다.

젊은 여직원이 동남아시아와 북유럽의 팸플릿을 디밀었다. 나는 주저하지 않고 머리를 저었다.

"중앙아시아 상품은 없나요?"

"전문 여행가이신가요? 아니면 이슬람교를 전공하는 학자?"

휴가를 떠나는 사람들이 즐겨 선택하지 않는 여행지라서 의아했던가 보았다. 나는 그녀의 관심이 즐거웠다. 은근히 어떻게 알았느냐는 투의 미소를 지었다. 그리고 내가 원하는 몇 마디의 질문을 하고 답을 들었다. 딱 맞지는 않지만, 이만하면 됐다 하는 상품이 있었다. 얼른 신용카드로 계약금을 치렀다. 타슈켄트, 사마르칸트, 누르타, 아이다르, 부하라, 히바……. 여직원이 건넨 여행안내 팸플릿에 나와 있는 도시 이름들이었다. 그 가운데서 나는 사마르칸트 제지소와 탈라스 전투 현장을 떠올렸다. 이미 그곳에 당도한 것처럼 여정을 머릿속에 새기며 대리점을 나왔다.

751년 당나라와 유목민 연합군은 탈라스 전투에서 무슬림과 튀르크 연합군에게 무참히 패했다. 그때 당나라 군대의 장수는 이때껏 패배를 모르는 위세를 떨쳐온 고구려 유민 출신 고선지였다. 장안에서 시작해 비단길을 따라 줄기차게 뻗어오던 당나라의 서진은 그곳에서 끝났다. 전투에서 승리한 무슬림군은 한발 더 나아가 당나라군이 그곳에 전파한 불교를 뿌리까지 뽑아냈다. 대신 승자의 종교인 이슬람교를 심었다. 그리고 사로잡은 당나라군 속에서 뜻밖에 제지 기술자들을 찾아냈다. 사마르칸트에 제지소를 세워 종이를 생산하기 시작한 것이다. 그럼으로써 수제지의 생산기술이 그때까지 양피지나 파피루스를 사용하던 중동 아시아까지 전해졌다. 그리고 유럽으로 가는 다리를 놓게 되었다. 그 무렵까지 당나라는 제지술을 점령지에도 쉽게 공여하지 못하게 할 정도로 특별히 관리해 왔었다. 하지만 이제 군대의 서진이 막혔지만 제지술이 뜻하지 않게 살아나서 거침없이 서쪽으로 흘러갔다.

나는 콧노래를 부르며 가벼운 걸음으로 파출소로 향했다. 가슴을 메웠던 것이 시원하게 뚫리는 기분이었다. 왜 지금까지 이 생각을 못했을까?

지난봄을 나면서 할아버지는 건강이 부쩍 나빠졌다. 올해 아흔아홉 살.

"니 할아버지 저래 갖고는 오래 못 사신다."

내가 고향 집에 전화를 걸 때마다 어머니는 이 말을 마지막에 덧붙였다. 경찰관이 된 뒤부터 할아버지는 은근히 내게 한 가지 기대를 걸었다. 그러나 나는 그것을 알면서도 그 기대가 현실이 되도록 노력을 기울이지 않았다. 그 일을 생각할 때면 너무나 막연하고 아득해지기까지 해서였다. 한마디로 엄두가 나지 않았다. 그런데 술기운 때문이었던가. 탈북자의 불상한 주검 때문이었던가. 귓바퀴에 걸린 어머니의 걱정스러운 말 때문이었는가. 더는 늦출 수 없다는, 그랬다가는 끝내 큰 낭패를 보고 말 것이라는 생각 때문이었을까. 어떻든 나는 그렇게 이번 여행을 결정한 것이다. 그러나 나는 여행을 집에 알리고 싶지는 않았다. 가족들이 내게 기대감을 갖는 것이 싫었다.

큰할아버지 김태수의 행적을 찾는 데 도움이 될 만한 단서라고는 단 두 가지뿐이었다. 큰할아버지가 제지 기술자였으며, 1937년 9월, 블라디보스토크에서 출발하는 열차의 화물칸에 귀찮은 짐짝처럼 실려 가서 한겨울에 중앙아시아 어딘가에 강제로 버려지듯이 이주당하였다는 사실이었다. 고려인 강제이주에 관한 이야기는 널리 알려져 있었다. 더 자세한 내용을 알기 위해 나는 여기저기에 산재한 자료들을 찾았다. 그러나 아는 내용에 특별히 더 중요한 내용은 보태지지 않았다. 너무 오랜 세월이 흘렀고, 나올 만한 자료들은 다 나왔기 때문이었다. 파출소장의 경찰대학 동기생을 통해 본청의 외사국에도 알아본 적이 있었다. 거기서는 그 나라들의 고려인협회에 직접 알아보는 것이 더 빠르겠다고 조언했다. 그 조언에 따라 궁리를 하던 차에 외사국에서 전화가 왔다. "요즘 세상에 무슨 일을 그렇게 배경을 동원해서 하시려 듭니까?"

전화를 건 이는 비난부터 내뱉었다. 그러나 이내 큰할아버지에 대한 이런저런 당시 정황들을 캐물었다.

"막연하시겠지만, 제가 아는 건 방금 말씀드린 딱 두 가지뿐입니다. 큰할아버지의 동생이신 우리 할아버지가 아직도 애타게 찾고 싶어 하신다는 점을 꼭 좀 감안해 주시면 감사하겠습니다."

얼마 지나지 않았다. 놀랍게도 외교부 민원실에서 상세한 자료들을 우편으로 보내왔다. 그것은 소비에트연방의 내무인민부 의장 예로프가 서명한 1937년 고려인 강제이주에 관한 서류들이었다. 이주자 명단도 있었다. 그러나 그 명단이 나를 크게 당황하게 하더니, 바로 그만큼 크게 실망시켰다. 큰할아버지의 이름이 블라디보스토크역에서 떠난 사람 명단에는 분명히 들어 있었다. 하지만 정작 중앙아시아 도착자 명단에는 없었다.

나는 현지 주재 한국대사관을 통해 이주자들이 도착한 곳들을 조사했다. 소비에트연방국 정부가 명단을 작성할 때 착오로 빠뜨린 내용을 찾을 수 있지 않겠는가 하는 기대였다. 그러나 그 다섯 나라 즉 카자흐스탄, 우즈베키스탄, 타지키스탄, 키르기스스탄, 투르크메니스탄에 주재하는 한국대사관에서 온 자료 또한 외교부 민원실의 자료와 다르지 않았다. 도착 지점에서 작성된 정확한 명단은 어디에서도 찾을 수 없었다고 했다. 당시의 주변 환경이 워낙 열악하고 복잡한 관계로, 명단에서 빠뜨린 사람이 있을 가능성이 충분한 것으로 추정된다는 설명 또한 모두 다르지 않았다.

이제는 결과가 어찌 되었든 내가 내 힘으로 직접 그 막막한 단서들 속으로 들어가 볼 수밖에 다른 도리가 없었다.

인천공항 비행기 탑승 게이트 앞이었다. 그때야 나는 어머니에게 전화를 걸었다. 어머니는 제지소의 대외 일을 도맡아서 했다. 자재를 구입하는 일부터 관공서 일, 은행 일, 한지 판매일 따위를 모두 어머니가 했다. 하는 일이 그래서인지 이해심이 많고 합리적이었다. 나는 일이 있을 때면 어머니한테 이해를 구해왔다. 어머니는 집에서 유일하게 휴대전화기를 갖고 있기도 했다.

"어머니, 여기 인천공항이에요. 지금 해외 출장을 떠나는 길입니다. 딱 일주일 동안이에요."

지금 집의 형편으로는 9일 일정이 너무 긴 듯했다. 출발일과 도착일을 하루씩 뺐다.

"네가 그렇게 멀리 가면 우짤고? 할아버지 오래 못 사신다카이!"

"어머니 좋아하시는 색색 립스틱을 사 올게요."

나는 일부러 밝은 목소리를 냈다.

"미안타. 길 떠나는 자석한테……. 건강 조심하그래이."

어머니에게서 다른 말이 나올까 봐 나는 얼른 통화를 마쳤다. 그런데도 뭔가 께름칙한 기분이 가시지 않았다. 그저 마지못해 의무감으로 통화를 한 것 같아서인가 해졌다. 그때 내 휴대전화기의 벨이 울렸다. 전화기에서는 뜻밖에 아버지 목소리가 쏟아졌다.

"야, 이놈아야! 니 어머니한테 뭐락 했노? 무슨 해외 출장을 간다고? 니 정신이 있노, 없노? 할아버지가 오늘 낼 하는 판에……. 당장 경찰질 때려치우고 내려온나. 내 진즉에 내려오라 안 캤나? 한다 한다 캤더니 어쩨 인륜도 모르는 놈이 됐노? 니 할아버지 돌아가셔 버리면……."

아버지는 내가 끼어들 틈을 주지 않았다. 화를 내고 있었다. 그런데도 목소리는 높이지 않았다. 늘 할아버지 옆에서 살다 보니 그런 습관이 몸에 밴 것이다.

"놀러 가는 게 아니에요. 출장을 간다니까요. 다녀오면 바로 가서 뵐게요."

나는 일부러 목소리에 힘을 넣었다. 할아버지 때문에 떠나는 여행이라는 말은 꾹 눌러 놓았다. 할아버지한테 편지를 보냈다는 말도 꾹 눌러 놓았다. 아주 작은 기대조차 갖고 가지 못하는 길이었다. 그러나 제 발이 저려 놀러 가는 게 아니라고 말한 것이 또 걸렸다. 아버지의 혀 차는 소리를 들으면서 나는 급한 일이 있는 양 휴대전화기의 통화 마침 버튼을 눌렀다.

군에서 제대한 날, 나는 귀향하는 길에 서울의 노량진을 찾았다. 고시원에 방을 얻은 것이다. 그리고 학원으로 찾아가 경찰공무원 시험에 필요한 과목들을 수강 등록했다. 막상 집으로 가서 할아버지를 뵈었다가, 아버지가 붙잡기라도 하면 마음이 흔들릴까 우려되었다. 어머니는 내 그런 계획을 적극적으로 지지하지는 않았다. 그렇다고 말리지도 않았다. 근심을 담은 목소리였을망정 어쩔 수 없다는 듯 적잖은 모갯돈을 마련해 미리 보내 주었다.

집에서는 고작 하룻밤을 묵었다. 이튿날 서울로 향했다. 그런 식으로 가족들에게 내 결심을 내보였다. 뒤따르는 어머니와 함께 큰길로 나서는데, 시골 농가와 하등 다르지 않은 제지소의 입구 쪽에서 하얗게 김이 피어오르는 중이었다. 걸음을 멈추었다. 아버지가 증자를 하고 있었다. 증자는 한지 원료를 얻기 위해 닥나무 생줄기들을 수증기로 찌는 일이었다. 어제 수확한 생줄기들을 바닥이 시루같이 구멍 뚫린 둥근 스테인리스 찜통 속에 가득 넣은 뒤 가마솥 위에 올려놓고 나서, 아궁이에 장작불을 지폈다. 한번 시작하면 두어 시간 걸렸다. 식히는 데에는 한나절이 걸렸다. 할아버지도 성하지 못한 몸으로 지금 물질을 하고 있을 것이었다. 그러니까 그 두 분이 밖을 내다보지 않는 것은 어제 있었던 일로 내게 마뜩잖은 마음이 생겼기 때문만은 아니었다. 나는 그렇게 생각했다.

전날 저녁, 네 식구가 식사 자리에 다 모였다. 일에 따라서 각자 식사 시간이 다른 날이 많았다. 이번에는 제대해서 돌아왔다고 손수 닭을 잡기까지 해서 상을 차려냈다.

"내일 바로, 서울로 올라가겠습니다."

내가 벼르던 말을 먼저 꺼냈다. 아버지는 내게 앞으로 해야 할 일들을 설명할 양이었던지 목을 큼큼거렸다. 식구들 모두 수저질을 멈추고 나를 빤히 쳐다보았다.

"경찰공무원 시험을 보려고 해요. 밖에서 다른 방법으로 사는 길을 찾아야겠어요."

나는 기어드는 목소리를 추스르며 덧붙였다. 내 말속에는 한 사람은 북쪽 출신인 데다 인민군 포로였다는 이유로, 또 한 사람은 바로 그의 아들이라는 이유로 받은 고통과 서러움을 덜어 보겠다는 소망이 담겨 있었다. 더구나 전근대적인 삶에서 탈피하겠다는 소망 또한 담겨 있었다. 이젠 그 소망에 죽자 사자 도전하겠다는 것이었다. 이번에 놓치면 다시는 기회가 오지 않을 것 같았다.

"제지소는?"

아버지가 말 같은 소리를 하라는 태도로 물었다. 일손을 잃고 가업의 대가 끊길 것을 우려하는 못마땅한 심사를 그대로 드러낸 말이었다. 그때 듣고만 있던 할아버지가 입을 열었다.

"경찰? 순사 말이노?"

"네."

나는 할아버지의 얼굴을 두려운 마음으로 바라보았다.

"내는 반대다."

아버지가 할아버지의 눈치를 보며 먼저 입을 열었다. 아버지가 이렇게 할아버지 앞에서 소신을 드러내는 일은 아주 드문 경우였다.

"땅무지 방식으로 증자하던 시절에 비하면 얼마나 좋아졌는데."

어머니는 조심스럽게 아버지의 말을 반박하고 나섰다. 아버지가 단지 잔뜩 기대하고 기다린 일손이 느닷없이 딴소리를 한 통에 그러는 것이라고 본 모양이었다.

"우리 제지소가 태수 니 덕에 땅무지 증자 방식을 버렸지 않나. 니 아버지 일이 그때 비하면 얼마나 편해졌는지 아나?"

어머니의 말은, 닥나무 줄기 묶음들을 흙구덩이에 묻어 놓고, 그 밑에 아궁이를 만들어 불을 때서 증자하던 때에 비해 일이 크게 줄어들었으니, 네가 꼭 제지소 일을 하지 않아도 문제가 없다는 뜻이었다. 또한 그렇게 된 것이 네 덕이라는 것이었다. 그 일이 있을 무렵에는 벌써 여러 제지소가 번거로운 그 전통 증자 방식을 버리고 군용 빈 드럼을 찜통으로 써서 간편하게 증자하고 있었다. 그런데도 할아버지는 그것을 거들떠보지도 않고 있었다.

"예로부터 백 년 비단이요, 천 년 종이라 했다. 종이에 철분이 배면 산화작용이 일어나 수명이 짧아지는 기라."

아버지가 경제성도 생각해야 한다면서 은근히 뜻을 내비쳤을 때도, 군용 드럼을 찜통으로 쓰는 사람들을 양심 없는 것들이라느니, 무식한 것들이라느니 하면서 할아버지는 귀를 닫아 버렸다. 그때 아버지한테, 산화작용과 상관이 없는 스테인리스

제 찜통을 만들어 보자는 의견을 아버지한테 낸 사람이 나였다. 그때야 비로소 할아버지의 마음을 바꿀 수 있었다.

"내가 분명히 말하는데 단지, 가업을 잇는 일이라고 한다면 태수 니한테 몸을 담으라고 할 마음이 조금도 없대이. 전통 한지의 맥을 잇는 일이야. 그러니까 고생이 되더라도 해 볼 가치가 있단 말이다. 미래가 없지 않기도 하고……."

어머니의 추측과 달리 아버지의 대답에는 고집이 담겨 있었다. 거기에 자긍심도 있었다. 하긴 아버지는 제지 일이라면 무엇이 되었든 그것에 희망을 걸고 매달려 왔을 것이다. 억지로 희망을 만들어서라도 고단한 삶을 지탱할 수밖에 없었을 것이다. 젊은 시절 자신 또한 제지 일에서 탈출하려고 애를 썼더랬다. 할아버지를 의식해서 할아버지의 목소리를 대변하는 것일까. 아니면 스스로 구차하게 만들어낸 희망이 어느덧 자긍심으로 변모했다는 것인가.

"제 미래는 저 스스로 개척하겠습니다."

나는 물러서지 않았다. 여기서 물러서면 영영 실패한 인생의 행로로 접어들어 다시는 돌아 나오지 못할 것 같았다. 나는 수저를 놓고 일어섰다. 철이 들고 나서부터는 식구들 누구 앞에서도 보이지 않은 행동이었다.

"이놈아 봐라! 이 버르장머리 좀 봐라……."

아버지가 눈에 힘을 주었다. 나는 문밖으로 나와 버렸다.

"아버지한테 그러면 안 된다."

어머니의 목소리가 이어서 들렸다.

"야야, 앉아라."

할아버지도 나섰다. 그러나 차분한 목소리였다. 나는 신발을 신다 말고 엉거주춤 멈추어 섰다.

"한지를 만드는 일이 이미 쇠락해 버린 게 사실이제. 시방은 만드는 사람들도 거의 없어. 대신에 희소성이 안 생겼나. 미래가 없지 않다고 한 니 아비 말에 일리가 있다. 암! 한지가 대접을 받을 날이 머지않아 올 거구만."

할아버지가 말을 멈추고는 큼큼, 목소리를 가다듬었다. 나는 할아버지가 곧 내게 어떻게든 족쇄를 채우리라는 예감이 들었다.

"요번에는 그리해도 좋다. 한번 태수 니 뜻대로 해보래이."

나는 자신의 귀를 의심했다. 분명히 할아버지가 한 말이었다. 나는 몸을 돌려 할아버지를 빤히 쳐다보았다. 확인하고 싶었다. 할아버지가 가만가만 머리를 끄덕이는 성싶었다.

"제지소 일은 우리 셋이 해도 된다 카이."

할아버지는 아버지와 어머니의 얼굴에 차례로 눈길을 주었다. 의아해하는 아버지의 눈빛과 웃음이 어린 어머니의 얼굴이 눈길에 들어왔다. 나는 방으로 달려들었다.

어머니의 눈길은 산자락을 따라 펼쳐진 닥나무밭에 닿아 있었다. 밭은 반쯤이 비어 있었다. 어제까지 줄기들을 수확한 자리였다. 그 너머 황촉규밭에서는 신경 써서 따냈는데도 여기저기 숨어 있던 샛노란 꽃들이 지는 중이었다. 어찌나 꽃송이가 소담스러운지 꽃송이 하나가 어른 얼굴을 다 가릴 정도였다. 장끼 우는 소리가 쩌렁쩌렁 골짜기를 울렸다. 닥나무밭에서 씨앗을 따먹던 멧비둘기들이 그르렁거리며 날아올랐다. 곧 능선을 넘어온 햇살이 퍼지면 자주색 닥나무 줄기들이 술렁술렁 물결칠 것이다.

"어머니, 미안해요."

나는 큰길을 향해 걸음을 옮기면서 말했다. 이런 의례적인 말밖에는 어머니를 위로할 말이 없다니. 어머니는 늘 혼자였다. 산골에서 할아버지와 아버지가 하는 일을 돕는 데에만 매달렸다. 어쩌면 세 사람 가운데 가장 바쁜 사람이었다. 그러다 보니 밭에서도, 제지소에서도 아버지와 아들은 늘 가까이 있었다. 내가 제지소에 있다면 어머니에게 말 상대라도 될 터였다.

"내는 조금도 염려 말그라. 그라고 서울에 가면 우짜든 세 끼는 꼭꼭 챙겨 먹어야 한대이. 알겠제? 전화 자주 하그라. 밭에 가든, 장에 가든, 은행에 가든 내 전화기 꼭 갖고 댕길 기다."

나는 군에서 첫 휴가를 받아 집으로 오는 길에 어머니의 휴대전화기를 사 왔다. 집에 같이 있는 두 사람은 휴대전화를 사 줄 생각조차 못 했을 것이다. 무엇이든 바깥 살림을 하는 어머니가 스스로 알아서 챙기리라고 여겼을 것이다. 한지 만드는 일밖에는 도통 관심이 없는 사람들이었다.

"네. 어머니도 내 걱정 마이소. 조금 지나면 어머니 서울 구경도 시켜드릴 깁니더."

나는 저절로 어머니 말을 따라 하고 있었다.

큰길로 나왔다. 마침 하북에서 출발한 버스가 오고 있었다. 나는 버스가 멈출 때야 잡고 있던 어머니의 손을 놓았다.

"잘 가그래이. 잘 가서 잘 지내그래이……."

내가 버스에 타자 어머니는 손을 높이 들고 흔들었다. 버스가 움직이자 나는 다시 제지소 쪽을 돌아보았다. 어느새 할아버지와 아버지가 문밖으로 나와 나란히 서서 이쪽을 바라보고 있었다.

대학 입학식이 있던 날이었다. 점심을 먹으면서 나는 어머니에게 어떤 인연으로 아버지와 결혼했는지 물었다.

그날은 어머니와 둘이 어머니가 손수 운전하는 1톤 트럭을 타고 대구에 있는 대학으로 갔다. 원래는 하루 동안 제지소 문을 닫고 네 식구가 같이 가기로 했다. 그러나 그 약속이 지켜지지 않았다.

"초조 고려대장경 천 년을 기념하는 해가 다가오는데, 대장경을 재인출할라고 하는데 알아볼라고 절에서 손님이 오신다카네요."

어머니가 막 옷을 갖춰 입고 거실로 들어선 할아버지와 아버지에게, 통화하던 무선전화기를 배에 붙인 채로 한 말이었다. 아버지는 대답할 것도 없다는 듯 안방 문을 열고 안으로 들어갔다. 다시 작업복으로 갈아입을 생각인 듯했다.

"야야, 가기로 했으니까 가자. 손님은 내일 오시라 캐라."

할아버지가 아버지를 불렀다. 그러나 아버지가 거실로 나왔을 때는, 내 생각대로 작업복을 입고 있었다.

"대장경 재인출에 참여하기가 하늘의 별 따기라 하데예. 그기 곧 우리나라 최고의 한지로 인정받느냐 못 받느냐 하는 것과 같은 기라요."

아버지는 제지소 쪽으로 나갈 기세였다. 할아버지도 어쩔 수 없다는 듯 당신이 기거하는 건넌방으로 들어갔다.

사실 손님이 온다면 만나서 일을 논의하고 제지소를 안내해야 할 사람은 어머니였다. 어찌 그 사정을 몰랐을까. 그러나 어머니는 아버지의 말을 귀 뒤로 들었다는 듯이 아들을 따라나섰다. 어딘지 믿는 구석이 있어 보였다.

사실 나는 속으로 좀 불편해하던 차에 잘됐다 싶었다. 내 대학 입학식이 뭐 그리 대단한 일이라고 가족 모두가 몰려가서 괜히 수선을 피우는 것 같아서였다. 산골에서 조용히 자랐기 때문인 것 같았다. 그래도 나는 제지소 일이 걱정됐다.

"어머이는 기냥 집에 있어도 되는디 왔어요? 내 혼자 가도 잘할 수 있는디요. 더욱이 기숙사 생활할 건데 뭐가 문젭니꺼?"

"태수 니, 한번 생각해 봤나?…… 사람들이 꼭 어데 일이 있어서만 만나더냐? 보고 싶어서 만나는 경우가 더 많타 아이가. 내년 니가 입학식 잘못할까 걱정돼서 가는 거이 아이다. 축하할라고 가는 기란 말이다."

나는 속마음을 들킨 것 같아서 얼굴이 좀 달아오르는 느낌이었다. 그래도 그만두지 못하고 한마디 더 덧붙였다.

"할아부지하고 아부지가 손님 만나 잘하실 수 있을까 걱정 돼서 안 그럽니까. 억수로 중요한 일 아닙니꺼……?"

"걱정 안 해도 된다. 우리 제지소는, 4년 전에 조선왕조실록을 복원하는 디다 한지를 댔다 아이가. 물론 그 과정이 어려웠제. 2천 년 동안 전해져 내려오는 제조법으로다가 생산한 한지라는 사실얼 인식시케야 했으니까네. 공도 들고 시간도 걸렸네. 그랬다 캐도 오번부터넌 아이다. 손님이 그 실적을 보고 오시는 거 아이겠나. 손님들이 오시면 아버지가 나서서 있는 그대로 보여주고, 사실 그대로 보여줄 기야. 그런 뒤에 손님들의 물음에 답해주고, 자연스럽게 생산해 놓은 한지를 원하는 만큼 견본으로 줄기다. 그라면 손님들이 알고 싶은 것은 다 알게 된 기지. 단지 하나 한지의 품질얼 아직 육안으로만 확인했지만, 견본얼 갖고 가니까네 그디로 됐다. 니 아부지가 생견 처음 당하는 일은 잘해 내구만. 능력 있는 진실한 사람이니까네. 홋홋홋……."

어머니는 말끝에 아버지를 칭찬해 놓고는 쑥스러운 듯이 웃음을 달았다. 내가 처음 보는 모습이었다. 나는 공부하듯이 또 물었다.

"그래, 조건은요?"

"빨라도 보름쯤, 늦으면 한 달쯤 있어 보면 내게 연락이 올기다. 문화재 복원하넌디 쓰넌 재료럴 구하믄서 거래조건부터 따진다면 우리가 백번 그만두는 기 좋다. 틀림없이 엉터리 재료럴 만들어 달라는 요구니까네."

어머니는 자신에 차 있었다. 집을 벗어나서 저러는가 할 정도로 기분까지 좋아 보였다.

입학식이 끝났을 때, 어머니는 구태여 아는 중국음식점에 가서 점심을 먹자고 했다. 일을 보기 위해서 대구 시내에도 가끔씩 들락거리니까, 보아 둔 괜찮은 식당이 있는가 했다. 어머니를 따라간 동화원은 시 경찰청 앞에 있었다. 그러나 생각 밖으로 골목에 숨어 있는 허름하고 오래된 곳이었다.

"이모. 이 자슥이 우리 아들입니더. 하마 대학생이 되었다카이."

어머니가 식당에 들어가자마자 하는 양이 퍽이나 익숙했다. 카운터를 지키는 머리가 희끗희끗한 여자에게 어머니는 나를 인사시켰다. 두 사람이 쓰는 이모니, 양숙이니 하는 호칭 또한 심상치 않았다. 아무도 어머니의 이름을 부르는 이가 없던 터라서 어머니 등 뒤에 양숙이라는 사람이 따로 서 있는가 싶었다.

방에 들어가 짜장면과 탕수육을 먹는 동안에도 문을 열어 놓고 두 사람은 할아버지의 안부며, 제지소 형편이며 가족의 신변에 대해서 나누는 말이 많았다. 나는 점심을 먹고 나면, 바로 기숙사로 들어가서 미리 갖다 놓은 짐을 정리해야 한다는 생각을 하고 있었다.

"이놈아야, 입학식 하년 이쁜 여학생덜 보믄서 내 저 중에 우리 아덜 색씨감이 있었으면 얼매나 좋겠나 했다 아이가. 학교 댕기면서 여학생 사귀게 되면 단디 붙들어야 하는 기라!"

어머니는 이제 갓 대학에 입학하는 내게 참 생뚱맞은 말을 했다. 재미있으라고 그러는 줄 알았다. 나는 소리 내서 웃었다.

"누가 우리 집으로 시집올라 카겠나? 니도 이젠 종이 인생이 될 거니까네 하넌 말이제."

할아버지는 내게 한지대학에 입학할 것을 강권했다. 세상에 그런 명칭의 대학은 존재하지 않는다면서 나는 고개를 저었다. 그러나 결국 대학의 응용화학과에 들어가는 것으로 할아버지의 의사를 일단 받아들일 수밖에 없었다. 내가 원하는 과에는 들어갈 실력이 되지 않았다.

"그러는 어무이는 아부지랑 우예 혼인했는교?"

어머니는 짜장 면발을 집어 입으로 가져가던 젓가락을 멈칫했다.

"다 니 할아버지 덕이제. 니 할아버지가 경찰서에 다녀오실 때마다 여기 와서 밥을 안 묵었나. 그때 여기서 일하던 내랑 자주 만났다 아이가."

여기까지 이야기한 어머니는 급하게 젓가락질을 했다. 말을 더 하고자 그러는 것 같았다. 나는 그때야 구태여 중국음식점 동화원을 찾아온 것이나, 생뚱맞게 내 결혼 이야기를 꺼낸 것이, 그냥 그런 것이 아니라는 생각이 들었다. 작정한 일이 있었던 것이다. 애써서 입학식에 따라나선 것도 그랬다.

"머라 카는지 마카 모리겠심니더. 자분자분 이바구 해보이소."

나는 어머니를 재촉하고 있었다. 사실 철이 들어가면서 그 일이 궁금했다. 산골짝에서 홀아버지와 단둘이 사는 남자한테, 그때는 살림살이가 꽤나 어렵기도 했을 텐데 어찌 시집올 생각을 할 수 있었을까 했다. 드물게 대학까지나 다녔다는 사람 아니던가. 하긴 어머니는 친정붙이가 아무도 없는 성싶었다. 어머니는 물까지 마신 뒤에 한동안 내 얼굴을 물끄러미 바라보았다.

할아버지 김경수는 동화원에서 일하면서 대학에 다니는 임양숙을 퍽이나 기특하게 보았다. 또 한편으로는 참으로 신통하게 운이 좋은 아이로 여겼다. 험하고 험한 세상이었다. 임양숙이 자칫 나쁜 길로 빠질 수도 있었다. 보호시설인 보양원에 있는 동안에 고등학교까지 졸업했으니, 밖으로 나오면서 곧장 적당한 일자리를 찾은 것만으로도 잘한 일이었다. 그런데 또 의젓하게 대학까지 독학할 생각을 했고, 저렇게 잘해 내고 있는가 했다.

할아버지 김경수는 그달의 말일에야 임양숙이 동화원에서 눈에 보이지 않는 것을 알았다.

"한밤중에 남자들한테 끌려갔다 카네예. 하마 닷새나 지났심더. 소식이 아예 없어예."

동화원 주인이 수심이 가득 찬 얼굴로 대답했다. 그때 할아버지 김경수는 달마다 말일이 되면 반드시 경찰서 사찰과로 제 발로 찾아가서 그동안 자신의 주변에서 어떤 일이 일어났는지 보고해야 했다. 이상한 사람한테서 연락이 온 적이 있었는지, 찾아온 사람이 있었는지 따위였다. 사방에 우글거리고 있는 간첩들이 쇠파리라면, 산골짜기 무허가 가옥에서 사는 인민군 출신은 곧 쇠똥이라 할 수 있다고 했다. 따라서 쇠똥에는 쇠파리들이 언제든 꾈 수 있으니 정신을 바짝 차려야 한다는 것이었다. 담당 형사는 이렇게 말해 놓은 뒤에, 자신의 비유가 근사했다는 생각에선지 키득키득 웃었다.

집과 제지소 건축물을 군청에서 양성화하면서 전기가 들어왔다. 그때 할아버지 김경수가 가장 먼저 한 일은 형편하고는 상관없이 텔레비전을 사는 것이었다. 늘 끼고 살아온 라디오보다는 세상 소식을 더 상세히 보고 들을 수 있기 때문이라 했다. 산골에 살다 보니 세상을 보는 눈이 어두워졌다. 세상사와 거리가 생길수록 기다리는 소식이 그만큼 간절해지고 있는 터였다. 북에 있는 가족을 만날 뜻밖의 날을 혼자서 이제나저제나 기다렸을 것이다. 감시가 두터우니 변화를, 변혁을 그리워했을 것이다. 이후락 중앙정보부장이 평양에 가서 김일성을 만나고 왔다는 소식을 근 보름이나 지난 뒤에 듣기도 했다.

1974년 4월 3일. 할아버지 김경수는 그날 밤 10시에 대통령이 긴급조치 4호를 발령했다는 사실을 그렇게 들여놓은 텔레비전을 보고 알았다. 그 전해의 8월 중앙정보부는 야당 정치인 김대중을 도쿄에서 납치했다. 우여곡절 끝에 바다에 수장하려다가 국내로 끌고 와서 풀어 주었다. 그 사건이 학생들의 민주화운동에 불을 붙였다. 유신을 철폐하라는 구호를 외치는 시위가 날마다 대학들과 거리에서 일어났다. 그해 1월에는 벌써 긴급조치 2, 3호를 공포했다. 긴급조치를 공포할 때마다 정부는 불순분자들이 폭력으로 정부를 전복하기 위한 전국적인 민중봉기를 획책했기 때문이라고 발표문을 내곤 했다.

"그때 나는 농과대학 3학년생이었제. 1학년 때 별생각 없이 농촌봉사활동 동아리에 들어갔지만, 야간부 학생인 데다 학비를 버는 일이 바빠서 활동은 하는 둥 마는 둥 했제. 그런데 확실한 기억이 없지만, 내가 동아리에서 유신헌법 철폐 요구서 같은 데에 서명했다 카는 기라. 그것이 문제였어. 중앙정보부 지부에 끌려가서 조사를 받았대이."

어머니는 지금은 옛이야기에 지나지 않는다는 듯 담담했다. 모진 고생의 흔적을 아들에게 보이고 싶지 않을 터이었다.

"그런데 니 할아부지가 내를 찾아냈어. 본의 아니게 얼굴을 익혀온 형사들을 이용했던 기야. 그때 니 할아부지가 내더러 하는 말이 우리 삼팔따라지끼리 같이 살자, 우리 집에 가서 고만 내 딸을 하자 카대. 정말로 하시는 말인가 의심스러웠제. 가만 보니 정말 같은 기라. 그래서 내 그캅시다, 해 버렸제. 의지가지없는 내느 그러케 고마불 수가 없었다 카이."

나는 그날 어머니의 이력을 처음 들었다. 한 번도 짐작해보지 못한 이력이었다.

"니 할아부지가 흐르는 물 따라 계곡으로 들어가셨듯이 내는 니 할아부지 뒤따라 계곡으로 들어간 기야. 기카넌디 가넌 도중에 할아버지가 또 그라대. 우리 집에 가 보문 한 살 아래 니 남동생이 몬차 와 있넌데 잘 지내라 카데. 그때도 그라겠습니더, 안 캤나. 그칸데 그 순간에 이상하게도 '한 살 아래 니 남동생'이라는 말이 불쑥 마음에 새겨지더라니까네. 그 사람이 바로 지금의 니 아부진기라. 할머니는 일찍 전쟁 통에 잃어뿔고 어디 사넌지도 모르고, 할아부지랑 니 아부지, 그렇게 두 남자만 살고 있드라니까네."

"그라믄 어무이 학교넌 워텅게 했는교?"

나는 짐짓 태연하게 물었다.

"내넌 전쟁 때 생긴 고아인 기라. 내넌 부모님 얼굴도 몰라. 태생지가 어딘지도 몰라. 어디선가 어른들 따라 피난 나왔다가 어린애 혼자 살아남아서 어캐어캐 보양원으로 간 거 아니갔어. 그러니까네 집도 식구도 없는 사람한테 내 집이 생기고 아부지, 남동생까지 생기니까네 억수로 좋대. 사람들이 좋으니까네 직장도 좋고……. 그러니께 대학은 그걸로 끝냈다 아이가. 근디 니는 그 이쁘장한 계집아들하고 장개갈 자신이 있나?"

어머니가 정말 좋아서 좋다고 하는지는 알 수 없었다. 그러나 우리 집에 온 것이, 아버지를 만난 것이 싫었다는 말을 농담으로 한 적이 없었다. 그리고 아까 오는 길에 본 어머니는 분명히 보람된 일을 하고 사는 사람이었다.

타슈켄트로 가는 인천발 OZ573편의 내 좌석은 중앙의 네 좌석 속에 있었다. 왼쪽의 한 사람과 오른쪽의 세 사람 사이에 끼어 있었다. 탑승수속을 밟기 전에 벌써 일행 열한 명과 인사를 나눈 터였다. 60대 초반의 남녀 모두가 산청 산골의 초등학교 동기동창이라고 했다. 같이 가기로 했던 한 명이 갑자기 담낭 수술을 받는 통에 비용을 더 부담해야 할 처지였다. 그때 내가 나타났다고 모두들 고마워했다. 왼쪽의 박 씨는 서울 봉천동에서 공인중개사 사무실을 하고 있다는데, 그 모임의 회장이었다. 오른쪽의 정 씨는 같이 봉천동에 살면서 구청 앞에서 법무사 사무실을 하는 모임의 총무였다. 그러니까 회장과 총무 사이에 20대 후반의 아들 같은 내가 끼어 앉은 것이다. 두 사람의 명함을 받았지만, 나는 다른 신분으로 만들어온 명함을 건네지 않았다. 직업을 밝히지 않기로 했으면서 그럴 필요가 없다는 생각이었다. 그냥 이름만 댔다.

저녁 식사를 하고 나자 실내등이 꺼졌다. 내 양쪽에 앉은 이들은 앞에 붙은 모니터를 켜고 영화나 음악을 뒤적거렸다. 나는 의자를 뒤로 젖히고 눈을 감았다. 그러나 어둠 속에 불을 밝힌 것처럼 정신이 되레 말똥말똥했다.

초등학교 시절이었다. 봄이 되면 집이 분주했다. 여기저기서 걸려 오는 한지 주문 전화가 많았다. 가은 읍내에 지업상이 하나 있었다. 그래도 사람들이 제지소로 직접 전화를 걸어 주문하고 흥정을 하는 경우가 적지 않았다. 한옥이 많은 시골에서는 방문이며 창문을 아직은 한지로 발랐다. 게다가 봄이 되면 노인들이 세상을 많이 떴다. 거기에도 한지를 제법 썼다. 한지에 서화·서예를 하는 사람들도 있었다.

그해 겨울에는 혹한이 이어졌다. 계곡물이 일찍부터 꽁꽁 얼어붙었다. 그 바람에 두 달쯤 말린 닥나무 속껍질인 백피를 침지(물속에 담금)해서 표백할 수가 없었다. 생닥나무 줄기들을 증자해서 벗겨 놓은 흑피에서 다시 겉껍질을 벗겨내고 말린 속껍질이 백피였다. 게다가 이미 표백 다음 단계를 기다리고 있는 것들까지 얼었다. 한지 원료는 백피를 제진(티 제거)하고, 고해(물에 넣고 짓이김)하고, 해리(풀어서 섬유들이 서로 떨어지게 함)해서 만든 섬유덩어리를 물과 함께 지통에 넣고 황촉규근 점액을 섞어 만들었다. 그 과정 하나하나를 제대로 해내기가 여간 힘든 것이 아니었다.

이때도 할아버지와 아버지 사이에 의견 충돌이 있었다. 다른 곳에서는 진작부터 화학 표백제를 쓰고 데운 물을 썼다. 그래서 한겨울에도 상관없이 한지를 뜰 수 있었다. 아버지는 우리도 그렇게 하자고 했다. 할아버지 김경수는 버럭 화부터 냈다.

"그렇게 하면 돈도 덜 들고 품도 줄어서 좋은 줄은 내도 안다. 허나 그 짓은 한지의 품질을 속이는 사기라. 표백제에는 산화 촉진제가 들어가 있는 것 모르나? 데운 물이 황촉규근 점액을 상하게 하제. 그걸 몰라서 그런 말을 하나? 천 년 가는 한지가 10년만 가도 가랑잎처럼 부서질 텐데, 거기에 실어 놓은 글과 그림을 누가 책임질 거냐. 거기에 기록한 역사를 어찌해야 하는데……."

부자가 그런 식으로 일을 두고 갈등하는 경우는 종종 있었다. 그때마다 할아버지 김경수는 아들을 사정없이 질책했다. 어린 손자는 그런 경우를 드물지 않게 보았다. 제지소에서 큰소리가 들려도 그리 놀라지 않을 지경이었다.

할아버지 김경수는 날마다 지통 앞의 발판에 올라섰다. 천

장에 매달린 사각 발틀의 양쪽을 두 손으로 붙잡고 부지런히 물질을 했다.

　그렇다. 물질……. 해녀가 목숨을 하늘의 뜻에 맡긴 채로 바닷속으로 들어간다. 고기들이 몰려다닌다. 바다까지 내려가서 전복이며 해삼 따위를 두 손에 따 들고 올라와서 긴 숨비소리를 내면서 그물망에 담는 일. 그것이었다. 지장은 한지를 만들기 위에 발판 위에 올라선다. 지료가 그득한 지통이 앞에 있다. 한 차례 천장을 올려다본다. 그곳에 외줄로 매달아 놓은 사각 발틀이 꼭이 하늘에서 내려와 있는 것만 같다. 바다의 망눈이 촘촘한 발틀을 두 손으로 나눠 잡고 마음을 모은다. 이제 하늘의 뜻에 따라야 한다. 지통 속에서 자유롭게 헤엄치는 섬유들을 건져 올리는 일이다. 발틀은 마흔 번쯤 잠수하듯 지통 속을 앞뒤로 한사코 가볍게 가볍게 통과한다. 망 위에 하얗게 떠오른 습지. 섬유들이 햇살의 집을 지어 놓는다. 수없는 사람의 길을 내놓았다. 물질이었다.

　그렇게 뜬 습지가 3백 장쯤 되면, 위에다 압판을 올리고 또 그 위에 작은 바윗돌을 올려 압착해서 물을 어느 정도 뺐다. 그것을 햇살이 좋고 바람이 부드러운 건조장으로 가져갔다. 이제부터는 습지 한 장 한 장을 서로 나뉘어 떼 내다가 말총 솔을 써서 판자벽에 붙여 나갔다. 얼핏 바닷가의 아낙들이 김을 떠서 말리는 모습을 연상할 수 있겠지만, 그것과는 또 달랐다. 김은 발째 말렸다. 그러나 습지는 그 자체를 평평한 판자벽 돌벽에 잘 펴붙여서 말려야 했다. 평활도가 중요했다. 그렇게 한지가 나왔다.

여기서도 한 차례 다툼이 있었다. 아들이 아버지 몰래 나가 다른 제지소에서 보고 온 것을 지나가는 말처럼 꺼내 놓았기 때문이다. 다른 제지소에서는 전지 크기의 스테인리스판을 연결한 뒤에 전기로 데워서 건조기로 쓴다는 것이었다. 그 말은 꼭 쏟아지는 햇살 없이도 바람 없이도 한지를 만들 수 있다는 뜻이었다. 당연히 비가 오든 눈이 오든 상관없이 얼마든지 실내에서 습지를 건조할 수 있다는 뜻이기도 했다.

이때 할아버지는 한동안 입을 꾹 다문 채 눈을 높이 들어 속리산 꼭대기 쪽만 바라보고 있었다. 깊고 긴 쌍용계곡을 훑어 올라온 늦가을 바람이 할아버지의 머리카락들을 날렸다. 할아버지는 한지에 냄새가 뺄까 봐서, 행여 지통에 재가 날아들어갈까 봐서 담배도 피지 않았다. 그러니 기가 콱 막힐 때는 그런 모습일 수밖에 없을 터이었다.

그때 그 자리에 내가 있었다. 중학생이 된 뒤부터 할아버지 하는 일이 궁금해서, 학교에서 돌아오는 길에 가끔 물질을 하는 할아버지 뒤에 가서 서 있곤 했었다. 아버지나 어머니가 하는 일은 좀 알겠는데, 할아버지가 하는 물질은 도무지 그 이치를 알 수가 없었다. 그냥 신비롭기만 했다.

"태수야."

"예."

할아버지는 눈을 그 자리에 둔 채로 느닷없이 나를 찾았다. 젖은 목소리였다. 나는 얼결에 대답했다.

"우야노? 우리 농암제지소는 여기서 그만 문 닫아야 할 것 같다."

"예?"

"너그 아부지가 기회만 있으면 죽을 꽤럴 내넌디 어캐 저 사람 믿고 제지소럴 하겠노. 너넌 안죽 어리고 어데 방법이 없다 아이가."

"예?"

아버지는 아마 그때까지 사태 파악을 하지 못한 것 같았다. 그 자리에 그대로 서 있었다.

"한지럴 맨드넌 일언 햇살얼 모으고 바람을 모으는 일이라고 그리 안 했나? 그케야 한지럴 맨드러 놓으면 햇살허고 바람이 내 집이다 하고 맘 펜히 찾아와서 노는 기라. 알겠제? 그카서 예로부터 한지럴 '조해(죠ᅙᆞ)'라 했다 카이. 햇살처럼 그기도 아침 햇살처럼 눈부신 것이란 뜻이다. 그칸데 햇살도 바람도 없는 디서 종이를 건조시키겠다? 그케 맨들어 놓은 한지가 한지겠나, 휴지겠나? 앞으로넌 휴지 맨들겠다는 사람과 일 못한다. 그케 알그라."

비로소 눈길을 돌린 할아버지는 흘기듯 아버지를 짧게 쳐다본 뒤에 자리를 떴다.

아버지는 단 한마디도 하지 못했다. 그래서 짐짓 사태 파악을 못 한 것처럼 그렇게 있었던 것이다. 어쩌면 할아버지가 말을 꺼내기 전부터 반응을 예상했었던 것도 같았다.

그도 그럴 것이 한지를 만드는 마지막 과정인 그 건조 작업은 아버지와 상관이 없었다. 할아버지가 맡은 물질 작업에 곧장 이어진 작업이었다. 자신이 맡고 있는 그 마지막 작업을 두고 감히 아버지가 나서서 이러쿵저러쿵했으니, 할아버지는 오죽 속이 상했을까. 한참이 지난 뒤, 내가 대학 1학년 때였던 것 같다. 딱 그 계절의 토요일 오후에 기숙사에서 살다가 집에 다니러 오는 길이었는데, 버스에서 내린 내가 제지소 앞에 왔을 때 문득 그 일이 눈앞에 환히 그려졌다. 그때 할아버지는 차마 아버지에게 바로 말하지 않고 마침 가까이에 있던 내게 말하듯 했다는 것을 알았다.

아버지는 전날 해 질 녘에 계곡물에 푹 담가 놓은 백피 다발들을 꺼낸 뒤, 새 다발들을 다시 담갔다. 계곡물에서 꺼낸 백피 다발들은 애초의 흰색에서 연갈색으로 변해 있었다. 그것들을 가마솥으로 옮겨 미리 만들어 놓은 메밀대를 태워 만든 잿물에 삶았다.

그렇게 증자와 침지, 자숙(김으로 쪄서 익힘) 과정을 차례로 거쳤다. 그래야 비로소 닥나무 섬유가 품고 있던 잡물들이 빠져나갔다. 또 서로 엉겨 붙은 섬유들 사이의 긴장이 풀어졌다. 그러면 아버지는 자신이 맡고 있는 표백 작업을 했다. 솥에서 꺼낸 백피 다발들을 계곡으로 옮겼다. 이번에는 격류 속에 박아 놓은 대나무 말뚝들에 백피 다발들을 걸어 두었다. 백피는 격류를 거슬러 오르는 실치 떼처럼 보였다. 따갑게 내리쬐는 햇살과 바람을 맞으면서 백피는 눈부시게 흰색으로 변해 갔다.

할아버지 김경수는 아버지가 맡은 이런 일들이 한지를 뜨는 과정에서 제일 중요하다고 말하곤 했다. 왜 그런지 어린 나는 알 수 없었다. 그러나 퍽이나 힘든 노동이라는 것은 눈으로 보아서도 알 수 있었다. 잔뜩 물을 먹은 백피 다발들을 계곡을 오르내리며 이리저리 옮기는 일은 아무나 할 수 없었다.

"죽기로 심얼 써야 한대이. 맘을 비워야 하는 기라. 참맘을 가지고 일해야 하는 기라. 떼 뀅에 매 놓댁기 급허게 빨리 많이 만들어 내겠다고 욕심을 부리면 한지를 망친대이."

아버지에게 하는 할아버지 김경수의 잔소리는 내 귀에도 못이 박힐 지경이었다. 아버지의 성격이 유한 편이 아니었다면 무슨 일이 났어도 여러 번 났을 것이다.

어머니는 증자한 흑피 다발들을 앞에 가져다 놓고 앉아서 겉껍질을 벗겨 백피로 만들어 말리는 일과 제진하는 일, 표백한 백피 가닥들을 고해하고 해리하는 일을 맡고 있었다. 제진할 때는 가끔 내가 거들 수 있었다. 얕은 계곡물에 들어가서 백피 가닥들을 담은 바구니를 띄워 놓고 둘이서 마주 보고 티끌을 골라냈다. 때로는 어머니와 누가 티끌을 더 많이 골라내는지 시합을 하기도 했다.

아무리 티끌을 골라내도 그것으로 막상 한지를 만들어 놓으면 여기저기서 파리똥 같은 점이 나타나는 경우가 있었다. 닥나무 줄기가 자라는 동안 여름에 거친 태풍을 맞거나 겨울에 심한 우박을 맞는다면 어쩔 수가 없었다. 다음 과정인 고해, 해리는 떡갈나무판 위에 표백한 백피 가닥들을 올려놓고 떡갈나무 방망이로 두드려 대서 섬유들을 헤쳐 놓는 일이었다.

어느 과정이나 품이 많이 들어갔다. 일꾼을 쓰고 싶었겠지만, 품삯이 싼 일을 하러 오는 사람이 없었다. 그래도 그 무렵에는 곧 계곡 길을 손봐서 버스가 다닐 수 있게 만든다는 소식이 들렸다. 어머니는 그 소식이 마을에 전해지자마자 가은읍까지 걷고, 거기서 버스를 타고 다니면서 자동차 운전면허 1종 보통을 땄다.

혹한이 끼었던 해의 한지 생산량은 다른 해의 반을 조금 넘기는 정도에 지나지 않았다. 평소에도 궁핍을 면하기 어려웠지만, 그런 해에는 살림이 더욱 어려웠다. 어린 나도 열심히 일을 도울 수밖에 없었다.

할아버지 김경수는 두만강 강가의 함경북도 회령 사람이었다. 김경수에게는 연년생인 형 김태수가 있었다. 형제는 어려서부터 할아버지와 아버지 밑에서 전통지인 수제 한지 만드는 기술을 익혔다. 제지 일은 할아버지 김경수의 할아버지 때부터 시작했다. 근동에서는 품질이 좋다는 평을 들었다고 했다. 그러나 할아버지에 이어 아버지가 세상을 떠났다.

"누군가 독립군을 지원해야 한다는 불온한 벽보를 써 붙였다는 기라. 근데 그게 우리 제지소에서 만든 종이였제. 그래서 아버지가 일경에 끌려다닌 기야. 종이르 사 간 사람들으 다 대라 했다 안 하나. 종이르 사 간 사람이 한두 사람이 아닌데 어케 대겠능가 말이야. 고문으로다가 몸으 크게 망치고 말았어.

일경에서 풀려났을 때느 제대로 걸을 수가 없는 거야. 나이 마흔도 안 되셔서 돌아가셨다는 말이야."

형 김태수는 종이를 필요로 하는 사람 집에 아버지의 심부름을 자주 다녔다. 자연히 세상 물정을 또래보다 일찍 터득했다. 만주 쪽에서 벌어지는 독립운동 소식에도 어둡지 않았다. 할아버지의 말씨는 이제 회령도 문경도 아니었다. 거기에 밤이면 텔레비전을 열심히 보다 보니 거기서 익힌 말도 끼어들었다.

"아버지가 고문으로 죽제능가. 형이 일제에 더욱 복수심을 키워 가지고 있었단 말이야. 밤에 자전거르 타고 동네르 지나가는 오빠시라는 별명을 가진 일경 놈 대갈통으 뒤에서 몽둥이로 냅다 갈긴 기라. 오빠시란 놈이 그 자리서 죽었어요. 그 뒤로 형은 집을 나가 쭉 숨어 지낸 거야. 만주로 가서 독립군이 됐으면 어쩌나 해서 어머니가 걱정을 많이 했는 기라. 다행히 언젠가는 홀로 남은 어머니를 모셔야 한다는 생각에 차마 독립군으로는 못 갔다 카대."

형까지 집에 없자 세상살이가 막연했다. 더구나 교통이 나아져 닥나무 주산지에서 만들어진 값싼 한지가 회령까지 북상했다. 김경수는 집안일에만 전념하던 어머니까지 동원하여 한지를 만들었지만, 궁색한 살림은 펴지지 않았다. 빚은 빚대로 늘어갔다.

"형이 집 나가서 3년 됐어야. 늦가실 날인데 내느 지금도 그날으 모조리 기억하고 있다. 그날도 아침나절에 물질해 놓은 습지르 건조장 햇살 속으로 내다가 판자벽에 붙이고 있는데,

늦가실 매미 울음이 간절하게 쏟아지더라. 기때 문득 눈으 들어 사립으 안 봤나. 가끔 찾아오느 얼굴이 들어서데. 회령하고 연해주 브라디보스토크르 오가넌 보따리 장시가 또 한지르 사러 오넌갑다 했지비. 그런데 어째 표정이 심상치 않데. 싱글벙글이잖쿠. 형이 그자한테 연통으 보낸 기야. 애를 팍팍 태우고만 있넌데 소식이 온 기제. 얼마나 놀랬겠노! 니 증조할무니느 울데. 퍽퍽 울데. 그자 돌아오넌 길에 내르 브라디보스토크로 꼭 데래오라 형이 시킸다 하데. 브라디보스토크에 제지소가 하나도 없다넌 거느, 그자헌티 말으 들어 진작에 알고 있었제. 한지르 개져가기 무섭게 팔려 나간다 하데."

김경수는 장사꾼을 따라 회령을 떠났다. 형이 살아 있다는 소식만 듣고도 벙긋거리는 어머니를 홀로 고향에 남겨 둔 채였다. 아버지의 묘를 지키겠다는 어머니의 고집을 꺾을 수 없었다. 한지 제조에 필요한 도구들과 건조한 백피 다발들까지 한 짐 가득 등에 졌다. 말로만 듣던 두만강 건너의 오랑캐령을 넘었다. 호환을 입은 사람이 적지 않다는 연해주의 산과 들을 밤낮으로 가리지 않고 넘고 또 넘었다.

블라디보스토크의 조선인 마을인 신한촌에서 형제는 거짓말처럼 만날 수 있었다. 김경수는 마침 물가에 있는 헛간을 구해서 제지소부터 냈다. 그곳의 조선인 수가 늘어나면서 한지의 수요가 커지고 있었다. 생각 밖으로 많은 조선인이 두만강을 건너 그곳으로 와서 먹고살 일자리를 찾아 들었다. 일제를 피해서 오는 이들도 적지 않았다. 조선인들은 오두막에라도 짐을 부리면 한지를 사다가 문을 발랐다. 유리는 비싸기도 했지만 사치한 것이라 여겼다. 그런데 현지인들 사이에서는 유리문에 한지를 덧바른다든지 무늬를 오려 넣어서 멋을 부리는 이들이 늘어가고 있었다.

그렇게 한지를 만들어 팔려면 당연히 백피의 안정된 조달이 있어야 했다. 그 일은 조선에 오가는 사람들에게 부탁했다. 꼭 보따리 장사꾼들이 아니어도 좋았다. 그들이 가져오는 대로 사 들여서 신용을 쌓아갔다.

일 년쯤 지나자 제법 생활이 안정되었다. 살림집도 따로 마련했다. 이때 김태수는 속으로 어머니 생각을 하고 있었다. 형이 만주에서 일본군들과 싸우는 사람들을 위해서 형편 되는 대로 얼마씩 내는 것이 어떠냐고 물어온 것도 그때였다. 이번에는 죽은 아버지를 생각했었다. 그런데 형은 그것으로는 부족했던 모양이었다. 독립운동 한다는 사람들과 어울리기 시작한 것이다. 때로는 외지에서 온 것이 분명한 사람들을 밖에서 먹이고 재우는 것도 모자라서 여비까지 쥐여 보내는 눈치였다. 제지소 수입이 솔솔 빠져나갔다.

김태수는 더는 참지 못하고 형에게 대들었다.

"한번은 밤늦게 들어온 형을 붙들고 소리쳤다 아이가. 어무 이럴 생각하락 하이! 형이 도망 다닐 때 어무이 고생이 얼매나 막심했는데. 일경 놈덜이 그래도 아부지 쥑인 죄가 있어서, 어무이 꺼정은 못 쥑인 기다. 형, 니 그거 모리나? 그거 잊었나? 형언 사람도 아니다!"

그때 형 김태수는 동생 김경수에게 분명히 잘못했다고, 사과한다고 했다. 그리고 다음 날 동생을 회령으로 보냈다. 어머니를 모셔 오자는 것이었다. 김경수가 집을 떠난 지 2년 만이었다. 1937년 8월 30일이었다.

"돌아오는 길에 닥나무 묘목도 지고 올 수 있을 만큼 지고 오라. 봄이 되면 빈 땅에 심어 보자."

형 김태수는 동구 밖까지 동생 김경수를 따라 나왔다. 제지소 일은 건성건성 해왔지만, 그래도 원료 조달에는 관심을 나타냈다. 닥나무가 추운 지방에서 잘 자랄지 어쩔지 모르지만, 시험 삼아 재배해볼 작정을 하고 있었다. 형제는 그것이 마지막이 될 것이라는 사실을 알 수 없었다. 그런 채로 헤어진 것이다. 그때 동생 김경수는 열여덟 살이었고, 형 김태수는 열아홉 살이었다.

동생 김경수가 블라디보스토크로 돌아왔을 때는 조선인 마을들이 텅텅 비어 있었다. 개와 소, 돼지, 염소 따위의 가축들만 빈 거리를 어슬렁거렸다. 러시아인들이 그것을 잡으려고 뒤쫓는 광경도 목격하였다. 김경수가 고향에 다녀오는 데 걸린 기간은 한 달 보름에 지나지 않았다. 8월 30일에 떠났다가 10월 15일에 돌아왔다. 수만 명에 이르는 조선인이 어떻게 일시에 사라져버릴 수가 있는 것인가 했다.

"3일 안으로 블라디보스토크 역으로 나가서 기차를 타라는 명령이 조선인 마을들로 날아들었소. 그 직후 쏟아져 들어온 군인들이 총부리로 치켜들고 조선인들을 죄다 역으로 내몰았단 말이오. 벼락 치듯 엉겁결에 벌어진 일이었소. 영문도 모른 채 제 거처에서 쫓겨난 사람들은 차례로 열차의 화물칸들에 짐짝처럼 실렸소. 아는 사람들과도 작별 인사를 나눌 겨를조차 없었소. 그렇게 이곳을 떠났소."

조선인들이 쫓겨 가는 모습을 지켜본 러시아인들이 당시의 정황을 김경수에게 알려주었다.

"행선지가 어디요?"

그들은 모두 고개를 좌우로 흔들었다. 김경수는 다들 꼭 거짓말을 하고 있는 것만 같았다. 그나마 다행인 것은 이번에도 어머니의 고집을 꺾지 못해 그대로 고향에 둔 채 혼자서 돌아왔다는 사실이었다.

"경수 동무도 얼른 달아나시오. 여기서 어정거리다가는 경수 동무마저도 화물칸에 태워질 거요."

김경수는 한동안 사람들의 눈을 피해 시베리아횡단철도의 시작점인 블라디보스토크역 부근으로 나가 보기도 했다. 역은 여느 날과 같이 보였다. 전혀 그런 일이 있었던 것 같지 않았다. 혹시나 해서 역 전체가 환히 내려다보이는 언덕으로 올라갔다. 거기서라면 뭔가를 찾을 수 있지 않겠는가 한 것이다. 거기서 볼 때도 마찬가지였다. 특별한 것이 보이지 않았다. 닷새를 그렇게 지냈다.

지칠 대로 지쳐 있을 때 문득 떠오르는 사람이 있었다. 독립운동을 하는 조선인들을 돕는다고 했던 러시아인 빅토르였다.

72

집을 모임 장소로 내줘 온 사람이었다. 어떤 일을 하는 사람인지 알아볼 생각도 하지 않은 터였다. 단지, 형이 전화 통화하는 것으로 모임에 가는 줄 알았을 때, 걱정이 돼서 뒤를 밟았고, 집을 알게 된 것이다. 대학교의 교수님이라 했다.

김경수는 아직 블라디보스토크에 남아 있는 조선인이 있더라는 말이 날까 두려워서 야음을 틈타 그의 집으로 찾아갔다. 그는 생전 처음인 김경수를 반가워했다. 기다리고 있었다면서, 제지소를 찾아가 볼 생각을 하고 있었다고 했다. 그는 편지 한 통을 할아버지에게 내놓았다.

경수 보아라.

이곳의 우리 조선인들이 갑자기 어디론가 떠나게 될지도 몰라 미리 편지를 쓴다. 일본이 러시아의 극동 지역을 침략할 것이라는 소문이 돌면서, 일본 거류민들의 간첩 활동을 사전에 방지한다는 차원에서 조선인을 강제이주 시킨다는 말이 돌고 있다. 조선인과 일본인의 모습이 워낙 닮아 침략군 색출이 어렵기 때문이라는 것이다. 스탈린이 숫자가 적은 쪽의 일본인들을 남겨 놓고 숫자가 많은 쪽의 조선인들을 치워 버리는 무모한 짓을 저지른다는 것이다. 이 말이 사실일지는 두고 봐야 알겠지만, 근거 없는 뜬소문도 아닌 듯하다.

하지만 나는 이번에 만일 니가 어머니를 모시고 오지 못한다면, 직접 어머니를 뵈러 간다는 굳은 결심을 하고 있다. 물론 일경의 눈을 피하는 일이 쉽지 않으리란 것을 알고 있다.

빅토르에게 맡겨놓은 이 편지를 니가 읽게 되는 날에는, 이미 나는 이곳에 없을지 모른다. 조선인들도 마찬가지다. 그러면 너는 즉시 고향으로 다시 돌아가거라. 위험해질 수 있다. 고향으로 돌아가면 어렵더라도 제지소를 다시 하거라. 다른 일로는 생활할 수 없을 것 같기도 하고, 우리 집 대대로 해온 일이다.

어머니를 잘 모시거라. 나는 불효막심한 자식이다. 어찌 되든 꼭 집으로 돌아가겠다.

곧 만나기를 기약하며. 형 태수가 썼다.

김경수는 그날 밤을 빅토르가 붙드는 통에 그 집에서 잤다. 그리고 다음 날 새벽에 빅토르는 마을 밖까지 따라 나와서 러시아 빵을 가득 담은 자루를 김경수 손에 건넸다. 가는 동안 요기하라는 것이었다.

"훗날 조선인들이 탄 열차의 종착지가 어딘지 알게 됐제. 중앙아시아란 곳이었제. 그런데 그 땅이 어마어마하게 멀리 있는데 넓기만 하지 형편없는 박토라는 게야. 그런 땅에서 어떻게 형이 돌아오겠능가 말이야. 또 내가 간다 해도 그 넓은 땅에서 우째 형을 찾아내겠능가 말이야. 그카도 형이 안 오면 내가 갈라고 했제. 그런데 그 일이 그캐 쉽게 생각할 일이 아니었다. 만일 내가 가서 못 오면 이번에는 우리 어머니 곁을 영영 떠나고 말게 되는 것이야. 그캐 되면 어머니가 정말 못 살제. 돌아가실 거구만. 불과 몇 년 새에 서방과 자식 둘을 떠나보내고 어케 사시겠나."

나는 제지소에 붙은 방 두 칸짜리 집에서 태어났다. 할아버지 김경수는 형을 몹시 그리워했다. 계속해서 형을 찾겠다는 생각을 가슴에 안고 살았을 것이다.

　"네 이름을 형 이름인 김태수로 지은 것만 봐도 알 수 있었제."

　내 귀가 열렸다 싶었을 때쯤부터는 할아버지는 마치 옛이야기 하듯 형과 어울려 놀던 어린 시절 이야기를 자주 해주었다. 그 이야기는 내가 10대 초반에서 중반으로, 거기서 후반으로 성장하는 데 따라서 조금씩 넓혀지고, 깊어져 갔다. 할아버지가 고향에서 해방을 맞았다는 이야기도 들었다. 그해 할아버지 김경수의 나이는 스물여섯이었고, 증조할머니의 나이는 마흔다섯이었다.

　김경수는 읍내에 나가 보았다. 일경은 물론 일본인들의 코빼기도 찾아볼 수 없었다. 소식을 먼저 들은 그들이 소리 없이 빠져나가 버렸다는 것이었다. 경찰 주재소는 비어 있었다. 그 말을 들은 어머니가 믿으려 들지 않을 정도였다. 이제 김태수는 어디에 있든, 어디를 가든 마음이 그렇게 편안할 수가 없었다. 이러다가 느닷없이 다시 그들이 돌아오지 않나 해서 가끔 불안해하기도 했다.

　이제는 형이 고향으로 돌아온다 해도 걱정할 일이 없었다. 김경수는 형이 빅토르한테 남기고 간 편지를 꺼내 읽고 또 읽었다. 단지에 담아 마당 귀퉁이에 묻어 두었던 것이었다. 편지 속에는 형이 스스로 한 약속이 있었다. "어찌 되든 꼭 집으로 돌아가겠다"는 그 약속을 지킬 것이라고 믿고 있었다.

"어느 날 말을 탄 로스케 군인들이 회령에 나타났다 카이. 해방이 돼도 큰아들이 돌아오지 않자, 니 증조할머니는 그 사람들을 본 뒤부터 큰아들을 찾을 수 있겠다 하는 희망을 품었제. 그동안도 줄곧 이 사람 저 사람한테 수소문을 했지만, 이역 만리 중앙아시아란 곳을 도무지 알 수가 없었으니까네."

증조할머니는 로스케가 보였다는 소문만 들으면 하던 일을 중지하고 곧장 그리로 달려갔다. 말이 안 통해 막막한 얼굴로 돌아오기도 했다. 어쩌다 러시아 말을 몇 마디라도 아는 사람을 만나서 사정을 전한 날에는 얼굴에 밝은 기운이 넘쳤다. 몸놀림이 가벼워졌다. 할아버지 김경수는 이제부터 쪽바리들 대신에 로스케들인가 했다. 무엇 때문인지는 알 수 없었다.

또 조선 땅에 들어와 있는 로스케의 상당수가 꼬바끄(감옥) 출신이라는 소문을 듣기도 했다. 죄수들에게 전장에 나가 죗값을 치르라, 나라에서 명령을 내렸다는 것이었다.

그때까지도 큰할아버지 김태수한테서는 소식조차 없었다. 해방된 지 세 해 지나 네 해째였다. 하긴 해방되기 전에도 소식이 없기는 마찬가지였다. 아무리 일경이 무섭고, 아무리 멀리 떨어져 있다 해도, 어딘가에 잘 있는 사람이라면 그럴 수가 없을 터이었다. 그래도 증조할머니는 끼니때마다 새로 밥을 지어, 한 그릇씩 이불 속에 묻어 두거나 소쿠리에 담아서 부엌 앞의 서까래에 걸어 두곤 했다. 할아버지 김경수는 한없이 막연했다. 그래도 기다리는 수밖에 없었다. 때때로 중앙아시아가 있다는 서녘 하늘을 바라보는 것이 고작이었다. 그새 증조할머니는 부쩍 여위어 있었다.

이제 다섯 해째였다. 봄이 왔는가 싶었는데 어느새 가버렸다. 또 여름이 왔다 했는데 아직도 아침저녁으로는 서늘했다. 북녘의 6월 하순이었다.

내가 20대에 접어들었을 때, 할아버지 김경수의 이야기 속에서 한국전쟁이 터졌다. 그해 겨울이 깊어 가면서 동네는 큰 혼란에 빠져들었다. 지난여름 청년들이 남조선 해방전쟁에 동원될 때는 불안하긴 했지만, 흥분이 고조된 상태였다. 이미 서울이 함락됐다. 낙동강만 넘으면 조국이 완전히 해방된다고 떠들었다. 그런데 계절이 바뀌는 데에 따라서 흥분이 서서히 식어 갔다. 두려움과 불안이 그 자리를 메꾸어 갔다. 이 집 저 집으로 전사 통지서들이 날아들었다. 인민군은 후퇴하기 시작했다. 빼앗았던 서울을 도로 빼앗겼다는 소문이 나돌았다. 쫓겨 올라오는 인민군들을 피해 가면서 피란 내려가는 사람들이 늘어나고 있었다. 자고 나면 빈집이 생기고 또 생겼다. 회령 가까이까지 전선이 올라왔다. 이번에는 남조선에 의해 조국이 해방될 것이라고 사람들이 소곤거렸다.

"우리 인민군대는 조국의 해방을 위하여 남녀노소 불문하고 누구나 지원하면 받아들입니다. 우리 위대한 인민군대는 승리

밖에 모릅니다. 어서어서 지원하시오."

방송차가 틈틈이 읍내를 휘젓고 다녔다. 차츰 마을에 젊은 남자가 드물어졌다. 할아버지 김경수는 숨죽이고 살았다. 어머니와 아내가 있었고, 다섯 살과 돌이 갓 지난 딸이 있었다.

중국 인민해방군이 합세해서 다시 밀고 내려간다는 소문이 나돌았다. 김경수는 진작 피란을 떠나지 못한 것을 뒤늦게 후회했다.

"태수가 돌아오면 이 어미를 어떻게 찾는단 말이? 난 못 간다. 갈 테면 너희들이나 가란 말이."

증조할머니는 고향을 떠나면 큰아들을 영영 못 만난다고 생각하고 있었다. 아니, 그렇게 믿고 있었다. 김경수는 망설였다. 은연중 피란을 가자고 눈치를 주던 아이들의 어미는 안절부절 못하였다. 중공군이 이미 평양 가까이 진격했다는 소식이었다. 전황이 치열해졌다. 결국 피란이 불가능해졌다. 이젠 지원병을 모집하는 방송차가 마을에 오지 않았다. 대신 소년들이며 중년 사내들까지 마구잡이로 강제 징집돼 나갔다. 서른한 살 사내인 김경수도 이번만은 피할 수가 없었다. 눈이 펑펑 내리던 날 이웃 마을의 사내들과 함께 모병소로 끌려갔다.

김경수는 서부전선 황해도에 투입되었다. 구월산에 은거한 유격대와 치열한 전투를 벌였다. 몇 번이나 죽을 고비를 넘겼다. 그러나 입대한 지 석 달이 되지 않아서 남녘에 지원된 미군에게 포로가 되고 말았다.

"일찍 포로가 된 건 참 운이 좋은 기요. 죽지도, 다치지도 않앉잖소. 무엇보다 괜한 고생을 오래 하지 않고서리 전장에서 벗어났잖소."

거제도 포로수용소에서 가까이 지내던 같은 포로 하나가 김경수에게 한 말이었다. 그는 산악지대에 투입되어 겨울을 나면서 싸웠는데 보급이 엉망이어서 굶는 때가 많았다 했다. 게다가 왼쪽 발의 발가락들이 동상에 걸려 치료를 받고 있었다.

휴전 협상이 시작되었다는 소식이 들리는가 했는데 곧 포로 교환 문제가 탁자 위에 올려졌다는 소식이 나돌았다. 김경수는 당연히 어머니와 처자식이 있는 고향으로 돌아가고 싶었다. 새삼 어머니 안부가 걱정되었고, 아내와 아이들이 부쩍 보고 싶어졌다.

"우리르 고향으로 돌려보낸다고? 그 이바구르 어케 믿나? 니느 믿어지나? 풀려나 봐야 풀려나는 기지."

내무반에서 옆자리를 쓰는 그가 소리죽여 한 말이었다. 나는 할 말이 없었다. 속으로만 좋은 일에 초 치지 말고 빌면서 기다리라 하고 싶었다. 그 소식을 들을 때 얼마나 좋았는데.

그런데 먼저 겁나는 소문이 돌았다. 석방이 돼서 북쪽으로 가면 어떤 처벌이 기다리고 있을지 모른다는 것이었다. 포로는 곧 공화국에 불충이라 했다. 심하면 모조리 총살당할지도 모른다는 말도 있었다. 징조가 나타나기도 했다. 친공이다 반공이다 해서 손에 손에 몽둥이를 들고 패싸움이 자주 붙었는데, 그도 숫자가 모자란 친공 쪽에서 어떻게 손에 넣었는지 총질을 해댄 적이 있었다. 여러 사람이 죽고 다쳤다. 내무반에서는 잠든 사람이 밤새 잔인하게 살해되는 일이 빈번하게 일어났다. 기상 시간에 옆자리에서 멱을 따놓은 시체며, 가슴에 칼을 맞은 시체를 발견하기도 했다.

취침시간에 나란히 누워 잠들었는가 했던 사람이 기상 시간에는 목이 잘린 핏덩어리가 돼 있는 경우를 당한 것이다. 그 때문에 그곳을 떠날 때까지 제정신으로 살지 못할 것 같았다. 심지어 수용소 소장인 미군 장성이 친공 쪽에 납치된 적도 있는 판이었는데, 어떤 일이 더 일어나겠는가.

그는 어쩔 수 없이 반공포로 줄에 섰다. 우선 목숨을 지켜야 나중에 가족을 만나러 가든 어쩌든 할 거 아닌가 했다. 셀 수 없을 정도로 많은 포로가 같이 서 있는 것을 볼 수 있었다. 그들 모두가 집으로 돌아가기를 일단 포기한 사람들이었다.

군부대에서 배를 동원해서 그들 모두를 해안 지역 여기저기로 나눠 옮겼다. 임의로 그러는 것 같았다. 그는 일부 인원과 함께 부산으로 이동했다. 배가 도착한 수영만에는 미리 쳐놓은 대형 군용 천막이 기다리고 있었다. 거리로 나가라 했다. 항구 도시의 한여름 날 거리에는 비린내가 기승을 부리고 있었다. 그가 손에 쥔 것은 반공포로임을 증명하는 신분증명서 한 장뿐이었다.

그때부터 그는 무작정 북쪽으로 가기로 했다. 휴전협정으로 휴전선이 그토록 완고하고 무섭다는 사실을 그때까지는 모르고 있었다. 전쟁이 나기 전처럼 잘만 하면 넘나들 수 있는 줄로 알았다.

그 사실을 깨달은 것은, 북쪽으로 올라오는 과정에서 조금씩 귀동냥한 것들을 때마다 모아서 사람들한테 확인하고 스스로 판단한 뒤였다. 휴전선은 궁궐의 담벼락보다 높고 단단한 것이었다. 바람이나 구름 정도나 겨우 넘을 수 있는 것이었다.

결과는 포로수용소에서 결정적으로 선택을 잘못했다는 데에 가서 닿았다. 돌아가서 총살을 당하는 일이 있더라도 북쪽을 선택해서 갔어야 했다는 것이었다. 그가 살아생전에 어머니와 처자식을 한 번이라도 만날 수 있다는 보장이 이젠 어디에도 없었다.

그가 문경의 가은장에 들르게 된 것은 새재로 가는 길에서 배가 고팠기 때문이었다. 한눈에도 장꾼들로 보이는 아낙이며 사내들이 보따리며 자루들을 머리에 이고 지게에 지고 한데 모여 길을 가고 있었다. 거기에 흰 무명옷이지만 빨고 손질을 한 출입복을 챙겨 입은 품 하며, 힘든 내색 하나 없이 쉼 없이 말들을 주고받으면서 가는 광경이 회령 사람들과 다르지 않았다.

그는 그들의 뒤를 졸졸 따라갔다. 그때까지 남쪽 땅에서 한 경험을 통해서 어느 지역이나 장에 가면 당일치기 일자리가 있고 더불어 돈 없이 끼니 때우기가 어렵지 않다는 것이었다.

그의 생각은 틀리지 않았다. 바라고 갔던 것들을 가은장에서 다 이룰 수가 있었다. 국밥 좌판 앞에서 얼씬거리다가 여주인에게 한 뚝배기 받아먹었고, 마음이 후한 손님이 받아 준 막

걸리 한 잔까지 얻어 마실 수 있었다. 거기다 파장 무렵에는 돈도 15원 벌었다. 갑자기 소나기가 지나간 덕이었다. 포목 가게며 그릇 가게가 급히 전을 걷어 우마차의 수레에 싣는 일을 도왔던 것이다. 그 과정에서 그의 눈길을 끄는 것이 있었다. 가슴이 두근거리기부터 했다.

큰 보자기에 팔고 남은 포목을 싼 뒤에 단단히 묶을 때 사용하는 것이 짚으로 꼰 새끼가 아니었다. 어디나 흔한 칡넝쿨 껍질을 이용한 끈 같았다. 다른 지역 장 봇짐과 다른 점이었다. 그리고 그릇을 크기와 모양이 같은 것들을 쌓아서 한 접씩 묶을 때였다. 분명히 닥나무 껍질로 꼰 노끈을 쓰고 있었다. 겉껍질을 벗겨낸 속껍질, 즉 백피로 꼰 노끈이었다.

이럴 수가……. 그는 자신의 눈을 의심했다. 이번에는 포목 묶음들을 찾아보았다. 굵게 꼬기 위해서 겉껍질을 벗기지 않은, 흑피로 꼰 노끈도 있었다.

"이 끈, 닥나무 껍질로 꼰 것임메?"

그가 가게 주인한테 물었을 때, 주인은 대답에 앞서 의아한 표정부터 지었다. 그가 표나게 놀라워했기 때문인 것 같았다.

"그래 맞다. 여게는 딱나무가 흔타 아이가. 니 여게 안 사넌 가 보네? 요 앞으로 흐르는 냇물 안 있나. 그기 속리산 꼭대기에서 여꺼정 내려오는 물인기라. 한 번 따라 드가 보라. 딱나무가 억수로 많타 하이. 참말로 계곡 갱치 쥐애 준다."

김경수는 주인에게 인사하는 것도 잊고 냇물로 달려갔다. 그리고 물길을 거슬러 계속 속으로 들어갔다. 마치 무엇에 홀린 듯했다.

  김경수는 계곡을 타고 오르내리면서 물을 만져보고 마셔보고 몸에 발라보았다. 흐름의 기세도 살폈다. 제지소는 물이 반이었다. 그 나머지가 닥나무였다. 물은 미끄럽지도 세지도 않았다. 질이 그만이었다. 그때부터 마음에 들어오는 구간이 있을 때면 그 언저리의 산을 탔다. 이 봉우리 저 봉우리의 산자락마다 크고 작은 닥나무 군락지가 눈에 들어왔다. 껍질의 두께가 뜻밖에 두꺼웠다. 회령 집의 뒷산에서 자라는 닥나무의 세 배쯤 되는 것 같았다. 어떻게 이럴 수가……. 문득 어머니의 얼굴이 떠올랐다. 아내와 아이들의 얼굴도 눈앞에서 어른거렸다. 이렇게 좋아할 일이 아니었다. 돌멩이를 집어 들고 발등을 찧고 싶었다. 그는 한동안 그 자리에 엎드려서 울었다. 그해 여름이 다 가고 있었다.

  마음에 쏙 들어오는 곳에는 이미 집이 몇 채 있었다. 기세 좋게 흘러내리던 계곡물이 잠시 숨을 돌리는가 싶게, 넉넉하게 산자락을 두고 굽이쳐 돌아 나가는 곳이었다. 살고 있는 사람들이 따로 농암천 계곡이라 부르고 있었다.

  마침 계곡물이 굽이돌아 들기 시작하는 곳에 있는 헛간이 눈에 들어왔다. 김경수는 블라디보스토크에서 형이랑 함께 제지소 차릴 자리를 찾던 때가 떠올랐다. 마침 그곳에 먼저 자리 잡은 집 중에서, 계곡에 가장 가까이 있는 집을 찾아가 사정을 이야기하자 주인이 선선히 헛간을 내주기까지 했다. 나무야 산에 얼마든지 있으니, 사람 손만 있다면 하나든 둘이든 더 짓는 것은 일도 아니라는 것이었다. 주인은 무엇보다 동네 사람이 하나 더 늘어나는 것이 반갑다고 했다. 세 가족이 사는 동네였다.

다음 해 여름이 왔을 때 김경수는 제지소 문을 열었다. 물론 닥나무를 베어다가 껍질을 벗기는 일부터 습지를 떠서 건조하는 일까지 혼자서 해내야 했다. 동네 사람들이 도와주고 싶어도 죄다들 무슨 일이 됐든 벌이를 해야 해서 바빴다. 한겨울에 계곡물이 얼어붙고 산이 눈에 덮여도 구들방에 들어앉아 준비해 둔 칡넝쿨 껍질로 맷방석을 짜거나 미투리라도 삼아야 했다. 또 가을에 산속을 헤매면서 캐고 뜯어둔 더덕이며 도라지, 산나물을 장에 가지고 나가서 팔았다.

김경수는 동네 사람들과 다르게 살았다. 가을이 가는 동안 제지소에 필요한 시설물을 들여놓을 수 있도록 헛간 안팎을 고쳤다. 그다음에는 돈이 있어야 할 수 있는 일이었다.

닥나무 줄기들을 모아다가 흑피를 만들고 백피를 만들어 건조한 뒤에, 계곡물에 침지해서 불릴 때 쓰는 말뚝들부터, 과정 과정을 거치고 난 뒤에는 거기서 얻은 습지를 한 장 한 장 건조할 때 쓰는 장판까지, 또 거기다 표백할 때 필요한 짚재며 풀어놓은 섬유들 다시 모으는 데 쓰는 황촉규근 점액까지 빠짐 없이 미리 갖추어야 했다.

이때 김경수가 동네 사람들한테 들어둔 말이 떠올랐다. 겨울이면 계곡 어느 쪽 봉우리에 산판이 벌어진다는 것이었다. 그 해 겨울에는 청화산 중턱이었다. 전쟁 통에 시달리긴 했어도,

노동으로 다져진 건강한 몸이 있었다. 김경수는 산판으로 들어가서 겨울을 나면서 돈을 벌었다. 산등성이에 눈이 내려 쌓이고 계곡이 얼어붙으면 벌목한 통나무들을 밑으로 끌어내리고 필요한 곳까지 옮기기가 용이하다는 것을 그때 알았다.

제지 일이 자리가 잡혀갔다. 한지를 팔려고 등에 지고서 직접 문경 일대 장을 돌았다. 3대째 하는 일이라 다른 제지소에서 내놓은 것보다 육안으로 봐도 질이 좋았다. 무엇보다 색깔이 희고 밝다는 것과 지면이 고르다 했다. 그런 말을 들을 때마다 김경수는 속으로 이 일이 몇 대째 하는 일인데, 하면서 자부심을 가졌다. 그러나 만들고 파는 일을 혼자서 해야 했다. 아직은 퍽 고단한 세월이었다. 장이 서는 날은 새벽에 길을 나서곤 했다. 한지 3백 장을 억새 우장으로 싼 뒤에 멜빵에 걸어 등에 지고 미군용 손전등을 비추며 새벽길을 더듬어 걸었다. 산길로 60리쯤 되는 화룡장에 자주 갔다. 거제도 포로수용소에서 고생을 같이하던 홍을 만난 것도 그곳이었다. 가까이 있는 집에 같이 가자 해서 갔던 것인데, 결혼해서 딸아이까지 하나 낳고 사는 모습이 참으로 좋아 보였다. 그의 아내가 상을 푸짐하게 차려낸 통에, 세 식구랑 같이 저녁을 먹고 집으로 돌아오는 길은 두 다리가 팍팍해서 자주 주저앉아 쉬어야 했다. 회령 집 생각 때문이었다. 눈이나 비가 갑작스럽게 내리는 날에는 한 장도 못 팔고 돌아올 때도 많았다. 그런 날은 장바닥에 종이를 펴놓을 수 없었다. 장에 나오는 손님 또한 뜸했다. 종이를 못 팔았다 싶은 날은 종일 굶고 지냈다. 그런 날이면 가까이에 있는 홍의 집을 찾아가고 싶어졌다. 끼니를 해결하기 위해서라도 그러고 싶었다. 그러나 그다음이 두려워서 그러지 못했다. 한 번도 찾아가지 않았다. 어느 겨울날은 쫄쫄 굶고 돌아오다가 쌓인 눈에 미끄러져 계곡 밑으로 나가떨어지면서, 왼쪽 발목이 접질린 적이 있었다. 겨우 길까지 기어 올라와서 접질린 다리를 끌고 간신히 걸었다. 굶기까지 했으니 기진맥진할 수밖에 없었다.

"종이는 섣달 전에 팔아야 하제. 그래야 설에 아버지 차례를 모실 제수를 살 수 있제. 그날 빈손으로 돌아오는 마음이 얼매나 쓰라린지 모른닥 하이."

발목을 접질린 날 김경수는 집을 한 십 리쯤 남겨 두고는 잠시 쉰다고 주저앉았다가 그만 정신을 잃었다. 그랬다가 속이 쓰려서 깨어났다. 일어나려니 무릎이 굳었고, 손가락조차 펴지지 않았다. 까짓 십 리 남았는데, 라고 생각하며 기며 구르며 겨우 집으로 돌아왔다.

"배는 고파 죽겠고, 다리는 아프고……. 그래도 눈 녹은 물에 젖은 종이부터 살려야 하지 않겠나. 제지소 안으로 들여놓은 장판에 젖은 종이를 펴 붙이고 아궁이에 군불부터 지폈다이. 그라고서야 밥을 먹었다니깨."

그때까지도 김경수는 농암제지소란 이름을 쓰고 있지 않았다. 그냥 농암계곡에 있는 제지소라고 사람들에게 말했고, 또 사람들은 농암계곡에 가면 제지소가 있다더라고 말했다.

할아버지 김경수가 형 김태수를 찾아보겠다고 본격적으로 나선 것은 한국과 소련 사이에 국교가 수립된 뒤부터였던 것 같았다. 그때 중앙아시아에서 사는 고려인들의 모국 방문이 시작되기도 했다. 여전히 밤이면 할아버지는 텔레비전 앞에 앉아 있었다. 고려인들을 만나서 수소문을 해 볼 궁리를 했던 것 같았다. 그러나 할아버지한테는 비벼 볼 언덕이 막연할 뿐이었다. 일제강점기에 사할린으로 징용 간 사람들의 모국 방문도 시작되었다. 혹시 형이 그쪽으로 간 것은 아닌가 생각도 했지만, 어찌해야 할지 방법을 찾지 못하고 있었다.

내가 경찰공무원 채용시험을 보았다는 소식에 할아버지는 벌써부터 상당히 고무되었다.

"믿을 수 없는 일이 일어났다 카이."

할아버지는 설마 하며 지켜보다가 내가 합격 통지서를 갖고 집으로 갔을 때는 믿어지지 않는 눈치였다.

"연좌제가 암암리에 작동하리라 여겼제. 그 때문에 니가 쓴맛을 본 뒤 실망해서 집으로 돌아오리라, 그렇게 되면 다시는 제지소를 떠나지 않으리라 믿었제. 할아버지는 니 도전을 승낙하시면서도 나처럼 그런 은근한 기대를 가지고 있었을 거다 아이가."

아버지는 할아버지의 심정을 이렇게 설명했다. 1980년대 말에 이미 연좌제가 폐지된 터였다. 할아버지가 그 사실을 몰랐을 리 없었다. 이제는 그 용어조차 생경하게 여기는 젊은이들이 많은 세상이 되었다. 그런데도 당하고 살 수밖에 없었던 사람들의 과거 경험이 현실을 짓누르고 있었다.

경찰이 되어도 좋다는 할아버지 김경수의 승낙을 받고 서울로 돌아가기 위해 가방을 꾸릴 때였다.

"이것 좀 보라."

할아버지가 장롱 밑바닥에서 꺼낸 서류봉투 하나를 불쑥 내밀었다.

"니 큰할아버지 사진이다. 다행으로 블라디보스토크에서 큰할아버지 생일에 내랑 신식으로 차려입고 한 장 박은 거이다. 전쟁 때도 품에 넣고 다니던 기제. 원캉 오래돼 나서 윤곽이 많이 흐리다이? 경찰질을 허다 보믄 찾아볼 기회가 있을지 모르지비."

큰할아버지가 열여덟 살 때라는데, 지금의 할아버지 얼굴 모습이 많이 남아 있었다. 사진을 싸 놓은 종이에는 회령 집의 주소와 부모 이름, 그러니까 내 증조할아버지와 증조할머니의 이름들도 적혀 있었다. 그뿐만 아니라, 아내인 한정순과 두 딸인 점례와 점남이도 적혀 있었다. 정부가 이산가족 상봉단을 꾸릴 때마다 할아버지와 아버지가 절차를 밟아 상봉을 신청해 왔던 이름들이었다. 물론 매번 허사였다. 할아버지 김경수는 그 이름들과 함께 그동안 그리움과 죄책감, 허탈감만 키워 왔다. 이제는 이산가족 통합정보센터에 김경수가 찾고 있는 가족의 이름들로만 남아 있었다. 그야말로 천재일우만을 바라는 상태였다.

"큰 죄를 지었제. 이 아들만 믿고 사신 어무이었는데. 느 할

무이하구 아이들에게도 면목이 없다 하이. 다부 만날 좋은 세상이 오기는 진작에 틀렸다 카이."

어느 설날에도 술을 마시고 눈시울을 붉히시던 할아버지의 모습이 지금도 뇌리에 생생히 남았다.

"가까운 곳은 까마득해지고, 까마득한 곳은 가까워졌으니까네 니 큰할아버지라도 찾아야지 안 캤나?"

그날 할아버지는 내 손을 붙잡고 간곡히 당부했다. 나이가 들수록 해야 할 일을 못 하는 회한이 사무쳤던가 보았다.

마침 그 무렵부터 제지소나 집에는 적잖은 변화가 일어났다. 여기저기서 찾아오는 사람들이 많이 늘었다. 주로 질 좋고 비싼 한지를 찾는 사람들이었다. 수요를 감당하기 위해 할아버지와 아버지는 제지소를 확장했다. 사무실도 따로 지었다. 사무실은 당연히 대학물을 먹은 어머니 차지였다. 우편배달일망정 신문도 한 부씩 받아 보았다. 또 필요한 때에는 화북에서든, 내서에서든 비싼 노임을 주고라도 일용 일꾼들을 데려다가 함께 일했다. 1톤 트럭을 새로 바꿨지만 여전히 어머니가 운전했다. 그러나 한지를 실어 나르는 일로 운전대를 잡을 일은 별로 없었다. 장이 서는 가은 읍내나 시로 승격한 문경 시내에서 사람들이 제 차를 운전해서 찾아왔다. 찾아오는 사람 가운데는 서울 사람들이나 외국인도 눈에 띄었다.

여전히 고해 과정을 맡아 하는 어머니가 편백나무 판 위에 백피를 쌓아 놓고 방망이질을 하면서 문경새재 노래를 불렀다.

문경새재는 웬 고갠가

구비 구비 구비가 눈물이로구나

아리 아리랑 쓰리 쓰리랑 아라리가 났네

아리랑 음음음 아라리가 났네

청천 하늘엔 잔별도 많고

우리네 가슴속엔 희망도 많다

아리 아리랑 쓰리 쓰리랑 아라리가 났네

………

내가 초등학교에 입학할 무렵까지만 해도 어머니가 가끔 부르는 노래에 한이 서려 구슬펐다. 헌데 언제부턴가는 가락에 꽤 흥이 들어갔다. 한지를 사러 왔다가 할아버지에게 무안을 당하고 돌아가는 사람들도 생겨났다. 어떤 이는 외제 승용차를 타고 처와 어린 딸을 데리고 왔다.

"저거 한 장 내려 보쇼."

그 사람은 할아버지에게 꽤나 거드름을 피웠다. 할아버지 김경수는 그 사람이 말하는 대로 한지를 종류별로 시렁에서 내렸다 올렸다 하기를 몇 차례 반복했다.

"용도를 말해 보이소. 이 사람이 추천해 드릴 터이."

그 사람은 용도를 말하지 않았다. 할아버지는 금세 그 사람의 의도를 눈치챘다. 그 사람이 마지못해 제일 싼 것으로 달랑 한 장을 사겠다고 했을 때 할아버지 김경수는 종이를 모두 거둬들였다. 당연히 그 사람을 빈손으로 돌아갔다. 나는 한 장뿐이어서 팔지 않는 할아버지의 태도를 이해할 수 없었다.

"종이 사러 온 사람이 아니다 카이. 지가 부자라고 자랑하러 안 왔나."

나이가 들수록 할아버지의 건강에도 변화가 왔다. 무릎과 팔오금에 관절염이 생겼다. 물질을 해서 습지를 뜨는 일부터 아버지에게 넘기고 나서 옆에 의자를 놓고 앉아 잔소리를 해댔다. 하지만 때맞춰 지통을 교반봉으로 저어주는 일은 놓지 않았다. 할아버지가 하는 일들은 한지 제작 과정 중 가장 중요했다. 정확하고 섬세한 감각이 필요한 과정이었다. 아버지가 하는 일들은 한지를 만드는 과정에서 가장 큰 노동력을 들여야 하는 과정들이었다. 이제는 아버지가 다른 일손을 빌리지 않고 할아버지가 맡아 하던 과정까지 하나씩 넘겨받아 가고 있었다. 따라서 아버지의 일이 그만큼 많아지고 책임도 무거워지고 있었다.

"우리 비행기는 곧 타슈켄트 공항에 착륙합니다. 안전벨트를 매 주십시오. 등받이를 제자리에 위치시켜 주시고, 창문의 블라인드도 올려 주십시오……."

스튜어디스의 안내방송이 나왔다. 왼쪽 창가에 앉은 사람이 블라인드를 올렸다. 비행기가 왼쪽으로 기울 때 창문으로 은하수가 다가들고는 했다. 별바다였다. 곧 공항의 불빛이 창에 담겼다.

"저기가 타슈켄트인가 보지?"

박 회장이 비행장 불빛을 내려다보면서 혼잣말을 했다. 나는 앞에 펼쳐진 접이식 테이블을 제자리로 밀어 올리며 생각 속에서 빠져나왔다.

자술서

어느덧 2시 18분이었다. 자정을 넘어 그만한 시간이 흐른 것이다. 나는 방안을 돌아보았다. 카메라는 천장의 귀퉁이서 검은 눈을 번득이고 있었다. 그러건 말건 팔을 활짝 벌리고 기지개를 켰다. 과연 자술서를 쓸 것인가? 쓴다면 어떻게 써야 할 것인가? 자술서를 쓴 뒤 예정된 오후 10시 20분발 비행기를 타고 서울로 갈 수 있을 것인가? 그때까지는 20시간 남짓 남았다.

"맘을 비워야 하는 기라. 참맘을 가지고 일해야 하는 기라."

할아버지 김경수가 평소 자주 하던 말이 내 귓속에서 또렷이 살아났다. 그렇다. 이제 나는 나를 구해야 한다. 내 목적을 이루어야 한다. 방법은 참마음으로 당당하게 진술하는 것이다. 나는 잘못한 일이 없었다. 따라서 겁낼 것도 없었다. 노트북을 열고, 자판 위에 두 손을 올렸다.

인천공항을 출발한 국적기 OZ가 타슈켄트 공항에 도착한 시각은 오후 9시 50분이었다. 예정 시각보다 1시간 30분 연착

되었다. 1시간 늦게 출발한 데다 비행시간이 30분 늘었다. 입국 심사를 마치고 짐을 찾아 입국장으로 나오자, 현지 가이드인 김 막달레나가 깃발을 들고 기다리고 있었다. 20대 후반쯤 되어 보이는 고려인 3세 여인이었다. 말씨가 유난히 당당했다. 새빨간 립스틱을 칠했는데, 그것이 유행이라고 해서 칠한 모양이지만, 그리 어울리지는 않았다. 그 때문에 자꾸 입술에 시선을 빼앗겨서 민망했다. 또 서울서 통화할 때 막달레나가 고려인이라고 소개해서 고려인인 줄 알았지, 아니라고 잡아떼면 아닌 줄 알 만큼 엉덩이와 가슴이 풍만했다. 막달레나를 따라 공항 청사 밖으로 나왔다. 이 나라는 한국과 위도가 같거나 약간 높았다. 그러나 여름 평균기온이 섭씨 40도에 이를 정도로 고온 건조한 기후대에 속했다. 다행히 밤이어서 가을 날씨답게 바람이 시원하게 불었다. 한국에서라면 오늘 밤이 내 야간 당직 근무 차례였다. 이때쯤이면 어떤 이유로든지 말썽을 피우다 연행된, 혹은 제 발로 찾아든 사람들로 소란스럽기만 하던 파출소 안이 얼마큼 여유를 찾아가는 시간이었다. 취객들은 짧게 쓴 자술서와 퀴퀴한 체취를 남기고 귀가 조치 되었다. 그도 어려우면 가족을 부르거나, 숙직실에 재웠다. 밤이 이슥해지면 2인 1조로 차를 타거나 걸어서 순찰하였다. 귀를 바짝 세우고 눈심지를 돋우어 가면서 텅 빈 거리며 골목길을 돌았다.

주차장에 대기한 관광버스에 일행들이 오르는 사이 나는 막달레나의 옷깃을 버스 옆으로 잡아끌었다.

"내가 김태습니다."

무슨 일인가 하던 막달레나가 눈을 밝게 빛냈다.

"아, 김태수 선생님이시군요."

"내일부터 예정된 제 개별 일정 진행에 이상이 없겠지요?"

"중앙아시아 고대사를 전공하는 아주 우수한 동무로 섭외해 놓았습니다. 전혀 걱정하지 않으셔도 됩니다."

나는 재킷 안주머니에서 지갑을 꺼냈다. 개별 일정에 대한 별도의 비용을 약속대로 막달레나에게 지불했다.

"제 대학 동창이고요, 선생님에 대해 제가 아는 모든 것을 다 이야기해 놓았습니다. 도움이 되실지는 모르겠습니다만, 제가 최대한 노력한 결과라는 사실만은 기억해 주십시오."

버스에 오른 일행이 모두 자리를 잡고 앉았다. 마지막으로 탄 막달레나가 일행을 확인한 뒤에 제 자리에 앉았다. 나는 막달레나 뒤에 있는 앞자리였다. 버스가 출발했다. 늦은 시간이라선지 거침없이 달렸다. 거리에는 차들이 거의 보이지 않았다. 시내 중심가로 보이는 곳에 있는 시티팰리스 호텔에 도착했다. 시계를 보니 오후 11시 53분이었다. 나는 배정받은 5층 구석 방에 투숙했다. 일인실이었다. 키 큰 대추야자 한 그루가 창밖에 바짝 붙어 선 방이었다. 동기동창들의 일행 속에 끼어든 탓에 나는 자연스레 독방을 쓰게 된 것이다. 일행은 한 방에 모여서 면세점에서 산 술을 마시는가 보았다. 나한테도 정 총무가 의사를 물었지만 사양했다. 계획된 일정을 한 번 더 점검하고 잠자리에 들었다.

다음 날 아침 8시 정각, 로비에서 기다리고 있다는 현지인 아르쳼의 전화를 받았다. 그 시각에 일행은 예정된 일정대로 1층 뷔페식당에서 아침 식사를 했다. 나는 식사에 참여하지 않고 그 시간을 개별 일정에 보태기로 했다. 로비로 내려가자 무슬림 전통의 챙이 없는 흰색 모자를 쓰고 허벅지까지 내려오는 같은 색 셔츠를 입은 사내가 다가왔다. 막달레나가 말한, 중앙아시아 고대사를 전공한 아주 우수한 동무는 나이가 서른 안팎으로 보였다.

"김태수 선생님이시죠?"

"아, 아르쳼 씨군요."

아르쳼은 몸가짐이며 얼굴 모습에서 지적인 분위기가 풍겼다. 영어도 유창했다. 그런데 상대를 경계하는 눈초리가 설핏 엿보였다. 작은 잘못을 저지르고 심하게 당한 사람들한테서 나타나는 특징이었다.

여기서 나는 자술서 쓰기를 멈추었다. 그런데 상대를 경계하는 눈초리부터 다 지워 버렸다. 정직하게 진술하자고 다짐했지만, 구태여 마르크를 예민하게 만들 필요는 없었다. 공연히 오해를 부를 수도 있을 것이었다.

아르쳼을 따라 호텔 건물 밖으로 나갔다. 지난밤에 방의 창밖에 서 있던 대추야자는 호텔을 지을 때 빙 둘러 심었던 것 같았다. 벌써부터 햇볕이 작열하는 시멘트 길에 그래도 그늘을 드리워 주었다. 호텔 왼편의 주차장으로 갔다. 아르쳼이 가져온 감색 승용차가 거기 있었다. 승용차의 앞뒷면에 조개 모양의 오래된 대우자동차 로고가 보였다.

"우리나라에는 자동차 공장이 딱 하나 있습니다. 바로 대우자동차입니다. 한국에서는 망했다지만, 우리나라에서는 아직 건재합니다. 시내에 나가 보시면 거리를 누비는 거의 모든 자동차가 대우 생산품입니다."

아르쳄은 나를 기분 좋게 하려는 의도였는지 엄지손가락을 치켜세우면서 한국 칭찬을 했다. 눈빛이 살아 있었다.

승용차는 탈라스 전투 유적지를 향해 출발했다. 구름 한 점 없는 하늘이 가없이 펼쳐졌다. 여행자에게는 그냥 맑은 하늘이었다. 그러나 이 맑기만 한 하늘이 이 나라에서는 고온 건조한 기후와 사막화의 주범이었다. 남쪽에 있는 톈산산맥이 남북 간의 기류 소통을 가로막아 그런 하늘이 형성되었다고 했다. 안내 책자에서 읽은 지식이었다. 어느 곳에나 눈길이 닿는 곳마다 금세 햇볕이 이글거렸다. 승용차는 시내를 벗어나 종려나무들이 드문드문 보이는 나지막한 산등성이를 따라서 달렸다.

"나는 타슈켄트 대학에서 박사과정을 수학하는 중입니다."

아르쳄이 자신을 소개했다. 어제 막달레나에게서도 들었지만, 여행사를 통해 개별 일정을 잡을 때부터 알고 있던 이력이었다. 세 사람 가운데서 그를 선택한 것이다.

751년의 탈라스 전투 결과, 당나라의 제지 기술은 먼저 사마르칸트까지 서진했다. 그때까지 그곳 사람들은 글씨를 쓰고 그림을 그릴 때면 무겁고 두껍고 값비싼 양피지를 썼다. 그런

곳에 가볍고 얇고 값싸면서도 오래가는 수제지가 출현하게 되었던 것이다. 당나라에서 종이가 처음 나왔을 때는 채후지라 불렀다. 그리고 종이를 발명했다고 주장하고 자랑하는 중국에서는 건국 이래 '선지'라고 바꿔 부르고 있었다. 그 종이가 사마르칸트에서 사마르칸트카키드, 즉 사마르칸트지로 새롭게 태어난 것이다. 물론 당나라에서 바란 일이 아니었다. 그러나 기술은 서역을 향해 꾸준하게 흘러갔다. 물론 두루마리를 책으로 바꾸는 기술도 함께 갔다.

산등성이 아래로 누런 초원이 펼쳐졌다. 따가운 햇볕에 탄 자취였다. 호텔을 출발한 뒤 한 시간 반쯤 달렸을까? 붉은색과 하얀색을 사선으로 칠한 차량 통행 차단봉들이 도로를 가로막았다. 옆에는 카키색 제복을 입고 소총을 휴대한 군인들이 지키는 작은 초소와 슬래브 건물이 차단봉들을 사이에 두고 하나씩 서 있었다.

"여기가 국경입니다."

아르쳄이 승용차를 세웠다. 슬래브 건물 창구에 예닐곱 명의 남자들이 매달려 있었다. 모두 광대뼈가 툭 튀어나오고 어깨가 축 처졌다. 금방 주차장에서 보았던 누런색 밴이 그들이 타고 온 차인가 보았다. 타이어가 하도 닳아서 내리막길로 나가면 그냥 미끄럼을 탈 듯했다.

"일자리를 찾아 카자흐스탄을 통해 러시아로 가려는 사람들일 겁니다."

내가 그들을 궁금해하는 것 같았던지 아르쳄이 설명했다.

우리는 초소 부근에 차를 세웠다. 아르쳄이 내게서 여권을 받아 들고 초소 창구로 갔다. 그사이 나는 차에서 나와 아름드리 뽕나무 밑에서 햇볕을 피했다. 두 무릎이 솟구친 낡은 바지에 보풀들이 덕지덕지 붙은 티셔츠 차림의 사내가 나를 보면서 일없이 실실 웃었다. 슬래브 건물 창구에 매달려 있던 사내 중 하나였다. 무슨 말이라도 건네고 싶었지만 할 말이 떠오르지 않았다.

기다리는 사내들과 달리 아르쳄은 금방 돌아왔다. 관리들은 나를 대면하지도 않았고, 입국 목적을 묻지도 않았다. 아르쳄이 건네는 여권의 펴진 쪽에는 임시출국과 임시입국용 퍼런 스탬프가 두 개 찍혀 있었다.

"소비에트연방이 갑자기 해체되고, 실제로는 러시아로부터 대책 없이 독립하면서 살림살이가 어려워진 사람들이 아주 많아졌어요. 그들은 독립이 잘못됐다고 원망하며 살지요. 다 신흥 부르주아들이 서민들을 악랄하게 착취하는 탓입니다. 러시아와 국경을 맞대고 있는 카자흐스탄의 국경 부근에는 일자리를 찾아 몰려드는 사람들을 러시아로 송출하는 업체들이 성업 중입니다. 저기 보이는 사람들도 그곳으로 가려는 것 같습니다."

아르쳄이 솔직한 것인가, 아니면 자기 나라에 대해서 비관적인 생각을 품고 있는 것인가. 그는 자신의 나라에 대해서는 내가 묻지도 않은 말을 했다.

"자본주의 세상에서는 부자는 더 부자가 되고, 가난한 자는 더 가난한 자가 되기 십상이지요."

나는 일반론적인 이야기를 했다. 대꾸 없이 가만히 있기가 뭣했다. 그 자리에는 두 사람뿐이지 않은가…….

"자본주의 자체가 나쁜 것은 아닙니다. 자본주의에도 신용이라는 게 있어서 신용에 의해서 자본주의 나름의 도덕과 윤리, 질서가 유지되지요. 그런데 자본가가 부자 되고 싶은 욕망으로 신용 대신 권력을 이용하는 게 문젭니다. 또 권력자는 자본가의 돈을 이용해서 권력을 유지하려 하지요. 자본가와 권력자가 서로에게 이익이 되는 거래를 하는 셈이지요."

아르쳄이 내 말에 설명을 덧붙였다. 뜻밖이었다. 그는 승용차에 시동을 걸면서 주위를 살폈다. 말을 하다 보니 주위에 신경이 쓰이는 것 같았다. 영어를 알아들을 사람이 흔치 않을 것이라는 점을 감안하면 습관 탓 같았다.

"방금 제가 드린 말씀을 우리나라 이야기로 오해하시면 안 됩니다."

아르쳄이 싱긋 웃었다. 내게 자신의 속뜻을 전하려는 태도로 보였다. 별말이 아니라고 여긴 그 말, 다시 생각하게 했다. 퍼뜩 한국의 1980년대가 떠올랐다. 나는 머리를 저었다. 들은 이야기를 특별히 기억에 담아둘 이유가 없었다. 생각할 이유도 없었다.

나는 여기서 아르쳄이 내 말에 설명을 덧붙인 부분부터 삭제했다. 다른 뜻은 없었다. 이 자술서를 읽을 제삼자의 입장에서 보면 아르쳄뿐 아니라 오히려 나까지 덜떨어진 인격의 소유자로 인식될 것이 뻔했기 때문이었다. 나는 그와 사정이 많이 다른 한국 사람이었다.

다시 승용차에 탔다. 자신이 쓰고 있는 것과 모양도 색깔도 같은 전통 모자를 아르쳄이 내게 건넸다. 국경 초소에서 머물 때 부근의 노점상에서 산 모양이었다. 그사이 나는 화장실에 다녀오느라 알지 못했다.

"이 칼팍을 쓰고 다니시면 현지인들이 선생님에게 더 친근감을 갖게 될 겁니다."

나는 마다하지 않고 그것을 썼다.

"옷자락이 무릎까지 내려오는 셔츠를 쿠알락, 그 위에 걸치는 외투를 초폰이라고 합니다."

아르쳄이 자신이 입은 옷을 가리키며 설명했다. 나는 새삼스럽게 그를 머리에서 발까지 살펴보았다. 전통의상이 그에게 잘 어울렸다.

"오히려 소비에트연방에서 독립되기 전까지는 전통의상을 많이들 입었습니다. 그냥 전통의상이 아니고, 무슬림을 상징하는 옷인데도 그렇습니다. 그런데 갈수록 그런 분위기가 조장되고 있습니다. 다른 목적이 있는 것이죠. 우리 우즈베키족까지 마약에 중독되는 것처럼 그런 현상에 동조하고 있으니까요."

"아, 그렇군요! 저기 오른쪽에 보이는 산줄기가 톈산산맥인가 보죠?"

아르쳄이 하는 말에 색깔을 입혀 갈 낌새가 보이자, 나는 짐짓 딴전을 피우고 나섰다.

"예."

그는 내 눈길을 좇아서 눈을 들었다가 내리면서 표정을 지웠다. 내가 그런 식의 말에는 거부 반응을 보인다는 것을 제발 알았으면 했다.

나는 아르쳄이, 소비에트연방에서 독립 운운할 때부터 내용을 지웠다. 자칫 현 정부 정책을 비난하는 것으로 이해될 수도 있겠다 싶어서였다. 1인이 30년 가까이 집권하고 있는 나라가 아닌가. 그것까지 여기에 기술하진 않았다.

승용차는 카자흐스탄 경계 안으로 20분쯤 들어와 있었다. 만년설을 인 톈산산맥의 봉우리들이 오른쪽에 거리를 두고 있었다. 승용차가 광활한 초원지대를 달렸다. 이 지역 역시 풀들이 햇볕에 누렇게 타든 곳이 많았다. 말을 탄 사람들이나 방목된 소들이 초원과 도로를 구분하지 않고 유유자적 걸었다. 소떼가 도로를 막고 멋대로 걸어가면서 차들의 경적 따위에는 아랑곳하지 않았다. 말라붙은 소의 배설물들이 군데군데 도로를 차지했다. 창문을 열고 톈산산맥에서 불어오는 신선한 바람을 쐬고 싶었다. 그러나 아르쳄이 막았다. 열기를 머금은 바람보다는 에어컨 바람이 몇 배나 낫다고 했다.

30분쯤 지났다.

"여기서 아침을 먹고 가시지요."

아르쳄이 길 왼쪽에 승용차를 세웠다. 유목민들의 집인 유르트 앞이었다. 'CAFE'라고 쓴 작은 입간판이 가랑이를 벌리고 출입구 옆에 비켜서 있었다.

안으로 들어서자 시큼한 냄새가 앞을 가로막았다. 출입구 가까이에 있는 탁자에 자리를 잡았다. 안쪽으로 들어가면 냄새가 더 심할 것이 뻔했다. 손님은 한 사람도 없었다.

"칼팍이 선생님한테 퍽이나 잘 어울립니다. 쿠알락과 초폰까지 걸치면 우리나라 사람이라 해도 손색이 없겠습니다."

아르쳄이 능청을 떨었다. 실제로 그럴듯하게 보였던 것인지, 분위기를 바꿀 요량인지 알 수 없었다. 카운터에 앉아 있던 여자가 우리가 앉은 자리로 다가왔다. 평상복을 입은 몸이 부한 중년이었다. 아예 아르쳄 옆으로 가서 섰다. 아르쳄은 내 몫으로 샌드위치와 커피를 시켰다. 묻지도 않은 채였다. 이 카페에서 외국인의 입맛을 당길 수 있는 특별한 음식이 없을 듯싶기는 했다. 제 몫으로는 샌드위치와 크므스를 시켰다.

주인이 쟁반에 담아온 음식에서 아까 안으로 들어설 때 막아서던 시큼한 냄새가 풍겨 왔다. 냄새를 쫓아가자, 겉에 때가 거뭇거뭇 낀 흰 주석 컵에 담긴 희끄무레한 액체가 보였다.

"말젖을 발효시켜 만든 음료입니다. 우리나라 사람들이 무척 좋아합니다. 하지만 외국인들은 이 냄새를 외면하지요."

아르쳄이 보일 듯 말 듯 찡그린 내 인상을 보면서 말했다.

"한국인이 잘 먹는 김치도 외국인들은 시큼한 냄새 때문에 외면하지요."

"저는 김치를 좋아해요. 타슈켄트에 있는 시장 꾸일륙바자르에 가서 일부러 사 먹기도 합니다."

"아, 어떻게?"

"어렸을 적부터 까레이스키들이 사는 마을의 이웃 마을에 살았거든요. 꾸일류바자르에 가면 고려인인 까레이스키 상인들이 자기들 전통 음식을 가지고 나와서 팝니다."

우리는 샌드위치를 손으로 들지 않고 포크로 찍어서 먹기 시작했다.

"저는 선생님이 탈라스 전투가 벌어진 지역에 가시겠다는 게 영 이해가 안 돼요. 그곳에 가 봐야 볼 게 별로 없습니다. 아무런 도움이 되지 않을 것 같아요."

나는 머리를 끄덕였다. 맞는 말이긴 했다. 그러나 내가 그곳을 돌아보고 싶어 하는 이유를 구태여 찾자면 아주 없는 것이 아니었다. 751년, 그곳에서 고대 최대 규모의 전투가 벌어졌다. 패배한 당나라 유목민 연합군 속에 제지장들이 있었다. 유럽에 가장 근접한 이곳 사마르칸트에 최초의 제지소를 지어 채후지를 생산한 사람들이 바로 그들이었다. 큰할아버지가 만일 이 나라에 있었다면 반드시 그런 생각을 했으리라. 나는 만일을 가정하고, 큰할아버지의 생각부터 좇아가 보자는 것이었다. 지금 그래서 그 발상의 근원지를 찾아가는 것이다.

"독일계 러시아인인 제 할아버지와 할머니도 강제이주자였습니다. 소비에트연방과 독일이 전쟁을 벌일 때 스탈린의 명령 한마디로 볼가강 유역의 고향에서 이곳으로 끌려왔어요. 독일계 러시아 사람들이 전쟁 중에 독일 편에 서서 간첩 노릇을 할지 모른다는 우려 때문이었답니다."

"까레이스키들이 끌려올 때와 같은 이유였군요. 그런데 왜 돌아가지 않았지요? 2차 세계대전이 끝났을 때 독일계 러시아 인들은 다 고향으로 돌아갈 기회를 주었다던데요."

소비에트연방 정부는 까레이스키들에 한해서만 블라디보스 토크로든 한국으로든 돌아갈 기회를 주지 않았다. 기록에 따르 면 독일계 러시아인들이 고향으로 돌아갈 때 까레이스키들도 자신들의 마을 중심가에 모여서 정부의 명령을 기다렸다. 마차 에 짐을 싣고 고향으로 돌아가는 독일계 러시아인들은 처음 중앙아시아에 왔을 때의 가난에 쩔어 있는 모습이 아니었다. 노래도 부르고 웃고 떠들며 새 옷을 입고 마치 새 세상을 향해 나아가는 승리자 같았다. 까레이스키들에게 보란 듯 작별 인 사를 건네기도 했고, 당신들에게도 곧 희망의 소식이 전달될 것이라고 위로하기도 했다. 독일계 러시아인들이 다 돌아가고 한참이 지났다. 까레이스키들은 정부의 연방조사국에 문의했 다. 도대체 우린 언제 돌아가는 거냐고. 돌아갈 수 있느냐가 아 니었다. 그러나 아무런 답변을 받지 못했다. 까레이스키들은 정 부 내무위원회의 허락 없이는 한 발짝도 움직일 수 없는 신세 였다. 뒤에 알았지만, 까레이스키들은 독일계 러시아인들과 달 랐다. 그들에겐 아직까지 공민증이 없었다. 그저 적성 이민족일 뿐이었다. 나중 일이었지만, 상급학교 진학의 기회도 주어지지 않았고, 거주 이전의 자유도 없는 처지였다. 까레이스키들은 깊은 속울음을 알아서 달랠 수밖에 없었다.

"네, 맞습니다. 그러나 저희 할아버지는 일반 독일계 러시아 인들과 다른 특수한 처지에 있었습니다. 강제이주 후에 간첩 혐의를 뒤집어쓰고 시베리아의 강제노동수용소에서 2년 반 동안 갇혔었습니다. 혐의를 벗고 풀려 나오긴 했지만, 할아버지와 같은 부류의 사람들은 귀향이 허락되지 않았습니다. 그때 할 아버지는 고향으로 돌아가 봐야 땅도 없고 반길 사람도 없다 며 되레 잘되었다고 말씀하셨다는군요. 그런 식으로 자신을 달 랜 것이지요."

"그렇군요."

나는 한숨 내쉬는 것으로 아르쳄을 위로했다.

유르트 카페를 나섰을 때는 벌써 달아오른 햇살 때문에 일 순 불길 속으로 들어왔나 싶게 건조한 열기가 몸을 휘감아 돌 았다. 승용차는 탈라스강을 향해 나아갔다. 옛날의 탈라스는 강가의 오아시스 도시였다. 동서의 교역 또한 활발했다. 그해 여름 당나라와 유목민 연합군 3만 명, 무슬림과 튀르크 연합 군 5만 명이 그 강을 사이에 두고 한 달여간 혈전을 벌인 지역 이었다.

"탈라스를 지금은 잠불이라 부릅니다."

아르쳄이 이제부터는 역사학도다운 설명을 하겠다는 듯 운 전대를 잡은 손에 힘을 주고 허리를 곧추세웠다. 초원 속으로 뻗어 들어간 험한 흙길이 나타났다. 돌멩이가 드문드문 박히고 파인 길이었다. 승용차는 벌써 앞바퀴를 들고 뛰어오르는가 하 면, 바퀴들을 번갈아 찧어대며 턱없이 뒤뚱거렸다.

'잠불'이라고 쓰인 도로표지판이 보였다.

"잠불의 외곽지대에 다다랐습니다. 잠불을 고대도시 탈라스라고 단정하는 이유는 가 보시면 아시겠지만, 탈라스강의 발원지에서 바다로 흘러드는 곳까지, 다시 말해 톈산산맥 북쪽의 연봉들에서 아랄해까지 따라가면서 아무리 살펴보아도 1천 3백 년 전에 대전투가 벌어져 수만 명이 죽었다고 여겨지는 곳으로는 유일하기 때문입니다."

승용차가 멈추었다. 문을 열고 나가자 비릿하면서도 상큼한 물 냄새가 날아들었다. 수풀 너머로 강이 보였다. 강폭은 20미터 정도에 지나지 않았다. 윤슬이 햇살을 되쏘아서 무늬져 흘러갔다. 강줄기 좌우를 따라 펼쳐진 초원이 아득했다. 그 속에 무슨 표시를 해 놓은 것처럼 여기저기 몇 그루씩 물푸레나무들이 무리 지어 서 있었다.

"전쟁 당시에는 이 강의 폭이 백 미터쯤 됐다고 합니다. 저 나무들이 서 있는 곳도 그때에는 강바닥이었겠지요."

나무들 사이사이에 수없이 흩어져 있는 모스크의 작은 돔같이 불쑥불쑥 솟은 자갈이 섞인 흙무더기들이 내 눈길을 끌었다. 마치 방치해둔 봉분들 같았다. 듬성듬성 자라서 말라버린 풀들이 보였다. 저것들은 무엇인가. 본디 모습은 둘레도, 높이도 지금보다 몇 배는 됐을 것이다. 세월에 씻기고 씻겨 저 꼴로 황폐해졌을 것이었다.

"단 한 차례도 발굴 조사를 하지 않았답니다."

내가 무더기를 손가락으로 가리키자, 아르쳄이 대답했다.

"여기가 전장이었고 수만 명의 병사가 죽었다면, 저 무더기들은 필시 널려 있던 주검들을 모아서 묻은 자취일 가능성이 크다고 추측됩니다. 천 년을 넘어도 제 나라 제집으로 돌아가지 못한 고혼들이지요. 밤이면 처량하게 울어댔다는 전설 같은 이야기가 지금까지 전해집니다."

나는 동남쪽 저 멀리에 만년설을 인 채로 높고 날카롭게 솟은 톈산산맥의 봉우리들로 눈길을 옮겼다. 그 북서쪽으로 조금씩 키를 낮춰 이어진 봉우리들이 강의 발원지였다. 거기서 잘 벼린 칼날 같은 빛줄기 하나가 날아와 내 눈을 찔렀다. 수천 년 동안 쌓이고 쌓인 눈이 내쏘는 빛이리라.

전투에서 무슬림과 튀르크 연합군의 포로가 된 당나라와 유목민 연합군이 몇천 명쯤 되었다면, 그 가운데 당나라가 자랑해 온 채후지 생산 기술자는 몇 명이나 되었을까? 용케 그들을 찾아내서 사마르칸트에 제지소를 지었다. 그렇지 않았다면, 지금 종이의 역사는 어떻게 바뀌었을까? 큰할아버지 김태수가 강제이주 당시 중앙아시아에 도착했다면, 종이의 새로운 서진이 시작된 이곳을 찾았을까?

"선생님은 종이 연구가이십니까?"

아르쳄이 내 생각을 읽은 것처럼 물었다.

"종이 만드는 일을 대대로 해온 집안의 후손입니다. 그런 점에서 관심이 많을 뿐이지요. 연구가는 아닙니다."

나는 군생활 때의 휴가조차도 내 맘대로 즐기지 못했다. 제지소의 일을 도왔다. 할아버지에게 편지를 쓰면서 다진 내 결심으로 치면 이곳에 오는 것이 마땅했다. 탈라스 전투가 벌어지기 3백 년쯤 전에 이미 고구려와 신라와 백제에는 제지 기술이 들어와 있었다. 할아버지는 악전고투 끝에 그 맥을 이어가는 사람 가운데 하나였다.

"이런 일도 있었지 안칸. 전쟁이 막 끝났을 때제. 내 혼자 첩첩산중에 들어와 한지 맹글고 있는 것을 보고 경찰에서 나를 쎄게 의심했제. 억울했지만, 우째 인민군 출신이 산골에 사넌가 다그치데. 하다 안 되니까 붙들어 가서는 사실대로 말하라 기냥 몽둥이질을 해대대. 내넌 반공포로다, 그 이상 할 말이 없다, 했제. 나중에는 차라리 죽여 달라 했어야. 열흘 만에 반 죽어서 나왔다 아이가. 이번에 운 좋은지 알라. 앞으로 행동거지 잘해라. 경찰이 다 보고 있다. 지때지때 경찰서 찾아와서 보고하락하데."

할아버지는 내가 경찰관이 된 뒤에야 이 말을 했다.

여기서 나는 다시 '내가 경찰관이 된 뒤에야'라는 말을 '내가 성인이 된 뒤에야'라고 고쳤다. 이런 실수가 앞에서도 있었는지 잠시 자술서의 앞부분을 읽어 보았다.

종이는 사용하는 사람에 따라서 얼마든지 그 역할이 달라졌다. 제지술을 입수한 무슬림에게는 종이가 코란 보급의 도구가 되었다. 누군가에게는 독립운동의 도구가 되었고, 혁명이나 쿠데타의 도구가 되었다. 항복과 승리, 실연과 사랑, 절망과 희망의 도구가 되었다. 밥이 되고, 눈물이 되었다. 꿈이 되고, 현실이 되었다. 기쁨이 되고, 슬픔이 되었다. 불의로 칼을 든 자에게는 두려움의 대상이 되었다. 그 두려움이 애먼 할아버지를 경계했을 것이다. 내가 이제 할아버지와 아버지의 대를 잇는다면 5대째 가업을 잇는 셈이었다.

"이쯤에서 돌아설까요?"

아르쳄이 시계를 보면서 물었다. 나는 계획된 일정에서 짬을 냈으므로 시간 여유가 없었다. 단 하루 만에 다녀가야 할 곳이었다. 막상 와서 보고 나니, 와 봤다는 사실 이상의 의미를 찾을 수 없었다. 고개를 끄덕이자 아르쳄이 승용차의 문을 열었다. 승용차 안에서 한증막에 들어섰을 때처럼 숨을 쉬기 어려운 후끈한 열기가 쏟아져 나왔다.

지났던 길을 거슬러 나오는 여정이 시작되었다. 다시 험한 흙길이 나타났다. 소들이 어슬렁거리는 도로도 지났다. 자기들의 배설물들을 몸으로 뭉개고 태평하게 누운 놈들도 있었다.

"점심을 먹고 가야겠지요? 시간상으로 보면 늦었습니다만……."

"차가 개구리처럼 펄쩍펄쩍 뛰어 대서 그런지 나도 벌써 배가 고프네요."

몇 개의 유르트들이 멀리 보였다. 아르쳄이 승용차의 속도를 줄였다. 아침을 먹었던 유르트 카페가 다가오고 있었다.

카페 옆에 녹색 관광버스가 서 있었다. 아르쳄은 그 옆에 차를 세웠다. 한 번 왔던 곳이어서인지 차에서 내릴 때부터 자신도 모르게 내가 앞장서고 있었다. 햇살이 뜨거웠다.

유르트 안으로 들어서자 예의 그 시큼한 냄새가 막아서는 듯했다. 아침때와 달리 식탁 세 개를 손님들이 차지하고 있었다. 서구 쪽 사람들로 보였다. 톈산산맥을 이루는 골짜기들이며 그 밑에 펼쳐진 초원에 관광시설이 있다는 기억이 떠올랐다. 나와 아르쳄은 안쪽에 하나 남은 탁자로 가서 마주 앉았다.

이번에도 나는 아르쳄에게 음식을 주문하게 했다.

"만일 탈라스 전투에서 당나라와 유목민 연합군이 이겼더라면, 5백 년 전에 일어났던 마르틴 루터의 종교개혁도 성공할 수 없었다고 하지요. 양피지가 해 오던 역할을 종이가 대신한 데다 인쇄술을 갖고 있었던 덕에, 독일의 시골 성당에서 '95개조 반박문'을 쉽게 많이 만들 수 있었다는 겁니다. 그걸 멀리 떨어진 성당들에 비밀리에 쉽게 보내서 사람들한테 나눠 줄 수 있었다는 거지요. 서역 국가들로 제지술이 들어가면서 그만큼 문명의 발달 속도가 빨라졌기 때문에 가능한 일이었다는 평가도 있지요."

나는 아르쳄의 말에 머리를 끄덕였다.

"그렇군요. 양피지는 어린 양들을 죽여서 벗긴 가죽을 얇게 손질해야 하고 게다가 무겁기까지 해서 생산하기에도 사용하는 데도 힘이 들었겠지요. 하지만 종이는 무명베나 삼베, 어망 따위의 넝마를 원료로 쓰면서 손쉽게 많은 양을 생산할 수 있고, 부피가 작고 가볍기까지 해서 사용하기에 얼마나 편리했겠어요."

"탈라스 전투에서 무슬림과 튀르크 연합군이 승리하지 못했다면, 중앙아시아에 이슬람 성전인 모스크들이 서는 일도 없었겠지요. 또 유목민들이 당나라를 배신하지 않았다면, 전투의 승패 향방이 달라지면서 그 결과가 어찌 되었을지도 모르고요. 세계문화사의 발전이 지금과는 완전히 다른 양상으로 번졌을 거고요."

"특히 가톨릭에서 갈라선 프로테스탄트는 세상에 아예 없을 수도 있겠고요."

내가 그렇게 말하자 아르쳄의 얼굴에 쓸쓸한 웃음기가 번졌다.

"진실이 빚어내는 정의는 그렇게 단순한 것이 아닙니다. 몇 번이라도 무덤 속에서 되살아나거든요. 가톨릭이든 프로테스탄트건, 기독교에서 말하는 부활을 나는 그렇게 이해합니다."

"예? 부활……."

그의 엉뚱하다 싶은 말에 내가 의아해했다. 내가 그와 눈을 맞추고 있었다.

"아닙니다."

금세 머리를 젓는 그의 얼굴에 웃음이 담겼다.

"아니에요. 말씀하세요……."

나는 오른손을 들어올리기까지 해서 그에게 말을 이어가라 했다. 잘 알지도 못하면서 너무 성급하고 예민한 반응을 보이지 않았나 해서였다. 물론 무심결이긴 했다. 그가 이번에는 아주 가볍게 머리를 끄덕였다.

하지만 나는 이 부분을 진술서에서 지워 버렸다. 혹시 아르첌이 책잡히지 않을까 해서였다.

"당시 중앙아시아에는 여러 종족의 유목민들이 저마다 적당한 자리를 차지해 살고 있었어요. 그런데 6세기 무렵부터 서돌궐족이 세력을 떨치더니 8세기 중반에는 당나라가 서역을 향해 세력을 확장했지요. 당나라는 당시 '석국石國'이라는 뜻을 가진 타슈켄트부터 복속시켰습니다. 그 과정이 참 잔인무도했다고 합니다. 지금 우리나라에서 국부로 숭상하고 있는 구르간 아미르 장군⋯⋯, 다른 나라 사람들은 티무르 술탄이라는 이름으로 알고 있는 분 말입니다. 그분이 정벌을 나갔을 때는 그보다 더 잔혹한 방법으로 사람들을 죽였다고 했지만. 그래서 당나라군 모르게 뒤로 무슬림 세력을 불렀고, 무슬림 국가들은 당나라군의 다음 침략지가 자기들 나라 것을 알면서도 싫다 할 리 없었어요. 전쟁터를 빌려주고 군사력까지 보태 주겠다는 절호의 기회를 잡은 셈이었으니까요."

주인이 우리가 주문한 '마스터바'라는 음식을 내왔다. 얼른 보기에 붉은 국물 속에 채소 조각들이 있어, 양식의 채소 수프를 냄비에 담아 내온 것처럼 보였다. 감자, 당근, 양파, 피망 따위의 채소만 들어간 것처럼 보였는데, 먹다 보니 고기와 쌀이 들어간 것이 채소 수프와 달랐다. 처음부터 쌀을 넣어 익힌 까닭에 짬뽕 국물처럼 담백하고, 칼칼하고, 시원했다.

"좋아하실 것 같았어요. 한국 사람들의 음식문화는 국물 문화라면서요?"

나는 한국 사람이면서 막상 그 말이 맞는 말인지는 몰랐다. 그러나 그 말이 맞다는 뜻으로 엄지와 검지로 원을 그려 보였다. 시원한 맥주가 생각났다. 당연히 매대에 맥주가 보이지는 않았다. 이슬람 문화권이었다.

"혹시 직업이 교수님인가요?"

분위기가 좋아졌다 싶었는지 아르쳄이 다시 내 직업을 캐려 했다. 나는 머리를 저었다.

"제가 여행사에서 아르바이트 해온 지 6년째입니다. 그사이 한국에서 온 손님을 안내해 탈라스까지 온 것은 두 차례, 이번 까지 세 차례입니다. 5년 전에는 대학 연구소에서 온 사람들을 안내했고, 2년 전에는 당나라군 지휘관인 고선지 장군에게 관심을 두고 혼자서 온 중년 남자를 안내했습니다. 그분은 직업을 말해 주지 않았지만, 너무 고지식해서 답답하다 싶었습니다. 아무튼 그분은 고선지 장군을 엄청 존경하는 분이었어요."

"저는 앞서 말한 작은 제지회사에 다닙니다."

나는 일행과 떨어져 혼자 이곳에 온 것이 겸연쩍어서 거짓말을 했다. 하지만 거짓말이라 여기고서 막상 해놓고 보니 그럴듯했다. 내 직업을 처음부터 그렇게 밝혔어도 될 성싶었다.

"탈라스 전투 결과 중에서 결코 지나치지 말아야 할 점은 자칫 서역으로 계속해 갈 뻔한 당나라군의 무력을 여기서 멈추게 했다는 사실입니다. 서역의 여러 나라가 살상과 파괴의 지옥에 빠지는 것을 막았다는 겁니다. 대신에 문명의 원동력이, 그것도 문화의 원동력인 제지술이 갔지요. 탈라스 전투가 가진 그러한 영향력을 높이 사서 선생님이 이곳에 오신 것으로 이해해도 될까요? 선생님의 큰할아버지를 찾는 일과 이곳과는 무관할 것 같은데요……."

"그렇다고 할 수도 있겠군요. 이곳을 방문한 것이 큰할아버지를 찾는 일과는 무관하다고 해도 틀리지 않을 거예요. 하지만 어떤 느낌이 오지 않을까 기다리고 있어요. 종이의 역사가 탈라스 전투라는 뜻밖의 변곡점을 만났듯 내게도 뜻밖의 기회에 그렇게 소식이 찾아올 수도 있지 않겠어요?"

사실이었다. 내가 먼저 탈라스 전투 유적지를 찾아보겠다 한 것은 그런 뜻이었다. 설혹 억지라 해도 좋았다. 당나라의 제지장들이 이역만리를 오고 또 온 끝에 마침내 이 땅과 인연을 맺고 한을 쌓기 시작한 곳이었다. 더러는 죽은 제지장도 있을 터. 5백 년 전이었다. 세월이 그렇게 흐른 뒤에 고려인 제지장 하나가 옛 땅에 홀로 유배된 듯 살았다면, 그들의 영혼이라도 만나서 위로받을 양으로 찾아간 곳이 있었다면 그곳이 어디였을까. 이제 쌍용계곡 제지소로 돌아가겠다고 마음을 정한 내가 큰할아버지를 찾아 이 땅에 왔다면 어디 가서 물어야 하는가. 귓불의 솜털을 건드리는 느낌이라도 붙들어 실낱같은 바람이라도 붙잡고 가야 하지 않겠는가 했었다. 마치 제가 흩뜨린 쌀알들 속에서 누구의 한 생애를 건져내려 덤비듯이.

여기서 나는 작은 제지회사에 다닌다고 한 말이 거짓말이라고 한 부분을 지웠다. 만약 마르크도 내 직업을 묻는다면 제지회사 사무직원이라고 밝혀도 문제가 생기지 않겠다는 생각이 들었기 때문이었다.

허리를 펴고 목을 좌우로 내둘러 굳은 몸을 풀었다. 이어서 쓸 내용을 더듬다가 문득 깨달았다. 그러고 보니 아르쳅의 시야가 내가 미처 생각지 못한 곳을 향해 열려 있었다. 지성인다운 저항의식과 비판의식이랄까? 아르쳅이 배우고 생각한 질서가 실제 사회질서에 질식당하려고 할 때 마음속에서 일어서는 어떤 것이 분명 엿보였다. 마르크가 바로 이런 점들을 나와 연결해서 주목하고 있는 것일까?

가볍게 문 두드리는 소리가 들렸다. 문 쪽으로 내가 고개를 돌리는 사이에 그냥 밖으로 문이 열렸다. 초저녁에 이 방으로 왔을 때 보았던 중년 여성이 그때처럼 카트를 밀고 들어왔다. 빵 바구니와 그에 딸린 등속들, 그리고 오렌지주스가 가득한 큰 유리컵이 있었다. 그녀가 그것들을 탁자 한쪽에 가지런히 내려놓고 나갔다. 그러나 나는 식욕을 느끼지 못했다. 시계를 보니 어느덧 새벽 4시 20분이었다.

"선생님 말씀을 들으니 부럽습니다. 선생님뿐만 아니라 이 나라를 찾아오는 모든 관광객이 참으로 부럽기도 하고 고맙기도 합니다. 나라 형편이 어떻든 찾아 주시니까요."

거기서 아르쳅이 또 주위를 돌아보았다. 어느새 앉아 있던 관광객들이 다 나간 뒤였다. 문 쪽의 식탁 하나에만 새로 들어온 전통 복장 차림의 손님들이 자리 잡고 있었다. 나는 그가 자기 나라 사람들의 해외 관광이 자유롭지 못하다는 말을 할 줄 알았다.

"우리나라는 소비에트연방에서 독립된 이후 27년째 일인 장기 집권체제가 유지되고 있어요. 임기가 끝나는가 싶으면 국민투표를 해서 집권 기간을 연장합니다. 무시로 관권이 동원되고 공안기관이 설쳐 대는데, 국민투표가 무슨 의미가 있겠습니까? 혹시 지난 2005년 5월에 우리나라의 안디잔시에서 일어난 안디잔 소요 사태에 대해 들어보신 적이 있나요?"

이 나라에도 그런 소요 사태가 있었을까? 나는 전혀 관심이 없었다. 국제뉴스를 장식하는 중동이나 아프리카의 몇몇 나라만 시끄러운 줄 알았다. 이 나라에 대한 내 관심은 오로지 큰할아버지의 행방과 종이의 역사에만 있었다. 그러므로 그때까지 나는 그냥 평화롭고 친절한 어떤 나라에 온 기분이었다. 그런데 소요 사태라니.

"안디잔은 인구 35만 명의 작은 도시입니다. 현지 당국이 23명의 무슬림 사업가들을 헌법 파괴 및 범죄단체 구성 혐의로 재판에 넘기자, 이들을 지지하는 한 떼의 무장세력이 교도소를 습격했답니다. 수천 명의 재소자들이 교도소에서 탈출하면서 곧 소요가 일었고요. 나라 정부는 과격 무슬림 세력의 테러라고 밝혔지만, 시민들은 결코 그렇게 믿지 않았습니다. 같은 무슬림인 카리모프 대통령의 장기 집권과 정치 탄압에 맞선 민주시민 봉기라고 여기고 있었지요. 정부는 사망자 수를 187명이라고 발표했습니다. 실제로는 천 명이 넘을 것이랍니다.

외신기자들이 인디잔15학교에서 목격한 시신만 5백 구라고 보도했으니까요. 대학생이던 제 큰형도 거기서 죽었습니다. 나중에 시 외곽의 빈터에서 형의 시신을 찾았지만, 곁에는 군대의 총이 놓여 있었습니다. 학생들을 폭도로 몰아붙이기 위해서 군인들이 곁에 놓아둔 총이라고 어떤 이가 조심스럽게 귀띔해 주었습니다."

"아, 그런 일이 있었군요."

나는 1980년 광주에서 일어난 일을 떠올렸다. 그러나 아르쳄의 말을 귀담아 둘 필요는 느끼지 못했다. 사실이라 하더라도 나와는 무관한 일이었다. 더구나 내 머릿속에는 새로운 관심이 들어설 자리가 마땅치 않았다. 설마 큰할아버지가 그 안디잔이라는 데에 계셨겠는가…… 독립운동에 관여한 적도 있었다니까……. 나는 머리를 저었다. 너무 엉뚱했다.

"나라 정부는 아직도 국제조사단의 조사를 허락하지 않고 있습니다. 따라서 정확한 피해자 조사가 이뤄질 수가 없는 형편이죠. 분통이 터질 일입니다. 갈수록 언론 통제와 시민단체 탄압이 강하고 거칠어지고 있어요."

"한국에서도 군인들이 두 차례나 쿠데타를 일으켜 정권을 잡은 검은 역사가 있었지요. 그때는 군사정권이 오랫동안 철권통치를 했습니다. 공안기관에서 밤낮으로 눈을 부릅뜨고 감시를 하는 통에 사람들이 숨조차 제대로 쉴 수 없었습니다. 그기간에 경제는 크게 발전했지만……."

나는 지금은 다 과거사가 되어 버린 한국의 예를 들어 맞장

구를 쳐주었다.

"우리나라의 카리모프 대통령의 통치가 당시 한국 독재자들의 통치보다 못하지 않을 것이라고 생각합니다. 이 사람은 정치와 인권을 무자비하게 탄압하는 철권통치로 악명이 높습니다. 2013년 미국 유명 검색 사이트인 어바웃닷컴은 아시아 최악의 독재자 가운데 하나로 이 사람을 뽑았습니다."

"아르쳄 씨도 이 나라의 민주화운동에 관여하고 있나요?"

나는 그를 똑바로 바라보며 물었다. 아르쳄이 잠시 입을 꼭 다문 채 멈칫해 있었다. 그리고 금세 무슨 말을 그렇게 하냐는 듯 크게 손사래를 쳤다. 그런 모습이 되레 내 물음을 시인하는 것으로 여기게 했다.

"다른 뜻이 있어서 드린 말씀이 아닙니다. 여행하시는 동안 괜히 오해받을 말이나 행동을 하시면 안 된다는 뜻에서……."

아르쳄은 자신의 상황을 다시 변명했다. 그렇게 하는 데 이미 익숙한 듯했다. 지금도 감시와 통제를 하고 있다는 말이 사실이라면, 지금 나눈 말만으로도 자칫 아르쳄이 곤경에 처할 가능성이 컸다. 아르쳄은 현재의 정권을 비난했고, 반기를 든 자들을 찬양했다. 이 행위만으로도 안디잔 사태의 실상을 해외에 전파했다는 혐의를 뒤집어쓸 가능성이 있었다. 경우에 따라서는 해외에 지원 세력을 확보하려는 기도를 한 것으로 볼 가능성도 얼마든지 있었다. 아르쳄에게 연민의 정이 뭉클 일었다. 그러나 여기는 국경 너머 카자흐스탄이었다. 설마 여기까지 감시망이 뻗쳤을까.

나는 이 부분을 자술서에 기술하면서 고민을 많이 했다. 마르크는 안디잔 소요 사태에 대해서 특별한 관심을 표명했다. 그뿐만 아니라 아르쳄과 나를 '목적이 같은 동행자들'이라고 꼬집어 말했다. 나는 대화한 사실을 시인하되 그것이 그저 평범한 시국에 대한 대화가 되도록 내용을 수정하기로 했다. 특히 아르쳄에게 피해가 가지 않도록 안디잔 사태에 대해 이 나라 정부가 보였다는 가혹한 조치 따위는 깨끗이 지워버렸다. 그래서 우연한 계기로 만난 사람들의 우연한 대화로 보이도록 해야 했다.

승용차가 국경 초소를 통과했다. 초원과 낮은 산비탈을 지났다. 양 떼가 비탈길을 줄지어 다니면서 한가롭게 풀을 뜯고 있었다.

"부탁이 있습니다."

나는 풍경에 한눈을 팔며 입을 열었다. 운전대를 잡은 아르쳄이 내게 곁눈질했다.

"들으셨겠지만, 제 큰할아버지는 수제지를 만드는 기술자였습니다. 까레이스키들 중에서도 드문 직업군에 속한 사람이었지요. 만약 아르쳄 씨의 할아버지께서 계신다면 당시의 일을 기억하는 사람들을 만나 나의 큰할아버지 행적을 찾는 데 도움을 받을 수도 있을 텐데……."

나는 아르쳄에게 80년 전 안팎의 역사를 더듬어 달리는 것이 얼마나 무리한 일인지 잘 알았다. 그는 대답하지 않았다. 가만가만 머리를 젓고 있었다.

"나로서는 길이 없을 것 같습니다. 미안합니다."

타슈켄트 시내로 들어왔다. 어둠이 도시를 완전히 장악했다. 예정된 시간보다 좀 늦게 시티팰리스 호텔에 도착했다. 헤어지면서 아르쳄에게 팁으로 백 달러짜리 지폐 한 장을 내밀었다. 아르쳄은 돈이 얼마짜리인지 확인하지도 않은 채 받아 바지 주머니에 넣으면서 환하게 웃었다.

다음 날, 막달레나의 안내로 일행과 함께 타슈켄트역으로 갔다. 바퀴가 달린 여행용 가방이 도로에 끌리는 소리가 꽤 요란한 편이었다. KTX와 거의 다르지 않은 고속열차를 탔다. 창밖으로 가끔 흔하지 않은 강들과 큰 농경지를 가진 꼴흐즈(협동농장)들이 보였다. 여기서도 마찬가지로 톈산산맥이 줄기차게 따라왔다. 어제 탈라스에 갈 때는 톈산산맥을 오른쪽에 두고 동쪽으로 달렸다. 오늘은 왼쪽에 두고 서쪽으로 달렸다. 사막으로 가고 있다는 데도 아직 눈에 들어오지 않았다. 열차가 서너 번 정거장에 멎었다. 예정 시간에서 30분쯤 지난 11시 정각에 사마르역에 도착했다.

"가끔은 이렇게 한 번씩 바깥세상을 구경하러 나와야 하는데……. 그래야 사는 맛이 나는데……. 우리가 너무 갇혀서 살았어. 정말 바보 같았어."

박 회장이 역 광장에서 심호흡을 했다.

"바보 같은 게 아니고 바보였다구."

정 총무가 박 회장의 말을 받았다. 알려고 하지 않거나 관심을 가질 기회를 갖지 않으면 어떤 사실은 죽을 때까지도 마음속에 들어와 자리를 잡지 않는다. 있는 것을 없는 것으로 간주하고 지낸다. 아니, 없다는 사실조차 모르고 지낸다. 그런 관점에서라면 박 회장이 한 말이 의미가 다르면서도 맞았다. 나도 같은 바보였다. 80년 전의 큰할아버지 김태수를 할아버지 김경수가 들추어내지 않았다면, 삭아 없어진 종잇장처럼 큰할아버지 김태수는 가족 모두의 기억 밖에 있었을 것이다.

광장은 한산했다. 광장 왼편에 관광버스가 대기하고 있었다. 막달레나를 따라 버스에 올랐다. 시골 골목길에나 있을 법한 낡아 보이는 붉은 벽돌집들 사이를 지났다. 포도 넝쿨들이 마당을 넉넉히 가린 식당에 닿았다. 이름 모를 아름드리나무의 밑둥치에 한글 간판이 걸려 있었다. '팔공산식당'이라고 쓰여 있었다. 일행은 고작 그저께 늦은 밤에 이 나라에 도착했다. 그런데도 벌써 내 입속에는 침이 고였다.

"경상도에서 오셨다는 할머니가 아들과 함께 운영하는 식당입니다. 두부된장찌개를 곁들인 백반을 주문하고 싶었습니다. 여기서는 한국 음식을 골라서 먹는 자유를 못 드리게 돼서 미안합니다."

막달레나가 포도나무 넝쿨들 아래에 이미 차려진 식탁으로 일행을 안내했다. 모두 좋다고들 했다. 달랑 김치찌개 한 가지 뿐이었다.

1시 17분 일행은 버스를 탔다. 막달레나가 신도시의 중앙광장을 거쳐 구도시의 중심부로 이동한다고 했다.

14, 15세기에 티무르제국 수도였던 사마르칸트의 신도시 중앙광장에 와 있었다. 주변 건물들의 키가 하나같이 자그마했다. 중앙에 받침대를 높이 세우고, 그 위의 의자에 우뚝하게 앉은 술탄 티무르의 동상을 더욱 돋보이게 하기 위한 것이 아닌가 싶었다. 그는 전장에서 다친 한쪽 다리를 접어 밑을 고인 자세였다. 어디를 돌아보든, 올려보든 연녹색 하늘이 막힘 없이 펼쳐졌다. 햇살은 여전히 뜨거웠다. 어디에도 나무 한 그루조차 보이지 않았다.

문득 아까 점심을 먹은 뒤에 이곳까지 오는 버스 안에서, 막달레나가 이 도시에 대해서 소개했던 말이 떠올랐다.

지금부터 여러분이 학습할 사마르칸트는 이 나라에서 두 번째로 큰 도시다. 원래는 기원전 1천5백 년 전부터, 톈산산맥에서 시작된 자라프샨강의 두 지류가 만나 이루어진 오아시스에 토착민인 소도그인들이 모여 살던 곳이었다. 다시 말해 이곳에 독립된 부족국가가 있었다는 뜻이다.

중국의 서쪽 끄트머리에 이어진 이곳을 사마르칸트라고 이름 지은 사람은 독일의 지리학자였다. 당시에 낙타 대상들이 중국의 시안을 출발해서 실크로드를 타고 남서쪽의 아라비아까지, 또 북서쪽의 흑해까지 수천 킬로미터를 오갈 때, 바로 이 도시, 사마르칸트가 가장 중요한 중간 기착점이었다. 많은 사람이 돈을 쓰고 갈 수밖에 없었는데, 마치 황금을 뿌리고 가는 모습과 같았다고 한다.

이 도시는 탁월한 입지 조건과 소그드인들의 뛰어난 상업술 덕에 얻은 풍요로움 때문에 도리어 불행한 시기를 보내기도 했다. 유목 제국들의 뺏고 뺏기는 각축장이 된 것이다. 7세기 이후에는 아랍 세력들이 다투어 지배했고, 14세기에 이르러서는 칭기즈칸의 후예이면서 한나라의 사위였던 구르간 아미르 장군이 정복했다. 장군은 이 도시를 수도로 삼아 대제국을 건설했다. 그러나 16세기에 지배 세력이 우즈베키족으로 바뀌면서 수도가 다른 도시로 이전되고, 대항해시대가 열리면서 실크로드의 가치까지 떨어짐으로써 이 도시는 쇠락을 길을 걷게 됐다.

하지만 사마르칸트는 1991년 소비에트연방에서 분리 독립하면서 전통을 잇고 산업을 발전시켜 옛 명성을 되찾아가기 시작했다. 수제지의 맥을 되살려냈고 섬유산업이 크게 발전했다.

일행이 비비하눔 모스크로 옮겼을 때는 오후 2시 6분이었다. 그늘을 드리울 만한 나무 한 그루 찾을 수 없기는 마찬가지였다.

"저 탑의 높이가 50미터입니다."

양산을 쓴 막달레나가 팔을 들어 첨탑 꼭대기를 가리켰다. 이곳으로 오는 도중 버스 안에서 자랑스럽게 소개한 미네라트였다. 하늘을 배경으로 꼭대기 칸에서 얼굴을 밖으로 내밀고 선 무아딘의 모습이 동화 속의 세계처럼 아스라이 보이는 듯했다. 하루에 다섯 번 이슬람사원에서 예배 시간을 알리는 무아딘이 청아한 음성으로 메카 쪽을 향하여 '아잔'을 소리 높여 외치고 있는 것 같았다. 간절함이 하늘까지 날아서 울려대는 성싶기도 했다. 무슬림들은 날마다 그렇게 기도 시간을 알리고 함께 기도한다는 것이었다.

"구르간 아미르 장군이 30여 년간 벌인 정복 전쟁의 승리로 복속시킨 지역은 서쪽으로는 소아시아와 시리아의 지중해에 접한 동부 지역까지, 동쪽으로는 차가타이칸국과 북인도까지, 북쪽으로는 카프카즈와 킵차크칸국까지였습니다. 14세기 말엽에 우리는 세계적 대제국의 술탄국이었다는 말씀입니다. 그래서 우리나라는 구르간 아미르 장군을 국부로 모시고 있습니다. 여기서 박수 한번 보내 주십시오……."

막달레나가 그때까지 치켜들고 있던 팔을 앞으로 흔들면서 박수를 유도했다. 일행은 건성으로 막달레나의 말을 따랐다. 자기네 역사에 대해서 자부심이 저렇게나 강할까, 아니면 저렇게 하도록 교육을 받은 것인가. 차츰 아, 내가 독재국가에 와 있구나, 하는 현실감이 더해갔다. 구르간 아미르, 즉 술탄 티무르는 가혹한 정복자였다. 점령지의 관개시설을 철저히 파괴하고 비옥한 땅을 황야로 만들었다. 저항하는 도시에서는 남녀노소를 가리지 않고 모두 죽였다. 마구 자른 사람들의 목으로 탑을 쌓을 정도였다. 어느 점령지에서는 항복한 적병들까지 모조리 죽였다. 그것도 모자라 성문 앞에 죽인 적병들의 머리를 절단해서 산처럼 쌓아놓고 주민들을 겁주었다. 어느 점령지에서는 적병들을 생매장해서 그 위에 성벽을 쌓기도 했다. 티무르가 죽은 지 6백 년이 지난 지금에 와서 그런 사람을 국부로 내세우고 자랑하는 이유가 무엇인가.

술탄 티무르를 구태여 구르간 아미르 장군이라고 부르는 막달레나한테도 이유가 있어 보였다. 추앙하기 위해서 중앙광장에 동상을 세우기까지 한 사람을, 왕이라고 해도 되는 '술탄'을 버리고 '장군'을 택한 것이었다.

여기서 나는 놀랐다. 일단 쓰기를 다시 멈추었다. 나는 술탄 티무르가 가혹한 정복자였다는 사실과 그것을 부연 설명하는 부분을 지웠다. 마르크의 째려보는 눈빛이 머릿속을 가득 채웠다.

그때 일행 중 누군가가 목청을 높여 질문을 했다.

"그러니까 티무르가 바로 저 탑 꼭대기에서 애첩인 비비하눔을 떨어뜨려 죽였다는 것이죠?"

박 회장의 목소리였다. 한국에서 발간된 관광 안내 책자에 있는 내용이었다. 그 이야기를 읽고 온 것이었다. 아, 여기가 그 현장이로구나, 하는 참인데, 또 다른 목소리가 들려왔다.

"맞아! 아홉 명이나 되는 첩 중에서도 별궁을 지어 줄 정도로 특별히 사랑했다는 비비하눔을 여기서 죽였어. 이 별궁을 짓다가 비비하눔에 반한 기술자 놈이 완공을 미루고 졸라대는 통에, 어쩔 수 없이 볼에다 키스를 딱 한 번 허용했다는데, 글

쎄 원정에서 돌아온 티무르가 그토록 잔인한 짓을 했다는 것
이야."

이번에는 박 회장과 나란히 선 사람이었다. 작지 않은 목소
리였다. 아마 자신도 이런 정도의 이야기는 잘 안다는 사실을
일행에게 과시하려는 것 같았다.

"뭐라고요?"

막달레나가 정색을 했다.

"어디서 개가 풀 뜯어 먹는 소릴 합니까?"

이어진 막달레나의 목소리는 꼭 성난 짐승이 으르렁거리는
것 같았다. 나는 질끈 눈을 감았다. 한국 사람을 상대하다가
주워들은 비속어인 모양이었다. 그 비속어의 쓰임새를 잘 알지
못하는 상태에서 지껄인 것일까. 이 나라에 도착해서 보아온
그녀의 모습이 아니었다. 그녀는 말과 행동이 깔끔한 사람. 업
무적인 친절 이상을 내보이지 않는 사람이었다.

"여보세요, 막달레나 씨! 어디서 그따위로 막말을 해? 관광
가이드란 사람이 그래도 되나?"

박 회장이 참지 못하고 나섰다.

"막말을 누가 먼저 했는데요? 두 분이 먼저 이 나라 국부를
모독하는 말을 했잖아요."

"그게 무슨 말이야? 우리 일행 열두 명 중에 한국 서점에서
파는 이 나라 관광 안내 책자 한두 권쯤 안 읽고 온 사람이 여
기 몇 명이나 되는지 어디 한번 물어봐요. 1398년 인도 원정에
서 돌아온 술탄 티무르가 비비하눔의 볼에 찍힌 기술자의 입

술 자국을 발견하고 비비하눔이 바람을 피운 것이라 오해했지? 그래서 비비하눔을 위해 짓던 사원의 저 미네라트 꼭대기로 비비하눔을 끌고 올라가서 잔인하게 떨어뜨려 죽이라고 명령한 게 아니냔 말이야? 또 그 일이 있은 뒤부터 술탄 티무르가 무슬림 여인들은 밖에 나갈 때 반드시 얼굴을 가리라 명령하지 않았는가 말이야? 이게 무슨 국부 모독이야? 역사적 사실을 사실대로 말한 것뿐인데."

"어휴, 말이 안 통하네요. 조금 전에도 구르간 아미르 장군을 티무르라고 불러선 안 된다고 제가 알려 드렸습니다. 어제도 시티팰리스 호텔에서 오전 관광을 나서기 전에 그 점에 대해 주의를 주었습니다. 회장님, 그때는 무엇을 하고 계셨습니까? 도대체 진행을 방해하고 개판을 치는 이유가 무엇입니까?"

막달레나가 심각하게 화를 내는 것 같지는 않았다. 그러나 막달레나가 자기 입으로 쏟아낸 말 때문에 그런 점이 무시된 채 시비가 이어졌다.

"뭐? 개판을 쳐?"

박 회장은 더 열을 받았다. 티무르의 호칭에 대한 자신의 실수 따위는 이젠 아무래도 상관없는가 보았다.

"그게 이 나라 국격을 깎아내리자는 수작이 아니고 뭡니까? 함부로 입을 놀리면 반드시 대가를 치르게 된단 말입니다."

막달레나는 물러설 기미를 보이지 않았다. 아니, 절대로 물러서면 안 되는 것 같았다. 어찌 가이드란 사람이 자신의 본분을 잊고 저리 날뛸까? 일행 가운데 어떤 이는 입을 앙다물었다. 어떤 이는 끌끌 혀를 찼다. 또 어떤 이는 다른 데로 눈길을 돌렸다. 다투는 소리가 점점 커지자 주변의 관광객들이 힐긋힐긋 곁눈질했다.

"대가를 치러? 어떻게? 어디 다시 한번 말해 봐!"

정 총무도 분개했다.

"야, 총무! 우리 일정 여기서 접자. 한국 관광회사에 전화 걸어서 그만 귀국하겠다고 해! 그리고 여행비 환불해 달라고도 해! 살다 살다 별 괴상한 여자를 다 보겠다."

정 총무가 휴대전화기를 꺼내 들었다. 그런데 막달레나가 울상을 짓고 있었다. 벌써 눈가가 젖어 드는지 손수건으로 두어 번 눈가를 찍어냈다. 사람들을 원망하고 있는지, 혼자 당하고 있다 해서 서러워하고 있는지 알 수 없었다. 아니면 혹시 자기 속을 몰라준다고 답답해하고 있었는지도 모를 일이었다.

그때 아르쳄이 한 말이 퍼뜩 내 머릿속에 살아났다.

"여행하시는 동안 괜히 오해받을 말이나 행동을 하시면 안 됩니다."

나는 두 사람에게 급히 다가갔다.

"그만들 진정하세요."

전화기의 번호를 누르려던 정 총무의 한쪽 팔부터 붙들었다. 박 회장이 의아한 눈빛으로 나를 돌아보았다. 나는 그의 한쪽 팔도 붙들었다.

"정말 여기서 관광 끝낼 생각이세요? 그만 귀국할 생각이냐고요? ……저리 나가서 잠시 저랑 얘기 좀 합시다."

내가 윽박지르듯이 말했다. 그때야 두 사람은 이게 아니다 싶었는지 이끄는 대로 따라 나왔다. 일행의 뒤쪽으로 빠져나간 뒤에 이쯤이면 되겠다 싶은 곳까지 갔다.

"계속 이러면 우리가 불리합니다. 우리가 곤경에 처하게 된다고요. 지금 우리는 한 사람이 장기 집권하고 있는 사회주의 국가에 와 있습니다. 이 점을 아셔야 합니다. 만일 일이 잘못되기라도 하면 어쩌시겠습니까? 이 나라는 소비에트연방에서 독립된 나라이고, 그 당시에 이 지역 공산당 제1서기였던 사람이 27년째 대통령을 하고 있다지 않습니까?"

나는 두 사람의 얼굴을 번갈아 살피면서 말했다. 그들은 그것이 어떻게 막달레나의 무례와 연결된다는 것인지 의아해하는 눈빛이었다.

"제가 보니까 막달레나한테 공개된 자리에서 말할 수 없는 속사정이 있는 것 같습니다. 우리한테도 유신 시절이 있었고, 5공 시절이 있지 않았습니까? 남이 듣고 신고할까 봐 막달레나가 지레 오버하고 있다는 생각이 안 드십니까? 자기가 충분히 우리를 교육하고 응징했다고, 어디선가 감시하고 있는 사람들한테 변명할 거리를 만들고 있다는 것이죠. 자신이나 우리가 곤경에 처하는 사태를 미연에 방지하려고 저러는 것 아니냐고요. 그러지 않고서야, 가이드가 미치지 않고서야 저럴 수는 없는 것 아니겠나요?"

두 사람 다 내 말에 귀를 기울였다.

"또 막달레나가 자기가 한 말의 뜻을 제대로 알지 못하고 말했을 수도 있고요. 막달레나는 외국인입니다. 한국말 하고 있지만 외국인이라고요. 얼마든지 말을 실수할 수 있잖아요. 하지만 분명한 것은 막달레나가 말은 심하게 했을지언정 우리에게 거듭 경고하고 있다는 것입니다."

박 회장의 얼굴에서 먼저 사나운 기색이 가셨다. 정 총무와 눈을 맞추더니 아직까지 내가 붙들고 있는 팔을 슬그머니 뺐다. 내 말뜻을 알아들은 눈치였다. 아무리 화가 났더라도 이제는 말리는 사람을 핑계 삼아 일행 속으로 돌아올 수 있을 것 같았다.

내가 앞장섰다. 두 사람도 뒤따라왔다. 그리고 말없이 아까 있던 자리로 가서 섰다. 막달레나가 남은 일행 앞에서 비비하눔 사원에 대한 설명을 계속하고 있었다. 그러나 일행은 대체로 볼이 부어 있었다. 막달레나는 돌아온 셋을 일별하고는 아무런 일이 없었다는 듯 별다른 언급 없이 하던 말을 계속했다.

이 부분에서 나는 좀 꺼림칙한 느낌이 들었다. 그러나 그냥 놔두기로 했다. 이미 마르크가 상황을 다 아는 것처럼 말했던 것이다. 설령 마르크가 모른다 해도 마르크에게 불편한 진실을 밝혀서 내 입장을 좀 더 정확히 해 두는 것이 좋을 것 같았다. 다만 아르쳄이 '여행하시는 동안 괜히 오해받을 말이나 행동을 하시면 안 된다'고 말한 것을 내가 다시 생각해낸 사실만은 지웠다.

비비하눔 사원을 나왔다. 관광버스는 사마르칸트카키드 공장으로 향했다. 비비하눔 사원에서 공장이 있는 메르스 마을까지는 10킬로미터쯤 된다고 했다. 버스는 시내를 벗어나 외곽 길을 달렸다. 다만 이 지역에는 폭이 좁은 도로의 양편에 뽕나무와 플라타너스가 곳곳에 서 있었다. 제법 제지소로 가는 느낌이 일었다.

"뽕나무가 여기서는 종이의 재료로 쓰입니다. 1천3백여 년 전에 종이를 만들기 시작했을 때부터 원료 뽕나무를 사용해 왔다고 합니다. 수령이 6백 년이 넘는 것도 더러 있습니다."

막달레나는 이젠 말도, 행동도 예사로웠다. 나는 앞에서 두 번째 줄에, 박 회장과 정 총무는 맨 뒷줄에 앉아서 막달레나의 설명을 듣고 있었다. 막달레나는 종이의 역사에 대해서 설명하는 중이었다.

중국의 후한 시대인 2세기 초, 채륜이란 환관이 서사 재료로 종이를 만들었다. 그때까지 궁궐에서는 서사 재료로 죽간과 목간을 사용했다. 죽간과 목간은 만드는 데도, 사용하는 데도 불편이 많았다. 종이의 발명은 그런 문제들을 한꺼번에 해결했다. 죽간과 목간에 비해 짧은 시간에 많은 양을 생산할 수 있었다. 가벼운 데다 부피가 작아서 사용하고 옮기고 보관하기에 좋았다. 채륜이 만들었기 때문에 사람들은 당시 종이를 채후지라고 불렀다. 그런 종이를 8세기 중반에 사마르칸트에서 재현하게 되면서부터는 사마르칸트카키드, 또는 사마르칸트지라고 불렀다. 이 사마르칸트지가 제지술을 이끌고 페이퍼 로드를 만들면서 아랍국가들에 전파되었다. 그리고 점점 더 서진해서 유럽 국가들에 닿았다. 이집트는 특산품인 갈대로 파피루스를 독점 생산했던 나라였다. 당시 세계 최대 규모인 알렉산더 도서관까지 운영했다. 다른 나라들은 어린 양의 껍질로 양피지를 만들었다. 두껍고 무거운 불편을 감수해야 했다.

막달레나의 설명은 거기까지였다.

나는 내가 아는 내용을 속으로 되새겨 보았다. 이곳 사마르칸트에서 전쟁포로들이 제지소를 세워 수제 종이를 만들기 시작하면서 바그다드와 다마스쿠스, 카이로, 페즈에 차례로 그 기술이 전해졌다. 이제 제지술은 바다를 건너야 했다. 지중해였다. 어렵지 않았다. 바다 너머 유럽 대륙에 있는 스페인과 이탈리아를 오가는 배들이 있었다. 그곳에서 온 사람들도 종이의 가치를 금세 알아보았다. 어느 모로 따져 봐도 양피지보다 훨씬 나았다. 값까지 양피지가 아홉 배 이상 비쌌다. 때는 11세기였다. 유럽 대륙에 상륙한 제지술은 프랑스, 오스트리아, 독일, 스위스, 플랑드르, 폴란드, 영국, 보헤미아, 헝가리, 러시아, 네덜란드, 스코틀랜드, 덴마크를 거쳐 17세기 말에는 노르웨이와 북아메리카까지 갔다. 거기서 다시 오스트레일리아로 간 것이 19세기 초였다.

이런 걸 볼 때 고구려, 백제에는 제지술이 얼마나 빨리 들어왔던가. 4세기였으니까⋯⋯. 그리고 7세기 초에는 고구려 스님 담징이 일본에 전하기까지 했다. 먹과 붓 만드는 기술도 함께였다.

버스가 공장의 주차장에 멈췄다. 나는 숨을 깊게 들이마셨다가 내쉬었다. 이 나라에 온 이유들 가운데 가장 중요한 이유가 이곳을 방문하는 일이었다. 여기서라면 큰할아버지의 자취를 찾을 수 있지 않을까. 물론 막연했다. 그러나 우선은 기대할 곳이 이곳밖에 없었다. 그래서 그만큼 기대가 큰 곳이었다. 마음이 급한 나는 막달레나를 뒤따라 내렸다.

"감사합니다."

막달레나의 앞을 막 지나칠 때였다. 내 등 뒤에서 그녀가 가만히 말했다. 돌아보니 눈을 맞추며 싱긋 웃었다. 나도 모르게 눈이 껌벅여졌다.

남쪽 하늘 아래로 멀리 있는 산봉우리들이 눈에 가득 들어왔다. 문득 가까이 다가와 있는 것 같은 톈산산맥이었다. 하얀 눈이 길게 늘어선 봉우리들에 쌓여서 하늘과 경계를 이루었다. 저 눈석임물이 자리프샨강을 이루며 먼 길을 달려와 이곳을 지나갔다. 제지소 사람들은 그 물을 이용해서 세계적인 사마르칸트카키드를 만든다는 것이다.

제지소가 있다는 곳으로 다가가자 어린 자작나무들이 앞을 가로막듯이 옆으로 늘어서 있었다. 10년생이나 됐을까, 폭이 2미터쯤인 콘크리트 인공수로의 바깥쪽에 거리를 맞춰 심은 것들이었다. 그 너머에 처마가 낮은 슬래브 건물 하나가 앉아 있는 것을 볼 수 있었다.

다리를 건너 안으로 들어가면서 보았더니, 인공수로의 허리춤에서 직각을 이루며 곧게 빠져나온 물길 하나가 바로 슬래브 건물 앞으로 흐르고 있었다. 물살이 꽤나 거셌다. 하긴 백피를 침지하고 표백하려면 물살이 저 정도는 돼야겠지 했다. 그런데 시멘트 수로라니 머리가 갸웃거려졌다.

일행이 제지소 마당에 모였다. 50대 후반의 남자가 나타났다. 중키에 머리가 훌렁 벗겨지고 살집이 좋아 보였다.

"이 제지소의 소장이면서 우리나라 수공업협회 회장이신 자리프 씨입니다."

막달레나가 남자를 소개했다. 그가 일행에게 고개를 숙였다. 일행이 박수로 맞았다. 자리프가 설명을 시작했다. 막달레나가 통역을 맡았다.

"저는 원래 시 공무원이었습니다. 역사 깊은 사마르칸트에 제지소를 다시 지어 전통 수제지인 사마르칸트카키드의 명맥을 잇고 옛 영광을 되살리라는 중앙정부의 명령을 20여 년 전에 받았습니다. 1천2백여 년 전부터 있었다는 제지소 자리를 찾아내서, 자리프샨강에서 물을 끌어들여 사용했다는 기록대로 이곳에 터를 잡았습니다. 하지만 국내에는 기술인이 없었습니다. 중국의 안후이성 징현까지 사람을 보내 기술을 배워 와야 했습니다. 그런 뒤에야 제지소를 건설할 수 있었습니다. 여러분이 보시다시피, 비로소 이 공장이 1천2백여 년 전의 사마르칸트카키드 공장의 맥을 잇게 되었습니다."

자리프의 목소리에는 잔뜩 힘이 들어가 있었다. 마치 웅변학원에서 배운 소년처럼 두 손을 썼다. 사마르칸트카키드는 물론이요, 그것을 재현하는 자신이 자랑스럽기도 하겠지 싶었다. 그런데 내 눈에는 그가 오래전부터 그런 식으로 길들어 있는 것으로 보였다. 얼핏 텔레비전에서 소개하는 북한 방송을 보는 것 같기도 했다.

자리프가 슬래브 건물 안쪽으로 걸음을 옮겼다.

"당나라 기술자들의 손으로 세운 사마르칸트카키드 공장은 당나라의 장안에서 시작되어 유럽으로 진행된 페이퍼로드의 관문이었습니다. 동서양 사이 문명의 고리 역할을 단단히 해내면서 이름을 떨친 셈입니다. 그런데 18세기 후반에 프랑스에서 기계를 사용한 제지술이 개발돼 이번에는 거꾸로 그 제지술이 중앙아시아로 보급되었습니다. 대신 중앙아시아 시장을 지배하고 있던 수제 전통지의 수요는 점점 줄어들었습니다. 끝내 1920년대에 이르러서 사마르칸트카키드 공장은 문을 닫을 수밖에 없었습니다. 이 나라가 소비에트연방에 속하던 시절이었습니다."

자리프가 공장의 출입문 앞에서 걸음을 멈추었다.

"여러분, 지금 여러분은 서역에 종이와 제지술을 복음처럼 전해 준 종이의 메카에 와 계십니다. 자, 여러분이 이 문 안으로 들어가시면 전통 제지술의 역사를 보게 될 것입니다."

자리프가 목소리를 높이면서 오른손을 들어 출입문의 고리를 잡았다. 나는 이때 건물 안에서 벽의 밑쪽을 뚫고 수로로 나와 있는 물레방아의 수차 비슷한 것에 눈길을 팔고 있었다. 모두 세 대였다. 동력을 만들어 안으로 전달하는 장치인 듯싶었다. 안에서 픅픅픅, 픅픅픅 소리가 쉬지 않고 들렸다. 자리프를 따라 공장 안으로 들어갔다. 벽 쪽에서 방아공이들이 저마다 바닥의 확을 내리찍어 대고 있었다. 짐작했던 대로였다. 확 속에는 암갈색 덩어리가 가득 들어 있었다. 저것은 무엇일까? 자리프는 중국에서 기술을 배워 왔다고 했다. 중국식으로 백피를 절구질로 고해, 해리하는 것일까? 설령 그렇다고 해도 순서가 뒤바뀐 것이었다.

나는 이 공장이, 즉 제지소가 사마르칸트카키드의 명맥을 제대로 잇고 있을까 의심했다. 중국의 안후이성 징현에서는 아직도 옛 방식으로 종이를 만들고 있었다. 그러나 섬유가 길고 얇은 뽕나무 껍질을 원료로 쓰는 데다 표백하고 제진한 백피 가닥들을 고해, 해리하기 위해 방아질이 아닌 절구질을 했다. 예로부터 써온 중국 방식 그대로였다. 그 때문에 섬유들이 상처를 입어서 지나치게 잘게 끊겼다. 그렇게 되면 결코 탄력 있고 질긴 수제지를 만들 수 없었다. 햇살처럼 눈부시게 희고, 천 년을 견뎌 낼 수 있는 생명력을 가진 종이와는 거리가 멀었다.

"지금 여러분들이 보시는 장면은 표백 과정을 거친 뽕나무 속껍질을 확에 넣고 방아를 찧는 광경입니다. 서로 결속된 섬유들을 떼어내는 동시에 길이를 비슷하게 끊어 주는 과정입니다. 그럼으로써 종이가 됐을 때 면이 평활하게 됩니다. 이 과정에서는 필요한 동력은 순전히 흐르는 물의 힘을 이용해서 얻고 있습니다."

자리프가 방아질하는 장면이 잘 보이도록 옆으로 비켜서서 설명했다. 자리프의 설명 또한 이상했다. 첫 번째는 아직도 뽕나무 껍질로 만든 백피를 쓰고 있다는 사실이었다. 땅이 넓고 인력이 풍부한 중국에서나 뽕나무를 썼다. 수율이 낮아도 상관없기 때문이었다. 사회주의 체제라는 데도 이유가 있을 터이었다. 그러나 한국에서는 닥나무밭에 병이 돈 뒤에나 대용으로 쓰는 것이 뽕나무였다. 두 번째는 저 확들 속에 넘치도록 담아 놓고 방아공이로 짓찧는 것의 색깔이 왜 저 모양일까 하는 점이었다. 암갈색이었다. 고해, 해리 과정에 들어간 백피 덩어리라면 당연히 흰색이어야 했다. 그렇다면 그냥 침지 과정만 거쳤거나, 설혹 표백 과정을 거쳤더라도 아주 형식적으로 거쳤다는 뜻이었다. 구태여 자리프에게 질문할 필요조차 없는 일이었다.

뽕나무든 닥나무든 속껍질인 백피 속에는 30퍼센트쯤의 탄닌이나 지방 같은 잡물이 들어 있다. 그것들을 흐르는 물에 담가 두었다가 솥에 넣어 삶아서 제대로 빼야 한다. 그래야 비로소 새하얗게 됐다. 용암천의 제지소에서 아버지가 맡은 일이 바로 그 힘든 과정들이었다. 그 과정들이 끝나고 나면 어머니가 맡은 과정들이 이어졌다. 집게로 하나하나 남은 티를 잡아내는 제진과 두방망이질을 해서 섬유들을 분리하는 고해, 해리 과정이 그것들이었다. 그 나머지는 종이를 뜨는 물질 과정과 판에 붙여 말리는 과정, 그리고 검사 과정이었다. 얼마 전까지는 할아버지가 맡아 하던 과정들이었다. 그런 뒤에야 비로소 전통 수제 한지가 세상에 태어났다.

그랬다. 중국식이 아니었다. 할아버지 식으로 고려지를 뜨는 과정이었다. 삼국시대가 지나고 고려에 와서, 내 땅에 맞는 새로운 방법으로 당시의 중국인들까지 감동시켜 찾고 찾게 했었다. 그것이 햇살을 품어 눈부시게 흰 종이 '조해(죠ㅎ)'였다.

퍼뜩 떠오른 기억이 있었다. 그때 아버지가 꽤를 냈다고 할까, 이른바 현대화를 위해 머리를 썼다고 할까. 아무튼 자숙 과정과 표백 과정을 한꺼번에 하겠다고 나섰던 것만은 틀림이 없었다. 할아버지가 출타한 틈을 이용해서 평소 자숙할 때 써오던 가마솥의 두 배쯤이나 큰 것을 어디서 당장 사들였다. 그것을 계곡가에 걸어 놓고서 물을 잡고 가성소다를 푼 뒤에 말려 놓은 백피 다발들을 넣고 삶았다. 그야말로 기름 빨래를 삶듯이 한 것이다.

이런 일을 식구들 아무도 모르게, 그것도 하룻밤 사이에 다 해낸 것이다. 결과는 백피 다발들을 건져내 계곡물에 침지했을 때 한 시간도 안 돼서 양이 반으로 줄어들었다. 뿐만 아니었다. 섬유들이 짧아지고 가늘어졌다. 그것을 가지고 억지로 종이를 만든다 해도 강도가 약해서 쓸 데가 없을 터였다. 도랑 치고 가재까지 잡겠다고 한 일의 결과가 엉망이었다.

그날 새벽에 어머니와 나는 집으로 돌아온 할아버지의 고함에 놀라서 깨어났다.

"이놈아야! 참맴얼 가주고 종이를 맹그러야 하넌 기라고 내 얼마나 말했노? 날래 많이 맹글 생각얼 하넌 게 아이야!"

나는 어머니를 따라 밖으로 나갔다. 할아버지가 고함을 칠 때마다 입김이 연기처럼 폭폭 솟았다. 겨울 추위 때문이었지만, 할아버지의 배 속에서 애가 활활 타고 있다는 생각을 했었다.

할아버지는 계곡에서 침지한 섬유 다발들을 손에 들고 서 있었다. 아버지는 그 앞에서 불만스럽게 할아버지를 외면하고 서 있었다.

"니가 그러려고 하는 기미를 내 벌써 알아차리고 기다렸제. 말렸다고 해도 니가 언젠가는 허고 말 일이라고 여겼제."

어머니와 나를 본 할아버지가 그때야 아버지를 꾸중하던 목소리를 낮추었다.

"침지를 해서 백피가 물을 먹고 나면 10킬로가 30킬로가 된다 아입니꺼. 백 킬로가 3백 킬로가 된다 아입니꺼. 그거를 꺼내 솥으로 옮기고 끓여가주고 다시 골짜기 표백지로 옮기고, 그거를 다시 꺼내 태수 어무이한테꺼정 가져다주어야 끝인 기라요. 사람이 쐬도 아이고 죽을 지경입니더. 아무리 대그빡을 굴려 봐도 방법이 없십니더."

아버지도 만만하지 않았다.

"무신 사내가 아덜도 아니고 그래 택택거리노? 고만해라. 내도 방법이 없는디 우짤기고. 참맘을 가지고 맹그넌 방법만 있넌 기라."

그래도 제지소는 조금씩 현대화가 이루어져 갔다. 증자를 할 때는 할아버지가 땅무지 방법을 고집하지 않았다. 황촉규근 점액을 봄에 수확해서 미리 냉동시켜 놓았다가 여름철에 사용하기도 했다. 조심스럽게 고해, 해리 방법도 바꾸었다.

나는 자리프에게 내색하지 않았다. 내가 볼 때 이상한 거지, 자리프로서는 사정이 있어서 하는 짓이리라. 자리프가 다음 작업 과정으로 일행을 이끌어 갔다.

"저 확들에서 섬유 덩어리가 잘 찧어지면 그것을 꺼내 수로의 상류로 옮긴 뒤, 체에 담아 흐르는 물에서 잡물을 씻어냅니다. 그렇게 하여 섬유가 깨끗해지면 물을 짜내지요. 그것을 이 안으로 옮겨 놓고 종이를 만듭니다. 자, 자세히 보시지요."

일행은 자리프를 따라 걸음을 옮겼다. 제지소 한편에서 다섯 명의 여직원이 긴 나무 탁자 앞에 앉아서 바삐 손을 움직이고 있었다. 보기에 10대부터 50대까지 섞여 있었다. 자세히 보니 그녀들은 가운데 놓인 갈색 섬유 덩어리를 한 주먹씩 떼어 내 앞에 있는 사각 틀에 놓고 얇게 펼치는 중이었다. 어떻게 표백하는 시늉만 한 것 같은 섬유 덩어리였다. 일을 하는 것이 아니라 보여 주기 위해서 일하는 척하는 것 같았다. 그리고 보니 이 제지소 역시 순전히 관광객들에게 보여주기 위해서 지어 놓은 것인 듯했다.

"어떻습니까? 색깔이 많이 밝아졌지요? 바로 보시는 장면이 뽕나무 껍질이 전통 수제지인 사마르칸트카키드로 탄생하는 마지막 과정입니다."

"뭐라고?"

나는 자신도 모르게 한숨에 섞어 한 마디 내뱉었다. 말도 안 된다는, 다음 말은 손으로 입을 가려서 삼켰다. 어떻게 물질도 하지 않고 종이를 만들 수 있단 말인가? 할아버지의 말을 빌리면, 이것은 사기였다.

원하는 종이의 두께에 따라서 지통의 물에 5퍼센트에서

30퍼센트까지 정선된 백피 섬유를 풀고, 닥풀이라고 하는 황촉규근 점액을 계절에 따라 2퍼센트에서 10퍼센트까지 달리 풀어서 지료를 만들어야 했다. 그런 뒤에야 비로소 그 제지소의 최고 장인이 지통 앞에 올라서서 발을 두 손으로 잡고 물질을 해 습지를 떴다. 그래서 수제지는 만든다, 생산한다 하지 않고 '뜬다'고 했다.

못마땅해하는 내 태도가 자리프의 비위를 거스를까 염려되었다. 막달레나가 내 말을 통역하지 않았는지, 그가 모르고 있는 것처럼 보였다. 다행이었다.

다음 작업실로 들어섰다. 여직원들이 범고동 껍질의 등을 움켜쥐고 그 주둥이로 말린 종이를 일일이 문지르는 작업을 하고 있었다. 참으로 놀라운 광경이었다. 아니 당황스러울 정도였다. 범고동 껍질은 고대 중국에서 전통 수제지의 광택을 낼 때 사용했다. 다른 조개들과 다르게 입이 두 쪽으로 벌어지지 않는 조개였다. 한국에서는 제주도 해안에서 서식한다고 했다. 주먹을 꼭 쥔 소녀의 손처럼 생겼는데, 등은 검은색으로 얼룩덜룩하고, 도톰한 입술 같은 주둥이는 희고 반질반질했다.

다시 봐도 놀라웠다. 어찌 이곳에서, 사마르칸트카키드 공장에서 사람이 범고동으로 종이 한 장 한 장에 광택을 내고 있다니……. 여기 와서 이런 광경을 내 눈으로 보게 되리라는 상상이나마 했던가. 만일 범고동 껍질을 구할 수 없었다면 면이 매끄러운 돌멩이를 써야 했을 것이다.

그럼에도 불구하고 이들의 수제지는 면이 평활하지 않았다.

과정을 무시하고 멋대로 만든 종이가 그럴 수밖에 더 있겠는가. 색깔도 예상했던 대로 딱이 병자의 얼굴색이었다. 더구나 이곳에 꼭 있어야 할 것이 없었다. 매캐한 단내였다. 마른 백피 다발을 계곡물에 한나절쯤 침지시켰다가 건져내 솥으로 옮기면 대나무 막대기로 뒤집어 가면서 한 시간 넘게 삶는 자숙 과정을 거친다. 이때 메밀대를 태운 잿물을 표백제로 넣었다. 그 냄새가 없었다. 솥에서 솟는 김에 섞여 나온 이 냄새는 사시사철 제지소 안을 떠돌다가 온갖 곳에 다 배어 들었다. 집 안에 있는 옷가지며 이부자리를 가리지 않았다. 그것이 제지소 냄새였다. 혹시 메밀대 잿물 대용품을 사용하고 있는지 주위를 살폈다. 별다른 것이 눈에 띄지 않았다. 나는 이 제지소가 역사적 의미가 큰 만큼 기대가 컸다. 실망감은 그보다 더 컸다. 그런 사실들을 헤아리지 못하는 일행은 오래전의 시간 속으로 들어간 듯 신기해하고 있었다. 난생처음 보는 광경일 터였다. 특히 정 총무는 같이 못 온 동창생들한테 보여 주겠다면서 사진을 여러 장 찍었다. 아이들 교육용이라면서 동영상을 찍는 이도 있었다.

"저기 나가서 단체 사진 한 장 박읍시다!"

일행 가운데서 누군가가 소리쳤다. 자리프가 일행에게 손짓을 해 보인 뒤에 앞장서서 뒤란으로 나갔다.

뒤란은 뽕나무밭이었다. 크지 않은 것으로 보아 제지소에 구색을 맞춰 일구는가 보았다. 수확을 끝낸 뒤라서 잔가지들 사이로 그루터기가 앙상했다. 제지소로 들어가는 수로가 옆을 지나고 있었다. 따라 올라가면 자리프샨강에 닿을 것이었다.

뽕나무밭을 배경으로 자리프를 가운데 두고 모두 자리를 잡았다. 나는 일찌감치 자리프의 왼쪽에 서 있었다. 막달레나가 일행의 부탁을 받아 사진을 찍고 있었다.

"소장님, 부탁이 있습니다. 끝난 뒤에 잠시 시간을 내주시겠습니까? 따로 뵙고 싶은데요."

자리프가 나를 돌아보는가 싶었다. 그러나 무관심한 표정이었다. 걱정했던 대로 그가 영어를 알아듣지 못하는가 했다. 나는 미리 준비해온 메모장을 꺼내기 위해 어깨에 멘 가방을 앞으로 끌어당겼다. 여행을 떠나기 전에 준비한 이 나라 글로 쓴 것이었다. 먼저 자리프에게 메모를 보여준 뒤에는 어쩔 수 없이 막달레나든 휴대전화 번역기든 도움을 받아야 할 것이었다.

"내 사무실로 오세요."

그때 자리프가 내게 얼굴을 돌려 분명한 영어로 말했다.

"학습 일정은 끝났습니다."

그때 일행한테 온 막달레나가 나섰다.

"지금부터 자유롭게 시간을 보내십시오. 밖에 나가시면 사진 찍을 곳이 많습니다. 6시 정각까지 버스에 타시면 됩니다. 화장실은 저쪽에 있습니다. 기념품 가게는 다시 안으로 들어가시면 출구 쪽에 있고요."

막달레나가 주인들에게 휴대전화를 돌려주면서 말했다. 일행이 이곳저곳으로 흩어졌다. 40분쯤의 시간 여유가 생겼다. 일행은 가까이에 있는 기념품 가게와 공방으로 들어갔다. 지나치면서 보니까 기념품 가게에는 예의 그 범고동 껍질로 문질러 광택을 낸 종이에 그림을 그려 넣어 만든 가방이며, 호리병 형태로 오려서 만든 책갈피 같은 것들을 판매용으로 진열해 놓고 있었다. 또 양 떼나 낙타 그림을 액자에 담아 벽에 걸어 놓기도 했다. 공방에서는 여직원들이 색지를 이용해 인형들을 만들고 있었다.

나는 눈으로 자리프의 사무실을 찾았다. 아까 사진을 찍고 난 자리프가 이곳으로 가는 것을 보았더랬다. 안쪽에 사무실 출입문 두 개가 눈에 들어왔다. 그 가운데 하나가 반쯤 열려 있었다.

자리프는 그 안에 서 있었다. 조금은 긴장된 모습이었다. 5시 24분이었다. 목재로 된 큰 책상 하나와 오래된 4인용 탁자가 자리프의 뒤에 보였다. 내가 들어서자 자리프는 탁자에 딸린 의자를 권했다.

"나는 한국인 김태수입니다. 시간을 내주셔서 감사합니다."

나는 정중하게 인사를 건넸다. 그러고는 의자에 앉으면서 준비해 온 고려인삼 상자를 가방 속에서 꺼냈다.

"약소합니다만, 선물입니다."

자리프는 사양하지 않고 받아서 책상 한쪽에 반듯하게 내려놓았다.

"제가 설명하는 동안 한 차례도 질문하지 않으셨지요? 단체 사진을 제외하고는 사진도 한 장 찍지 않았습니다. 아까 제가 설명하는 도중에 무슨 말씀인가 하셨습니다만, 그 말은 알아듣지 못했습니다. 그런데 지금 무슨 말씀을 내게 하겠다는 것이지요?"

자리프가 나를 유독 관심을 갖고 보고 있었음이었다. 감시하는 수준이었다. 나도 가끔 그의 색다른 눈초리를 느끼기는 했었다. 그렇다면 그에게 그럴 만한 이유가 있어야 했다.

아까와 다르게 그의 말씨가 차분했다.

"내 할아버지는 80여 년 전에 극동의 블라디보스토크에 제지소를 세워 직접 전통 수제 한지를 만들어온 제지 장인이십니다. 그전에는 지금 북한 땅이 된 회령에서 3대째 가업으로 제지 일을 했지요. 한국전쟁 때 남한으로 내려오신 뒤에도 제지소를 세워 60여 년 동안 손수 종이를 뜨셨습니다. 올해 연세가 아흔여섯 살이시고요. 그런데 몇 년 전부터는 노환으로 자리에 누워 계십니다만, 맺힌 한이 많아선지 눈을 못 감고 있습니다."

자리프는 가만히 내 말에 귀를 기울였다. 나는 이때 쓰려고 일부러 만들어 온 영어 명함을 내밀었다. 제지소 이름과 주소, 휴대전화 번호가 들어간 것이었다.

"제지소에서는 지금 아버지와 어머니가 함께 일하고 있습니다. 나는 제지소에서 태어나 지금껏 그곳에서 심부름을 하고 종이 생산을 도우면서 살았습니다. 그런 측면에서 말씀드린다면 오늘 이 공장에서 사마르칸트카키드 생산 과정을 보면서 많이 배웠습니다."

자리프가 고개를 들었다.

"별말씀을 다 하십니다. 우리보다 3백 년쯤 먼저 한국에 수제지 제조 기술이 들어갔다고 알고 있습니다. 한국에서 제지소 일을 하셨다면, 이곳의 제지 공정이 적잖이 생략됐다는 사실도 아셨겠습니다. 이곳의 환경이 워낙 열악하기 때문입니다. 고급지를 만들어놔도 팔 데가 없습니다. 거기다 운영자금은 자급자족형입니다."

나는 고개를 끄떡였다. 그러면서 아직 열려 있는 가방에서 서류봉투를 꺼냈다.

"이것은 할아버지한테 기술을 배운 아버지가 만든 전통 수제 한지입니다. 이곳 책임자를 만나서 드릴 생각으로 준비해 왔습니다. 한 장은 서책을 만들 때 쓰는 인쇄용지이고, 또 한 장은 글을 쓰고 그림을 그릴 때 쓰는 서화용지입니다. 우리 제지소에서는 오로지 이 두 가지 용도의 한지만을 생산합니다."

자리프가 봉투에서 나온 한지를 펼쳐 놓고 이리저리 손으로 쓸어 보고, 들어 올려 창으로 들어오는 빛에 비춰 보기도 했다.

"고맙습니다. 김 선생님네 제지소에서는 고급품만 만드는군요."

"저희 제지소에서는 천 년을 가는 종이를 만들려고 노력하고 있기는 합니다."

다른 말을 이어 가려는데, 전화벨이 울렸다. 자리프의 회색 점퍼 속이었다. 휴대전화기를 꺼내서 건 쪽을 확인한 자리프가 자리에서 일어나더니, 내게 꾸벅 양해를 구한 뒤에 금세 밖으로 나갔다. 내가 이 나라 말을 알아듣지 못한다는 사실을 모르는 사람 같았다. 통화를 하는 자리프의 목소리가 간간이 들렸다. 바로 출입문 밖에서 통화를 하고 있었다. 나는 자리프를 기다리면서 이번에는 가방 속에서 사진을 꺼냈다. 비닐 봉투 안에서 큰할아버지가 희미하게 웃고 있었다. 할아버지한테서 받은 사진을 손바닥만 한 크기로 확대한 것이었다.

할아버지한테 받았을 때는 형제를 찍은 사진이었다. 열여덟살 먹은 형과 열일곱 살 먹은 동생은 모두 더벅머리였다. 블라디보스토크로 간 지 2년 만에 처음 찍어서, 회령으로 어머니를 보러 가는 동생이 품속에 넣고 간 사진이라 했다. 그것을 큰할아버지 쪽만 따로 인화해서 독사진으로 만든 것이었다. 그때할아버지가 경찰관이 됐다는 손자에게 건 기대는 참으로 컸을 것이다. 잘하면 형 소식을 들을 수도 있겠다 싶었을 것이다.

사무실 안으로 돌아온 자리프가 잠시 멈춰 서서 나를 빤히 바라보았다. 벌써 머릿속에 들어가 있는 어떤 선입견을 갖고서 정말 그런지 확인하려는 눈빛이 저럴까. 불안감이 설핏 스쳤다. 자리프가 다가와서 다시 자리에 앉더니 허리를 꼿꼿하게 세웠다.

"이 사진을 좀 봐 주시겠어요?"

나는 비닐 봉투에서 사진을 꺼내 그가 볼 수 있도록 앞으로 디밀어 놓았다.

"내가 태어났을 때 나의 할아버지는 오래전에 헤어진 형님이 그리워서, 갓난애에게 형님의 이름을 붙였다고 합니다. 그러니까 김태수는 제 이름이면서 큰할아버지의 이름입니다. 나는 그분의 행적을 찾으려고 이곳에 왔습니다. 그 사진 속의 인물이 바로 그분입니다. 어떤 소식이든 좋습니다. 아주 작은 소식만 들어도 좋습니다. 죽었든 살았든 좋습니다. 제 할아버지는 형과 81년 전에 헤어진 뒤 한 번도 만나지 못했고, 아직껏 어떤 소식도 듣지 못했습니다. 형제는 소학교 다니면서부터 아버지와 할아버지 밑에서 한지 제조 기술을 익혔고, 두 분이 세상을 뜨자 돈이 잘 벌린다는 소비에트의 극동 항구도시 블라디보스토크로 가서 제지소를 꾸렸답니다. 그렇게 2년쯤이 지난 1937년 가을에 동생은 어머니한테 다녀오기 위해서 조선의 함경북도 회령으로 떠났는데요……."

"그때 공교롭게도 스탈린의 고려인 강제이주 명령이 떨어졌다는 것이죠? 17만 명이 넘는 고려인들이 124편의 화물열차에 실려 온 곳이 당시 소비에트연방이었던 지금의 우즈베키스탄, 카자흐스탄, 키르기스스탄, 타지키스탄 등이었지요."

자리프가 잘 알고 있는 것처럼 아는 체하고 나섰다. 나는 그가 고려인 강제이주에 대해 알고 있다는 사실이 좀 놀라웠다. 하지만 그것이 좋은 신호로 받아들여져서 기대감이 솟구쳤다. 자신도 모르게 숨을 몰아쉬면서 그의 입을 쳐다보았다.

"화물칸들에 실려 온 조선인들을, 여기서는 까레이스키라고 부릅니다만, 여기저기에 쓸모없는 물건들처럼 내려놓았다지요? 당시 중국 본토를 침공한 일본이 소비에트연방의 극동 지역 안보를 심각하게 위협했기 때문이라고 들었습니다."

자리프가 더 아는 체를 했다. 나는 자리프에게 달려들 듯이 바짝 다가앉았다. 그의 표정이 변해 있었다. 긴장감이 옅어지면서 상기되어 가고 있었다.

"17만 명이 넘는 사람 중의 한 사람인 김 선생님의 큰할아버지 김태수 씨가 이 나라의 타슈켄트역에 내렸다는 근거 서류라도 갖고 있습니까? 설혹 그 일을 취급한 소비에트연방국 내무인민부의 보고서에 그렇게 나와 있다 하더라도, 지금은 친한국 성향이든 친조선 성향이든, 까레이스키들 대부분이 타슈켄트 근교에 모여 삽니다. 구태여 이곳까지 와서 찾는 특별한 이유가 있습니까?"

이제는 그가 따지고 들었다. 나는 수첩을 꺼내 이런 질문에 대비해 기록한 페이지를 펼쳤다. 미리 모서리를 접어놓아 바로 펼 수 있었다.

"나는 소비에트 내무인민부 의장이 스탈린한테 올린 1937년 10월 25일 자 이민자 배치 보고서와 12월 5일 자 이민자 배치 완료 보고서를 확인했습니다. 큰할아버지의 이름이 타슈켄트 역에 내린 사람들의 명단에는 없었습니다. 그리고 알마티역이나 다른 역에서 내린 사람들의 명단에도 없었습니다. 분명히 열차를 타긴 했습니다. 오는 도중에 사망한 1천여 명의 명단에도 없었습니다. 그럼 도중에 탈출을 했다는 뜻인데……."

나는 그동안 입수한 자료들의 내용을 검토한 끝에 찾아낸 의문점부터 제시했다. 그리고 그의 눈을 똑바로 쏘아보며 말을 이었다.

"나는 그렇게 생각하지 않습니다. 탈출했다면 반드시 어머니가 혼자 계신 북한의 회령에 있는 집으로 돌아왔을 것입니다. 워낙 효자인 데다, 또 다른 데 갈 만한 곳이 없었습니다. 그런데 그러지 않았으니까요. 실종 그 자체입니다."

"그렇게 명단에서 누락된 분이 비단 선생님의 큰할아버지 한 사람뿐이 아닐 것입니다."

"하지만 큰할아버지 행방에 대해서 중요한 추론은 가능합니다."

"중요한 추론이라니요?"

"내가 갖고 있는 추론은, 큰할아버지가 가족이 없는 홀몸이었다는 점과 소련군이 블라디보스토크역으로 몰고 나간 고려인들을 가족 단위로 화물칸에 태웠다는 점에 근거한 것입니다. 칸 하나에 네다섯 가족을 태운 화물칸이 열차 한 편에 수십 량씩 연결돼 있었는데, 과연 큰할아버지 김태수 씨는 어디에 탔을까요? 그의 위치가 모호해질 수밖에 없었습니다. 그래도 필경 어딘가에 탔으니까, 탑승자 명단에 올라 있었겠지요. 게다가 열차가 달려가는 동안에는 그 안에서 별의별 일이 수도 없이 일어났겠죠. 아파서 눕고, 죽어서 나가고, 제 발로 도망치고, 또 온갖 범죄 행위까지도……. 그 기간이 3일도 아니고 한 달도 아니고 무려 석 달 동안이었습니다. 그런 끝에 중앙아시아 여러 나라의 이 역 저 역에 고려인들을 나눠 내려놓았을 때, 김태수 씨는 어찌 됐을까요? 죽지도 도망치지도 않았는데도 관리 대상에서 멀어졌습니다. 그렇게 명단에서 빠져버린 것입니다. 헌데 여기서 또 하나의 중요한 추론이 성립됩니다.

"또 하나의…… 추론이라뇨?"

그가 그새 감고 있던 눈을 껌벅거렸다. 사뭇 피곤한 얼굴이었다.

"그때 큰할아버지가 설혹 다른 나라의 어떤 역에 내렸다 하더라도, 이 나라 이곳으로, 즉 사마르칸트로 찾아왔을 가능성이 매우 크다는 것입니다. 왜냐하면 이곳에는 중앙아시아에서 최초로 세운 유명한 제지소가 있었고, 김태수 씨는 제지장이었으니까요. 더욱이 큰할아버지는 삶의 의지가 강한 청년이었습니다. 나는 그 두 가지 가능성을 믿고 있습니다. 그 때문에 내가 이곳에 왔고요."

나는 할아버지의 생각이 발단되어, 지난 3년 동안 큰할아버지에 대한 자료를 찾고 수없이 분석해서 얻어낸 결과를 주장했다. 그가 소리죽여 웃었다. 그가 마치 내 어깨를 건드리는 것처럼 신경이 쓰였다. 불쾌하기도 했다. 벌떡 일어선 그가 내게 양해도 구하지 않은 채 전화기를 꺼내 들고, 그 자리에서 어딘가로 전화를 걸었다. 이제는 사무실 밖으로 나가고 어쩌고 할 이유가 없다는 것 같았다. 아니 사실상 그럴 여유가 없는 것인지도 몰랐다.

이 나라 말이어서 알아들을 수는 없었다. 상대는 남자였다. 전화기에서 말소리가 새 나왔다. 처음엔 무슨 일인가를 보고하는 것 같았다. 상대의 말을 듣고 난 그가 자신의 생각과 의견을 말하고 있었다. 김태수란 이름이 나왔다. 상대의 말이 길게 이어지더니 그가 머리를 굽신거리기도 했다. 5분쯤의 통화였다.

전화를 끊은 그가 내게 멀뚱한 눈길을 주는가 했다. 그러나 곧 책상 쪽으로 가더니, 벽에 기대 세운 철제 회색 파일 박스 속의 맨 아래 서랍을 열었다. 거기서 갈색 파일 하나를 빼들고 온 그가, 그것을 내 앞으로 밀어 놓기부터 하고 자리에 앉았다. 서랍을 열어둔 채였다. 숨도 제대로 쉬지 못하고 그의 눈치만 살피고 있던 나는 눈을 의심했다.

KIM, TAE SOO
SOUTH KOREA
2015. 7. 9.

파일의 표지에는 빨간색 매직펜으로 이렇게 또렷이 쓰여 있었다.

"이것을 보세요."

그가 메마른 목소리로 툭 던지듯이 말했다. 그리고 자신이 직접 파일 표지를 열어 보였다. 나는 바짝 얼굴을 디밀었다.

"이 스크랩은 고려인 신문에 난 김태수 씨를 찾는 광고입니다. 한 번 나온 것이 아닙니다. 주간 신문인데 12회나 연속해서 나왔습니다. 물론 그 결과는 헛수고였습니다. 그 이름이나 얼굴을 기억한다는 사람조차 없었습니다. 자, 여기 이것을 보세요……."

그는 설명을 덧붙여 나가다 말고 나를 쳐다보았다. 그 표정을 뭐라고 해야 하는가. 화난 것 같지는 않았다. 답답하다는 것 같았다. 이마에 잔뜩 주름이 잡힌 얼굴을 치켜들었는데, 두 눈 주위에 슬픔 같은 것이 끼어 있었다. 동정인가 했다. 벌어진 입에서는 낮은 한숨이 새 나왔다. 그가 접힌 신문 조각을 펼쳤다.

A4용지 크기의 백지에 해놓은 스크랩. 5단 통으로 낸 광고의 중간에 있는 명함판 사진. 제목은 "사람을 찾습니다." 사진이 내 눈에 매우 익숙했다. 바로 그의 앞에다 내밀어 놓은 것과 같았다. 연락처는 고려인협회 사무국이었다. 그 밑에 내가 자리프에게 말한 추론 따위를 간단히 적은 참고 사항이 있었다. 그리고 왼쪽 귀퉁이의 집게에 물려 놓은 명함 한 장이 있었다.

농암천제지소
관리인 김영식
주소 …….

농암제지소 관리인 김영식. …… 소장 김경수의 다음 자리에서 일하는 관리인 김영식. 그는 분명히 내 아버지였다. 갑자기 등을 찔린 것처럼 내 몸이 펄쩍 솟구치는 듯하더니, 금세 불붙은 한지처럼 하르르 타서 사그라지는 듯했다.

"이제 알겠지요? 그럼 버스 떠날 시간이 다 됐는데. 그만 일어나시지요. 이 파일은 가져가셔도 좋습니다. 아 참! 김영식 씨가 이곳에 왔을 땐, 카자흐스탄 고려인협회에서 오는 길이었습니다. 김 선생님 할아버지의 건강에 도움이 되지 못해서 유감입니다. 그리고 이곳 사정을 이해해 주셨으면 합니다."

자리프가 손목시계를 보면서 나를 재촉했다. 그는 먼저 자리에서 일어났다.

"잠깐!"

나는 소리치면서, 잽싸게 일어섰다. 그리고 허리를 접어 탁자 너머로 그의 왼팔을 붙들었다. 그가 움찔했다.

"왜 이제야 파일을 내놓는 겁니까?"

자리프가 거칠게 내 손을 뿌리쳤다. 나는 그가 달아날까 봐서 멱살이라도 잡으려 했다. 그러나 그가 이리저리 몸을 피하고 있었다.

"내 뜻이 아닙니다! 나는 당신이 귀찮단 말입니다."

그가 식식거렸다.

"도대체 사람을 뭘로 보고 이러는 겁니까? 이 나라에서는 외국인에게 이래도 되는 거냐고요?"

"내가 이러고 싶어서 이런 줄 아세요? 일이 잘못되면 힘들어지는 사람은 바로 나란 말이오! 얼른 가세요. 얼른 가라고요!"

그와 나는 서로 지지 않고 소리쳤다. 나는 삿대질까지 해댔다.

"그럼 좋아! 한 가지만 말해줘! 조금 전에 통화한 남자는 누구야? 통화 중에 우리 큰할아버지 이름이 나오는 것을 내 두 귀로 들었어!"

"그건 말할 수 없소! 그러니 나를 더 힘들게 하지 말고 그만 여기서 나가. 빨리 이 방에서 나가라고……."

그도 지지 않았다. 나도 거기서 그만둘 수가 없었다. 그가 통화한 사람의 신분이라도 알아둬야 나중에 어찌해 볼 수 있을 것 같아서였다.

"내게 감추는 것이 뭔지 말을 하라고! 말을 하란 말이야!"

나는 자신도 모르게 한국말로 고래고래 소리를 질러대고 있었다. 하지만 그의 반응이 없었다. 나는 더는 어찌해 볼 수가 없었다. 달려 들어온 막달레나가 놀란 눈으로 내 앞을 가로막고 섰다. 어찌 알았길래……. 순간 나는 그녀도 한통속인가 해서 옆으로 밀어내버리려 했다.

"모두들 버스에서 기다리고 계십니다. 나 혼자 생각만 하시면 안 됩니다. 아까 비비하눔 모스크에서는 나를 도와주지 않았습니까?"

그녀가 말했다. 무른 나무에 망치로 못을 박듯이 뚝뚝 끊어지는 나직한 말씨였다.

무심코 손목시계를 보았다. 6시 7분이었다.

나는 여기까지 자술서를 쓰고 난 뒤에, 그래도 자리프에게 고려인삼을 선물한 부분을 지워버렸다. 그에게 불리한 일이 일어날까 해서였다. "일이 잘못되면 힘들어지는 사람은 나란 말이오!" 하고 소리치던 그의 목소리가 들리는 듯했다.

맥이 확 풀렸다. 그래도 깜냥에는 내가 손자라고, 차마 눈을 감지 못하고 있는 할아버지를 돕겠다고 나섰던 것인데, 이게 무슨 꼴인가 해졌다. 이제야 아버지한테 완전히 무시당했다는 느낌이 들었다. 어머니마저 끝내 모른 체하다니……. 그래서 공항에서 전화로 내가 '해외 출장'을 다녀오겠다고 했을 때, 어머니와 아버지가 그랬더란 말인가. 어머니는 울고 있었고, 아버지는 당장 때려치우고 돌아오라고 소리쳤었다. 알 수 없는 할아버지의 병세 때문만이 아니었더란 말인가. 나의 목적지가 이 나라라는 것을, 알 수가 없었을 텐데……. 어떻게 마치 눈치라도 챈 사람들 같았는가. 그렇다면 나를 막아야 하지 않았는가.

주차장을 벗어난 버스가 방향을 잡아 속도를 올리고 있었다. 막달레나는 제 자리에서 몸을 돌려 맨 뒷자리에 앉아 있는 나를 돌아보고 있었다. 걱정이 돼서 그러는가 싶었다.

자리프……. 그는 벌써 나를 알고 있었다. 그랬다. 일행이 제지소 입구에서 설명을 들을 때부터 나를 감시하듯 쭉 살피고 있었던 것이다. 그래서 그 자신이 사마르칸트카키드의 제조 과정들을 설명해가는 동안, 내가 어찌했는지를 기억해 두었을 것이다. 그리고 내가 시간을 내달라는 개인적인 요청을 할 것이라 예상하고서 기다리고 있기도 했을 것이다.

자리프가 지시받거나 보고한 곳은 뻔했다. 공안기관이었다. 그런데 왜 내가 그들의 대상이 됐을까? 큰할아버지는 이 나라에 도착한 흔적이 아예 없으니, 문제 될 것이 없을 터이었다. 문제는 아버지인 것 같았다. 2년 전, 이 나라에 와 있는 동안 많은 곳을 오가면서 많은 사람을 만났을 것이다. 그러면서 자기도 모르게 했던 언행이 뒤늦게 문제 될 수 있었다. 이 나라의 시국을 입에 올렸다든지, 도와준 사람들에게 과분한 용돈을 주었다든지. 이 두 가지를 다 했다면 더욱 의심을 받고 문제가 될 수 있었다.

그런 마당에 아들이 와서는, 탈라스 유적지에 다녀오는 차 안에서 '안디잔 소요 사태'에 대해 가이드와 같이 떠들어 대질 않았나…….

나는 2년 전에 아버지가 다녀간 것을 모르고, 같은 목적으로 이 나라에 왔다. 사실이었다. 어디 이 나라가 이웃 동네인가? 그러니 누가 들어도 이해할 수 없는 일이었다. 어제 아르쳄의 차에서 한 녹음을 공안기관에서 누군가가 듣고 나서는 반신반의했을 것이다. 그런데 때마침 사마르칸트카키드 공장에 간 나를 자리프가 직접 만나서 확인한 셈이었다. 그래서 일찍 그 갈색 파일을 꺼내놓고 끝낼 수 있는 이야기를 질질 끌었을 것이었다. 내 신분을 확인하고 내 언행을 통해 생각을 파악해서 공안기관의 누군가에게 보고하기 위해서였으리라.

그래도 답답한 가슴을 조금이라도 풀어보려면, 자리프가 지시를 받고 보고한 곳을 알아내서 그 사람을 만나야 했다. 그러나 이 일은 현실적으로 불가능하다는 판단이었다. 무엇을 근거로 어디로 찾아갈 수 있겠는가. 주재 대사관이라 해도 이 나라에서 통할 수가 없을 터이었다.

그때는 그랬다. 국가보위부의 차이코 마르크를 만난 뒤에는 그 이유를 알 것 같았지만…….

나는 집에서 버림받고 나왔다가 밖에서 실컷 놀림을 당한 느낌이었다. 하지만 누굴 원망하고 말고 할 것도 없었다. 순전히 내가 자초한 일이었다.

이제 나는 여기서 할 일이 없어져 버린 것과 같았다. 그야말로 관광객이었고 여행자일 뿐이었다. 만일 집으로 돌아간다 하더라도 가족 속의 내 자리는 없을 듯싶었다. 그렇다면, 기왕에 해온 식장 생활을 열심히 하거나, 싫다면 다른 일을 찾아야 할 것이었다. 그렇게 내가 바깥세상에서 계속 살아야 한다는 뜻이었다.

그런데 내가 집으로, 할아버지 앞으로 보낸 편지는 어째야 할 것인가. 이제 집으로 돌아갈 때가 된 듯싶다고 한 내 뜻은, 아무래도 버려야 할 것 같았다. 가슴이 답답하면서도 마음은 더없이 허전할 수가 없었다.

경찰관으로 파출소에서 해온 일이 그런대로 재미가 있고 보람도 있었다. 그래도 출신 성향을 잊고 살 수는 없었다. 시간이 나면 제지 관련 책들을 들여다보게 됐다. 전통 수제지에 관한 책이든 기계 제지에 관한 책이든 상관하지 않았다.

인터넷을 뒤져 책을 사들이는 재미도 쏠쏠했다. 그사이에 사들인 책이 스무 권도 넘는 것 같았다. 영국에서 발간된 특수지 생산 기술에 관한 책도 있었다. 그래서였을 것이다. 휴가 때라든지 집에 가면, 제지소로 들어가 안에서 이리저리 돌아다녔다. 속으로 이것저것 참견하다가 깜짝깜짝 놀라기도 했다. 그런 때면 괜히 아버지 눈치가 보였다.

몇 년 전 여름에는 이런 일도 있었다. 아버지가 습지를 뜨기 위해서 지통에 정제된 섬유 덩어리와 함께 분산제이면서 지력

증강제인 황촉규 뿌리의 점액을 넣는 것을 보았다. 그것을 대나무 막대로 잘 휘저어야 했다. 그런데 황촉규 뿌리 점액이 그때까지 봐왔던 것과 달랐다. 생점액이 아니고 냉동 점액이었다. 생점액은 갑자기 기온이 오를 때면 변질되는 통에 못 쓰게 되는 경우도 있었다. 그래서 한여름이면 일을 쉬어야 할 정도였다. 그러나 이제는 냉장 시설도 있었고 에어컨도 돌아가고 있었다. 생점액을 한 번 냉동했다가 풀어 놓는 동안 그 순도가 변할 것인데, 그러면 종이의 질도 떨어질 텐데 해졌다. 얼마간 불편하더라도 받아들이고 생점액을 써야 할 것 같았다. 그때 아버지가 어떻게 내 마음을 알아차렸는지 옆에서 한마디 했다.

"다른 제지소들은 점액 분말을 쓴다 안 하나. 편리하기도 허겠제. 양이 늘어나고……. 하믄 떠놓은 종이의 투명도 낮아지고 질감 떨어지는 기는 우짤기고……."

나는 무슨 말이든 하고 싶었지만 입이 열리지 않았다.

"우리 제지소는 1년에 1만 5천 장밖에 생산하지 못하제. 하지만 이렇게 하는 것이 지금은 자랑이 됐제. 이름값을 올리는 데 큰 도움이 됐단 말이다. 그기 다 니 할아버지의 고집 덕분이라. 며칠 전에는 프랑스 루브르박물관에서 안 찾아왔나. 우리 종이를 가져다가 자기네 소장 고서를 보수, 복원하고 복제하는 데 쓰겠다 카더라."

아버지는 이 말을 덧붙이며 자신의 뜻에 힘을 보탰다.

"인차 고마 내려오는 기 어떻겠노? 할아부지가 오죽하면 발틀을 놓아 뿌렸겠나……"

내 입은 여전히 열리지 않았다. 아직은 그럴 생각이 없었던 탓이었다. 할아버지가 노쇠해졌지만 머지않아 잘못된다는 생각은 할 수 없었다.

"제가 그럴 생각이 없다는 걸 잘 아시잖아요?"

갑자기 밖이 어둑해지는가 했는데 우레가 울었다. 마른번개도 쳐 댔다. 그리고 금세 비가 쏟아졌다. 버스 안이 술렁였다. 빗줄기들이 거세게 창을 두들겨 댔다.

"어, 뭐야? 여기도 비가 오네……!"

"글쎄 말이야. 뇌성 번개까지 치고……"

"그래, 좋다! 시원해. 버스 안까지 시원해."

"역시 더운 나라에선 비가 최고네. 샤워하는 기분이네."

"한국에 내리는 비보다 좀 원시적인 것 같다야. 분위기 있어……"

"마누라 생각난다야."

"미친놈! 장미꽃밭에서 목화꽃 찾냐? 여긴 미녀 많기로 소문난 나라야."

모두가 한마디씩 하는 것 같았다. 목소리를 높여 유쾌해들 했다. 이대 막달레나가 마이크를 들고 앞으로 나섰다.

"여러분은 참 운이 좋은 사람들입니다. 마른 땅을 여행 중에 단비 내리는 광경을 만났으니까요. 지금 내리는 비는, 이곳 사람들한테 엄청난 단비입니다. 소나기라서 곧 그치기 때문에 여러분 일정에는 전혀 차질이 없을 것입니다."

그녀의 말이 끝나자 신통하게도 빗줄기들이 잦아들기 시작했다. 문득 아까 내 앞을 황급히 가로막고 섰을 때가 생각났다. 마주 본 그녀의 두 눈에서는 열기가 모락모락 피어오르는 것 같았다. 눈시울에 경련이 일고 있는 것도 보았다. "……아까 비비하눔 모스크에서 나를 도와주지 않았습니까?" 그녀가 한 이 말이 내 생각과 행동을 묶어 놓았다. 경찰관답게 아까는 상황을 완벽하게 정리하더니 이제는 왜 상황을 악화시키지 못해서 이러는가, 하고 묻는 것 같았다. 물론 그때도 지금도 그녀가 내 신분을 파악했다는 것은 어디까지나 추측이었다.

그녀가 그때 나타난 것이 얼마나 다행인가. 설혹 나타났더라도, 그녀가 나를 멈추게 하지 못했더라면 그 결과가 어찌 됐겠는가. 생각만 해도 끔찍했다. 이곳 경찰서에 신고가 되고, 경찰들이 출동해서 나를 체포해서 사건으로 취급됐더라면 어찌 됐을까. 얼굴이 뜨거웠다.

출입문이 다시 열렸다. 마르크가 들어오나 했는데, 예의 중년 여성이었다. 또 카트를 밀고 왔다. 탁자 위에 있는 먹지 않은 음식들을 카트에 싣고는 새 음식들을 내왔다. 말젓 제품이 있는지 시큼한 냄새가 확 풍겼다. 나는 여성에게 냄새를 풍기는 유리병을 가지고 나가라고 손짓으로 말했다. 여성이 나간 뒤 음식을 먹을까 해봤지만 포기했다. 긴장감 때문인지 영 식욕이 나지 않았다. 여기까지 쓴 진술서는 뒷부분의 '내 신분'에 관한 표현만 지우고 나머지는 모두 살렸다. 나의 입국 목적을 제대로 밝히기 위해서는 그렇게 하는 것이 유리하겠다 싶어서였다.

　다음 날의 여정이 시작되었다. 막달레나의 말처럼 비는 내리지 않았다. 여느 날처럼 햇볕이 쨍쨍했다. 어제 억수로 쏟아지던 소나기가 새삼 그리웠다. 맞아보지도 못한 비라서 더욱 그런지도 모를 일이었다. 일행이 탄 버스는 사막 속으로 쭈욱 뻗은 길을 세 시간 가까이 달려가고 있었다. 사막에는 저마다 작은 가시들로 무장한 식물군락이 끝없이 펼쳐졌다. 비쩍 마르고 키가 작은 것들이었다. 가끔 마을을 만날 때는 주위에 하얀 솜꽃들이 소담스럽게 흩어져 있는 널찍널찍한 밭들도 보였다.

　"저게 말로만 듣던 목화밭인가요?"

　박 회장이 막달레나에게 물었다.

　"맞습니다."

　"와아! 목화밭이래."

　일행이 모두 창문에 머리를 디밀었다. 머리에 수건을 쓴 여인들이 하얀 헝겊 자루를 앞치마처럼 허리에 두르고 목화를 땄다. 폭이 좁지만 길게 길게 이어진 밭둑 여기저기에는 20대 초반으로 보이는 남녀 젊은이들이 10여 명씩 줄을 지어가고 있기도 했다.

　"이 계절에는 대학생들이 수업을 쉬고 목화 수확에 투입됩니다."

　막달레나가 젊은이들에 대해서 설명했다.

　"경치가 끝내주는군요. 여기서 쉬었다가 갑시다. 소변도 보아야 하고."

누군가 외쳤다. 목소리로 보아 아까부터 쉬었다가 가자는 말
을 입에 달고 있던 이였다. 막달레나는 그 사람의 요청을 계속
무시해왔다. 나는 그 이유를 알고 있었다. 어젯밤 과음했다는
그이를 비롯한 세 사람이 출발시간을 30분이나 어겨서 버스에
탄 탓이었다. 막달레나가 다음 목적지인 아이다르호수에서 석
양을 보려면 서둘러야 한다는 조건을 달기는 했어도, 이번에는
버스를 세우겠다고 했다.

"버스 왼편은 남자, 오른편은 여자 화장실입니다."

일행 속에 당연히 여자가 없었다. 일행 모두는 버스 출입문
이 없는 왼쪽으로 가서 일을 보란 말을 막달레나가 실수처럼
한 것이었다. 일행은 실수로 알았든 농담으로 알았든 재밌어서
크크크 히히히 웃었다. 속도를 줄인 버스가 큰길을 벗어나서
잇대어 있는 잡목들 사이로 들어갔다. 마르고 키 작은 나무들
이 바퀴에 깔리는 소리가 우두둑우두둑 났다. 그 소리가 곧 멈
췄다.

"소변을 보신 후 특히 주의하실 사항이 있습니다. 목화밭을
향해서 사진을 찍으면 절대 안 됩니다. 목화밭은 촬영 금지 대
상입니다. 이 점 꼭 지켜주십시오!"

자리에서 일어난 사람들이 움직임을 멈춘 채로 막달레나를
바라보았다. 막달레나의 말이 이번에는 농담이 아니냐고 묻는
눈빛들이었다.

"그런 게 어딨어?"

정 총무가 발끈했다. 그게 말이 되냐는 투였다.

"목화밭이 무슨 군사기밀에 속합니까? 군인들의 동복에 솜이 들어갈 테니까 목화가 군사용인 것은 사실이지. 요즘에는 덕다운이 들어가지만……."

박 회장이 이죽거렸다.

"제게 그 이유를 묻지 마시라는 부탁을 드립니다. 제가 모르기 때문입니다. 확실한 것은, 우리 정부의 관광국에서 내려온 명령이라는 사실, 가이드들이 일 나오기 전에 반드시 받는 학습 내용에 들어 있는 중요한 수칙이라는 사실, 만일 위반하는 사람이 생기면 귀국이 불가능해질 수도 있다는 사실입니다. 이런 말씀 드려서 정말 죄송합니다."

막달레나가 또렷또렷한 말씨로 설명했다. 그러고 나서야 버스의 문을 열게 했다.

이제는 누구도 군소리를 하지 않았다. 박 회장이든 정 총무든 한 마디쯤 불평을 쏘아댈 것 같기도 했지만, 머리까지 숙인 채 버스에서 내렸다. 그 사이에 이곳 사정을 몸에 깊숙이 익힌 것 같았다. 내가 그랬듯이.

그 때문이었을 것이다. 모두가 얼른얼른 버스로 돌아와서 제자리를 찾아가 앉았다. 한결같이 뚱한 얼굴이었고, 또 약속이나 한 듯 창밖에 넓게 펼쳐진 목화밭으로 눈길을 보내고 있었다. 무엇인가 그곳에 큰 미련을 남기고 가는 사람들 같았다.

12시 19분, 버스가 다시 출발했다. 사실 나는 막달레나가 모른다고 잡아뗀 그 이유를, 목화밭을 배경으로 사진을 찍지 못하게 하는 이유를 알고 있었다.

기어이 나를 제 차로 인천공항까지 태워다 준 파출소의 후배 경찰 박 순경 때문이었다. 내가 그에게 할아버지 앞으로 쓴 편지를 부쳐 달라고 부탁했을 때였다. 먼저 여행 가는 나라를 다시 확인한 그가 무슨 급이 높은 정보를 흘려주듯이 말했다. "그 나라가 세계 2위의 목화 수출국이랍니다. 아셨어요?" 내가 안다고 했고, 이어서 그깟 게 뭐가 그리 중요하냐고 되물었다. 그때 내 머릿속은 몽땅 큰할아버지가 차지하고 있었지만, 내가 읽은 여행 안내서에 있는 그 내용은 들어 있었다. "그런데 이건 모르실 겁니다. 관광객한테 목화밭에서 사진 촬영 금지 명령이 내려져 있다는 사실 말입니다." 물론 그 사실도 여행 안내서에 없는 내용이었다. 나는 새삼 박 순경이 이렇게 싱거운 사람이었나 해서, 얼굴에 웃음을 담고 그를 돌아보았다. "농담 아닙니다. 안 믿어지시겠지만……" 내가 말없이 그를 진짜 할 말이 뭐냐고 묻는 투로 쳐다보았다. 그가 말을 이었다. "어디서 들을 수도 없고 누구도 말해주지 않는 내용입니다. 그것은 관광객들이 사진 찍으면서 목화밭을 엉망으로 만들어 놓고 농부들 일을 방해하려 들기 때문이랍니다. 제 말이 진짭니다." 그때 나는 그한테서 얼굴을 돌려 버렸다. 별 같잖은 이유도 있다는 생각이었다. 그런 시시한 이유로 국가에서 명령까지…… 그럴 리가…… 그가 재미있게 하려고 일부러 그러는 줄로 알았다. 그래서 어디서 누구에게 들었는지도 묻지 않았다. 그도 내 반응이 하도 시큰둥하니까 더는 말할 기분이 나지 않았을 거고. 그런데 그가 맞는 말을 했던 모양이었다.

만일 그런 명령이 없었다면 관광객들이 사진을 찍는다고 목화밭 안으로 들어가서 함부로 짓밟아 대는 것도 모자라 목화 가지들을 꺾으려 들 것이고, 일하는 농부들에게 같이 사진을 찍자고 덤빌 것이었다. 가이드가 아무리 말려도 소용이 없을 터이었다. 그러니 국가에서 무조건 명령을 내려놓고 겁을 줄 수밖에.

만일에 일행이 그 이유를 알면 어떤 반응을 보일지 빤했다. 사람을 어떻게 보고 그따위 짓을 하느냐고 화를 내며 따지려 들 것이었다. 그것이 사람들의 위선이니까. 어쩌면 막달레나조차 그 이유를 아예 모르고 있겠다 싶어지기도 했다.

어쩌다 마을을 하나씩 지나쳤다. 작은 유르트 한두 개에 판잣집 한두 채가 앉아 있는 그곳을 마을이라 하기에는 뭐했다.

버스가 섰다. 주유소가 있는 마을이었다. 어디에 있든 모습이 비슷한 것이 주유소일 텐데 그곳에 있는 것은 새삼 눈에 설었다. 왠지 달라야 할 것 같았다. 버스가 기름을 채우는 동안, 사람들은 배를 채우자 했다. 각목들로 기둥을 세우고 지붕만 천으로 덮은, 작은 가설극장의 객석 같은 식당이었다. 바구니에 내온 양고기 꼬치구이들과 몇 개의 페이스트리와 엇썰어 놓은 바게트가 메뉴의 전부였다. 거기에 미니 버터와 물병이 있었다.

오후 1시 53분. 버스가 출발했다.

아직 3시간을 더 가야 목적지인 유르트 촌과 아이다르 호수에 다다른다고 했다. 거기까지가 반쯤인 듯싶었다.

얼핏얼핏 보이는 이곳의 사막은 그동안 내가 생각해온 곳이 아니었다. 서로 다른 언덕이 바람 속에서 때때로 형상을 바꾸는 모래사막과는 거리가 멀었다. 그 때문에 내 머릿속에 바람이 일면서 수없는 모래언덕들이 한꺼번에 지워져 가고 있었다. 부드러운 선들이 자꾸 생기고, 서로 겹치고 가지 치면서 높고 낮게 펼쳐나가는 그런 사막이 지워진 것이다. 마치 어느 날 갑자기 바다가 육지로 변하면서 나타난 묽은 개펄이나, 홍수로 잠시 잠겼던 넓은 땅에서 물이 빠져나가면서 남은 개흙이, 뜨거운 햇살에 말라붙은 것처럼 보였다. 들쥐라도 한 마리 나타나서 뛰어가면 얇은 흙바닥이 깨지고 부서져서 먼지가 풀풀 날릴 것 같았다.

가끔 멀리서 양 떼가 피워올리는 흙먼지가 어설프게 타는 들불 연기처럼 흩날렸다. 초록빛은 눈을 씻고 봐도 한 점 보이지 않았다. 내 마음속처럼 그저 막막하기만 했다.

그때 막달레나가 일어나 마이크를 잡았다.

"양 떼 속을 잘 보십시오. 양이 아닌 동물이 딱 하나 있습니다. 무엇인 줄 아시는 분 있으십니까?"

모두 막달레나를 주목했다.

"모르십니까? 그럼 맞히시는 분에게 상품을 드리겠습니다. 상품은 고급 보드카 한 병입니다."

막달레나의 표정이 밝았다. 모처럼 마음의 여유가 생긴 것인지, 좌중의 분위기를 바꿔야겠다고 생각했는지, 아니면 다른 관광객들과 다닐 때도 이쯤에서 그랬는지……. 짐작하기에 막달레나는 이 나라 형편을 이해하지 못하는 여행자들과 함께 다니면서 부딪히는 말 못 할 일들이 자주 있었던 것 같았다. 박 회장이나 나같이 말썽을 일으키는 사람이 있어도 크게 개의치 않는 것 같았다. 모두 열의를 가진 눈길로 마침 가까이에 있는 양 떼를 쫓았다. 가라앉아 있던 분위기가 살아났다. 양 떼 속의 다른 동물을 찾아내는 데에 온통 정신을 팔고 있었다.

"목동입니다."

정 총무가 손을 번쩍 들더니 자신 있게 말했다.

"보세요! 저기 저 양 떼 속에 사람이 보이지 않잖아요?"

"사람이 보이지 않는 건 맞습니다. 사람도 동물의 한 종류인 것도 맞고요. 하지만 사람을 양 떼랑 동격의 동물이라 할 수는 없지요."

막달레나가 그렇게 쉬운 문제라면 고급 보드카를 걸겠느냐는 듯 얼굴에 여유 있는 미소를 담고 말했다.

"지하에 있군요. 군사 시설과 군인."

정 총무가 다시 나섰다. 막달레나가 대꾸할 가치가 없다는 듯 눈길을 다른 사람들한테 돌렸다.

"양밖에 없는데요."

내가 나섰다. 엉뚱한 말이 더 나올까 봐서였다.

끝내 퀴즈를 맞힌 사람은 없었다.

"양 떼 속에 양이 아닌 딱 하나의 동물이 있다니까요. 모르시겠어요?"

막달레나가 뜸을 들였다. 일행의 눈길이 막달레나에게 모아졌다.

"양 떼 속에 있는 딱 하나의 동물은, 염소입니다."

막달레나가 답을 댔다.

"웬 염소?"

몇 사람이 같이 궁금증을 나타냈다.

"그렇지요? 양 떼 속에 웬 염소인가 하시겠죠? 원래 양들은 제자리에서만 풀을 뜯어 먹습니다. 먹을 풀이 더 없어도 다른 곳으로 옮겨 가지 않습니다. 그런데 염소는 한자리에만 머물지 않아요. 계속 풀을 찾아서 이동합니다. 그래서 양 떼 속에 염소를 섞어 놓으면 양들이 염소 뒤를 따라다니면서 풀을 뜯어 먹게 되는 겁니다."

일행은 입으로는 아, 그런가 했으면서도 얼굴에는 의아한 표정을 담고 있었다.

"양 열 마리에 염소 한 마리꼴로 양 떼들이 구성됩니다."

막달레나의 구체적인 설명에 비로소 일행 모두 머리를 끄덕였다.

"양들이 염소를 잘 따라다니면 풀이 생깁니다. 그럼 여러분이 저를 잘 따라다니면 뭐가 생기겠습니까?"

"자다가도 술이 생깁니다."

기분이 한층 밝아진 정 총무가 대답했다.

"여러분이 퀴즈를 풀지 못했지만, 상은 드리겠습니다. 우리나라에서 최고로 쳐주는 보드카입니다. 다만 딱 한 병입니다. 오늘 밤을 기대해 주세요!"

모두 손뼉을 쳤다.

"어느 조직이나 지도자를 잘 만나야 합니다."

박 회장이 색다른 의미를 담은 말로 거들었다.

사실은 박 회장이 "어느 조직이나 지도자를 잘 만나야 합니다."라고만 한 것이 아니었다. 그 말끝에 "국가도 지도자를 잘 만나야 융성할 수 있습니다. 북한을 보십시오." 따위의 말로 막달레나에게 시비를 걸듯이, 놀리듯이 한동안 놓아주지 않았다. 물론 그녀도 결코 지지 않겠다는 듯이 대꾸하고 설명했다.

나는 두 사람이 벌인 언쟁에서 오간 말을 빼놓지 않고 썼다. 만일 그 내용에 손을 댄다면 그만큼 내 진술의 신빙성이 또 떨어질 것이기 때문이었다. 버스 안의 어딘가에 녹음 장치가 돼 있었을 테니, 벌써 마르크는 그 내용을 파악하지 않았겠는가 했다. 그런데도 다행인 것은 박 회장이 이 나라 체제를 두고 비아냥거린 일은 그냥 넘긴 것 같다는 것이었다. 공항에서 이곳으로 연행된 사람은 나밖에 없었기 때문이었다.

막달레나의 입장도 곤란해질 일이 없다는 판단이었다. 그 상황에서 해야 할 노력을 다한 사람이었다. 학습받은 대로 충실히 이행한 사람으로 보였으니까.

여기까지 써놓았을 때는, 벌써 오후 1시가 넘어 있었다. 마르크가 내게 시간을 줄 때 선을 그은 17시가 되려면 아직 3시간 50분쯤이 남아 있었다. 비로소 배고픈 느낌이 일기 시작했다. 이들이 의문을 갖고 따져 밝히려 드는 일들에 대해서 자신의 구상대로 진술했다는 판단이 들면서 마음이 좀 편안해진 느낌이었다. 나는 아침참에 중년 여성이 두 번째 밀고 들어온 카트의 음식에는 관심을 보이지 않았다.

버스가 오른쪽으로 난 샛길로 꺾어 들었다. 흙길이었다. 스피커에서 10분쯤 가면 목적지에 닿게 된다는 안내 음성이 나왔다.

엉뚱하다 싶게 불쑥 솟아오른 작은 동산이 나타났고, 거기서 언덕 아래로 난 갈림길을 따라 버스가 돌아내려 갔다. 유르트 촌은 그곳에 숨듯이 들어앉아 있었다. 가운데 마당을 두고 열 동쯤이 둥글게 배치돼 있었는데, 그 광경이 왠지 눈에 익었다. 직접 와서 보지 않고도 그림이나 사진에서 볼 수 있었기 때문인 듯했다.

일행은 숙소인 유르트 촌의 마당에 버스를 두고 곧장 호수까지 걸어갔다. 가는 길에서야 나는 비로소 이 사막 같지 않은 사막을 만지고, 냄새를 맡고, 오감으로 느낄 수 있었다. 얼핏얼핏 보았을 때보다 사막은 더 삭막했다. 두가이라는 이름의 소나무류와 낙타풀, 회전초, 아카시아 따위가 바짝 말라 지면에 웅크렸다. 막달레나도 이름을 모르는 나무들이며 풀들까지 한결같이 키가 1미터쯤이거나 크더라도 거기서 크게 넘지 않아

보였다. 그나마 듬성듬성해서 사막은 버짐이 심하게 번졌다가 나은 어린 시절 동무들의 얼굴을 생각나게 했다. 회전초라는 것은 아예 밑동이 끊어져 바람 따라 축구공처럼 이리저리 굴러다녔다. 그것들이 모두 여간 사나운 게 아니었다. 손으로 만지려 들면 먼저 가시들을 바짝 세우고 대들었다. 자칫 찔린 손가락에서 피가 방울졌다.

"저기 회전초가 또 있네요."

막달레나가 바람에 공처럼 굴러가는 풀을 가리켰다. 줄기며 가지들이 바짝 말라 흑갈색이었다. 모두의 눈길이 쏠렸다.

"가을이면 저 풀은 제 밑동을 바람에 부러뜨려서 사방으로 돌아다닙니다. 여기저기 씨앗을 뿌리는 중이지요. 쥐들이 주워 먹지 않아서 다행히 흙 속에 묻힌다면, 내년 봄에는 푸른 싹이 돋아납니다. 줄기와 가지들에 붙은 수많은 가시가 햇볕에 닿는 면을 최대한 줄여 수분 사용을 최소화하면서도 광합성 작용을 해낼 수 있는 가장 효율적인 생존 도구들이지요. 동시에 짐승들이 멋대로 제 몸을 뜯어 먹지 못하게 막는 보호장치이기도 하고요."

그러고 보니 회전초는 생김새가 구르기에 안성맞춤이었다. 아예 줄기에서 한사코 가늘게 많이 퍼진 가지들이 다복솔처럼 가운데로 둥그스름하게 오므라든 모양새였다.

"저 두가이란 나무가 소나무류라고 했지요? 사막소나무라고 이름 붙이면 더 어울리겠는데."

누군가 굴러가던 회전초가 걸려 있는 식물을 가리켰다. 말라붙은 줄기며 가지들이 멋대로 벋어서 사납고 앙상했다.

"맞습니다. 저렇게 다 죽은 것처럼 보이지만, 두가이나 아카시아 같은 나무 종류는 뿌리를 땅속 5미터 깊이까지 박고 있어서 봄이 오면 새파랗게 되살아납니다. 더욱 놀라운 사실은, 아니 참으로 안타까운 사실은 그것들이 새잎을 내고 꽃을 피우고 열매를 맺고 그 열매가 익을 때까지 걸리는 기간은 고작 한 달뿐입니다. 그 한 달이 한 생애입니다. 이곳 식물들에 비하면 사막 밖에 있는 식물들은 별천지에 산다고 해야겠지요. 물론 저 동산에 있는 것들도 예외가 아닙니다. 막상 이곳에 사는 식물들은 그 사실을 절대로 모르겠지만요. 설혹 안다 해도 여기서 탈출할 수 없다는 데에 비극이 있습니다."

막달레나는 여기서 마무리 말을 하지 말았어야 했다. 오해를 부를 가능성이 있는 말이어서 "이곳 식물들에 비하면 사막 밖에 있는 식물들은……."부터 지웠다. 그녀의 마음을 은연중에 드러냈다 할 수도 있었기 때문이었다.

그곳이 야외이기 때문에 녹음은 되지 않았다는 판단이었다. 구태여 방법을 찾자면 그녀의 휴대전화기를 이용해야 할 텐데, 설마 그렇게까지 하겠는가 했다.

막달레나의 설명이 이어지는 동안 어쩔 수 없는 일처럼 다시 큰할아버지가 머릿속에 들어왔다. 살던 터전에서 강제로 떠나게 된 큰할아버지는 전혀 낯선 중앙아시아란 데서 곡절 끝에

173

정착했을 것이다. 아무리 척박해도 뿌리를 내리며 살았을 것이다. 그렇다면 큰할아버지는 이 땅의 어디에선가 내 손길을 기다리고 있을 것이다.

일행은 아이다르 호숫가에 다다랐다. 모두가 나직한 모래언덕 위에 섰다. 누가 살짝만 가장자리를 밟아도 모래가 스르르 무너져 내렸다. 여태 푸른 점 하나 찾아볼 수 없어서, 그저 황량해 보이기만 했던 사막 속에 이렇게 드넓고 푸른 호수가 숨어 있었다니. 너도나도 놀랄 수밖에 없었다. 한숨을 내쉬는 이도 있었다.

건기의 호수였다. 모래언덕 밑에서 저만치 물러나 있는 물속에 갈대들이 발을 담그고 서 있었다. 계절을 잊은 것인지 놓친 것인지, 아직 꽃대도 내놓지 않은 그것들이, 마치 식대밭처럼 검푸르렀다.

그 너머로 펼쳐진 호수는 끝 간 데를 찾을 수 없었다. 햇살에 부신 수평선에 내 눈길이 머물러 있었다.

"여기서는 사진을 찍어도 됩니까?"

정 총무가 물었다.

"여기에는 군사시설이 없습니다."

막달레나의 뼈 있는 대답에 모두 웃음을 터뜨렸다.

"이 아이다르 호수는 정부에서 사막의 동쪽 너머로 흐르는 사다리아강을 가로막아 제방을 쌓자, 마치 하늘이 노한 듯 큰 홍수가 났는데, 전혀 생각 못 했던 그 재난 때문에 생긴 것입니다."

막달레나가 호수에 대해서 설명했다.

"60여 년 전 소비에트연방 때의 일이었습니다. 그때 공교롭게도 큰비가 내려 강을 막아 쌓던 제방과 강둑이 무너졌습니다. 대홍수가 난 것이죠. 넘친 물이 저지대로 흘러들기를 1년여. 쉽게 이해가 되지 않을 것입니다. 어떻게 강물이 1년여 동안이나 범람을 계속했는지……. 그래도 엄연한 사실입니다. 그 기간에 범람을 막겠다는 사람의 힘과 지혜라는 것은 별로 효과를 발휘하지 못했습니다. 그래서 그 재난의 결과로 생겨난 것이 이 아이다르호수입니다. 무려 3천 제곱킬로미터에 달하는 엄청난 크기의 이 호수는 자연이 제 힘을 사람들에게 난폭하게 행사한, 사람이 자연의 힘을 얕보았다가 감당 못할 재앙을 부른 사례였습니다. 당연히 강에 제방을 쌓아 그 안에 가둔 물을 뜻대로 사용하겠다는 계획은 엉망이 되고 말았습니다. 그때 많은 사람이 목숨을 잃었습니다. 또 재산을 잃었습니다. 하지만 요즘에 와서 사람들이 이 아이다르호수를 이용해서 이익을 얻겠다는 새로운 계획을 세웠습니다."

거기까지 설명한 그녀가 눈을 들어 새삼스럽게 일행을 돌아보았다. 표정이 부드럽게 풀려 있었다. 나는 문득 그녀의 자태가 꽤나 요염하다는 생각이 들었다. 그리고는 새삼스럽게 그런 생각을 하는 자신이 우스워서 피식 웃었다.

그녀가 말을 이었다.

"그리고 저 호수 속의 초록색 갈대들을 한번 보세요. 참 대단하지요? 사람도 저런 것 같습니다. 어떻게든 살아보겠다고, 그래서 후손을 남기겠다고 몸부림을 쳐 댑니다. 아까 본 회전

175

초도 한 가지 본보기죠. 저 갈대들은 또 다른 본보기고요. 갈대들은 지금 이 넓은 사막의 어디서도 볼 수 없는 싱싱함을 뿜내고 있습니다. 갈대들이 우리에게 말합니다. 지혜와 용기를 갖고 스스로 살길을 찾아가야 한다고 말입니다.”

막달레나는 기어이 제 생각을 한마디 덧붙이고 나서 설명을 끝냈다.

이때 나는 버스 밖에서는 그녀에게 자유롭게 말해도 된다고 판단했다. 만일 휴대전화기로 녹음해서 보고해야 하는 처지라면 저런 말은 하지 않았을 것이라고 생각했다.

나는 자신의 판단을 믿고, 여기서 머릿속에 차 있는 큰할아버지 생각을 슬쩍 꺼내 보기로 했다. 공개된 자리에서 그녀의 반응을 보자는 것이었다.

“그런데, 그런데 말입니다. 아까 그 홍수, 이 호수를 만들어 놓은 그 재난 말입니다. 만일 그때가 스탈린 시대라면 막을 수 있었지 않았겠어요? 많은 조선인을 강제이주 시키듯 ‘막아라!’ 이 한마디면 무슨 수를 쓰든 막지 않았겠냐고요.”

내가 나서서 한마디 했다.

“제발 정치적인 언사는 삼가세요.”

막달레나는 내 말이 더는 앞으로 나아가지 못하도록 급하게 가로막았다. 그런데 웃는 얼굴이었다. 결코 목소리도 사납지 않았다. 부드러웠다. 순간 그녀가 나를 막음으로써 다른 사람들을 막는구나 싶었다. 그런 것 같았다. 언저리에서 나를 돌아보는 사람이 몇 있었다. 그 가운데는 박 회장과 정 총무도 있었다. 눈치를 봐서 거들고 나설 것이었다.

나는 여기서 이제 막 쓴 이 부분을 지울까 고민했다. 막달레나한테도 나한테도 좋을 리 없었다. 결국은 그렇게 결정했다. 내가 어떻게 하느냐에 따라서, 앞으로 그녀와 어느 정도 편하게 말을 나눌 수 있겠다 싶었다. 물론 밖에 있을 때 한해서였다. 사실 지금으로서는 내가 털끝만큼이라도 가능성을 갖고 두드려 볼 수 있는 사람은 그녀밖에 없기도 했다.

석양빛을 등지고 호수에서 돌아가고 있었다. 아직 10월인데도 날아다니는 고추잠자리나 나비 한 마리도 눈에 들어오지 않았다. 그러고 보니 아까 호숫가에서도 개구리 같은 것을 보지 못했다는 생각이 들었다.

유르트 촌이 가까워질수록 길의 왼쪽을 막고 있는 둔덕의 높이가 점점 자라났다. 이와 다르게 길의 오른쪽으로는 메마른 사막이 나지막하게 멀리 펼쳐져 있었다. 일행은 둔덕으로 올라가서 기우는 햇살을 잡아두기라도 할 양인지 여기저기서 부지런히 사진을 찍어댔다. 나는 호숫가에서 단체 사진 한 장만을 찍었다. 법무사 정이 개인 사진을 찍어 주겠다고 나섰을 때 내가 손을 내저은 뒤에는, 누구도 더는 호의를 보이지 않았다.

유르트 촌은 그 무섭다는 사막 바람을 피해 구릉에 자리 잡은 것 같았다. 호수 쪽에서 길을 따라 그곳까지 다가오는 동안 한껏 키를 키운 예의 그 둔덕이, 한길에서 달려 들어오는 갈래

길을 만나 그만 뭉뚝하게 끊어지면서 오뚝한 동산이 돼 있었다. 그 밑으로 만들어진 구릉이었다.

나는 동산의 꼭대기를 올려다본 뒤에 혼자서 올라갔다. 막막하면서도 허전한 가슴이 좀 풀릴까 해서였다. 한껏 마른 나무들과 풀들이 성이 나기라도 한 듯 내게 악착같이 덤벼들었다. 듬성듬성 서 있거나 누워 있어서 피하기 쉬울 성싶었는데, 두가이든 아카시아든 회전초든 빠지지 않고 나름의 성깔을 부려 댔다. 꼭대기에 올라갔을 때는 두 다리 여기저기가 아리고 따끔거렸다.

호수 건너에 앉아 있는 낮은 등성들이 아득하게 눈에 들어왔다. 해는 그 위에서 한참 불을 지르고 있었다. 호수까지도 붉게 타드는 성싶었다. 나는 멀리 서 있는데도 두 눈이 뜨거웠다.

나는 누구인가. 그리고 무엇 하는 사람인가 생각했다. 마르크의 질문이기도 했다.

내가 경찰관이 된 것은 어쩌면 할아버지 때문일 수 있었다. 할아버지는 나랑 오랫동안 한방을 써오는 동안에, 내게 어떤 직업을 꼭 가졌으면 좋겠다고 한 적이 없었다. 내가 군 복무 기간에 두 차례 휴가를 받아 갔을 때도 그랬고, 심지어는 직장이 있는 서울로 가서 살겠다고 가방을 싸 들고 집을 떠나기 전날 밤까지도 그랬다.

그런데 비슷한 말을 하긴 했었다. 지나가는 말로 여기기에 딱 좋게 했었다. 내 군 생활이 끝나갈 무렵에 장래의 직업을 생각하지 않을 수 없었고, 아울러 그날 밤의 일이 새삼 문득문득 떠올랐고, 그때마다 그 일을 유난히 또렷하게 기억하고 있다는 사실에 놀라곤 했었다. 어머니랑 내가 대구로 가서 지정된 은행에 대학 등록금을 낸 뒤에, 학교로 찾아가서 이런저런 곳들을 돌아보고 온 날이었다.

잠잘 시간이 되면 방에다 두 사람의 잠자리를 보는 일은 당연히 내가 맡아서 해왔다. 중학생이 되면서부터 그랬다. 한데 그날따라 할아버지가 나섰다. 이부자리를 다 펴놓은 뒤에 할아버지는 내가 했던 것처럼, 윗목에 있는 전등 스위치에 오른손 검지를 올려놓은 채 뒤를 돌아보았다. 나는 벌써 눈치를 준 대로 먼저 잠자리에 들어가 누워 있었다. "늬가 어느새 다 컸어요. 참말로 감사한 일이야요. 늬가 대학 졸업해서리 조금만 심 있넌 사람이 됐으면 좋겄단 말이지. 특별히 우리 집에 기낭 심 쓰넌 사람이 있으면 여간만 좋겄거던." 그때 나는 그 말을 깊이 새겨듣지 않았다. 할아버지가 금세 낮게 코를 골며 잠에 빠져버린 통에, 뭐라 대답할 이유도 없었다.

힘 있는 사람이나 힘쓰는 사람이라면, 그 시절에는 물어보나마나 판검사였다. 세상의 부모들이 자식들에게 갖기 바라는 직업이기도 했다. 그러니까 할아버지도 으레 자라서 대학에 간 손자에게 한번 해 본 말일 수 있었다. 그때 나는 그렇게 이해했을 것이다.

게다가 평소에 내가 판검사라는 직업을 지레 남의 일로 여겨왔던 탓에, 할아버지의 말을 귀 뒤로 듣고 흘려버렸을 것이다. 남의 삶을 뒤져서 문제를 찾아 들춰내 놓고 옳으니 그르니 따지고, 거기에 맞는 대가를 상이 아닌 벌로써 매기는 일을 어찌 아무나 하겠는가. 정말로 적성에 맞는 사람이나 해낼 수 있다는 생각이었다.

동산의 꼭대기에서 내려가기 시작했을 때, 나는 한동안 느닷없이 마술에 걸리기라도 한 것 같았다. 흐르는 시간을 어느 순간 멈춰 세운 것 같았다. 그리고 거기서 이미 흘러가 버린 시간 속으로 되돌아갔다가, 멈춰 놓았던 시간 속으로 돌아올 수가 있었다. 그 두 시점의 시각 사이에, 마치 폭이 좁은 도랑이라도 있는 듯, 맘만 먹으면 이쪽에서 저쪽으로, 또 거기서 이쪽으로 얼마든지 건너다닐 수가 있었다.

무슨 말이냐 하면, 내가 꼭대기에서 내려오다가 나도 모르게 좀 움푹한 곳으로 들어가면, 분명히 저 멀리 사막의 끝에서 휘황한 빛을 뿌리며 가라앉던 해가 깜박 사라져버렸고, 그곳에서 벗어나게 되면 다시 번쩍 나타났다. 해는 그렇게 내가 내려가는 길의 높낮이에 따라 가라앉았다가 솟았다가를, 졌다가 떴다가를 되풀이하고 있었다.

나는 그 동산에서 한꺼번에 몇 날을 살아버린 것 같았다. 사막이 수평에 가깝게 서쪽으로 아득하게 펼쳐진 까닭이었다. 아주 멀리서 거침없이 날아드는 석양빛이 이곳에 불쑥 솟은 동산에 닿으면서, 그 속에서 이리저리 움직이는 사람한테 부리는 시각적인 조화였다.

만일 내게 지난 세월을 다시 살 수 있는 기회가 온다면 어느 시점을 선택할 것인가 생각했다. 그 기회를 결코 거절하지 못할 것 같은데, 그래서 돌아가긴 돌아가야 할 것 같은데, 그 시점을 잡을 수가 없었다. 아직 한창 젊은 나이에 내가 왜 이러는가……. 여행을 나설 때는 그래도 돌아가고 싶은 심정이 있었는데…….

문득 막달레나의 당당한 모습이 떠올랐다. 그녀는 무슨 일이든 자기 생각을 분명히 갖고 행동하는 것 같았다. 교육받은 내용을 꼭 지켜야 할 때를 빼면, 기회가 있을 때마다 자신의 의중을 분명히 드러냈다. 버스 안에서도, 호숫가에서도 그랬다. 어쩌면 사마르칸트카키드 공장에서 내가 그만큼이라도 일을 본 것도 그녀의 배려였던 덕인지도 몰랐다. 문득 할아버지도 지금껏 그렇게 살았다는 생각이 들었다.

일행이 간이식당에서 저녁을 먹고 나오자 마당 가운데서 모닥불이 한창 기세를 올리고 있었다. 저절로 그 언저리로 모여들었다. 술병과 잔을 든 사람들도 있었다. 작은 무대가 모닥불 너머에 펼쳐져 있었다. 몸집이 큰 여자 하나가 기타와 색소폰과 드럼으로 구성된 밴드와 어우러져 노래를 부르는 중이었다. 높지만 앳된 목소리, 규칙적인 기타 리듬, 거기에 슬쩍슬쩍 들어와서 잠깐잠깐 어울렸다가 빠지는 드럼 소리……. 색소폰은 나서지 않고 있었다. 모두가 현지인들이었다. 노래는 셀린 디온의 올드팝 〈사랑의 힘(The Power of Love)〉이었다. 나도 아는 노래였다.

아침의 속삭임이

잠을 자고 일어난 연인들에게

천둥처럼 울려 퍼져요

그대의 눈을 바라보면서

그대에게 꼭 붙어서 움직임 전부를 느껴요

……

막달레나가 상품으로 건네준 보드카는 한 병이 아닌 듯싶었다. 벌써 너도나도 몇 잔씩 마신 터라 얼마간 흥이 올랐다. 모닥불이 몸을 뒤틀었다. 불길을 벗어난 불티와 잿가루가 회오리치며 풀풀 하늘로 솟아올랐다. 눈으로 불티를 쫓던 나는 나직하게 탄성을 냈다. 큰 별들이 무리 지어 낮게 내려와 있었다. 세상의 모든 별이 다 이곳에 모인 것 같았다. 가슴이 가만가만 뛰었다.

농암제지소……. 그곳에서는 머리를 숙이고 있어도 별들이 눈에 보였다. 계곡물 속의 별들이 물살을 따라 흐르면서 고기 떼를 희롱했다. 그 별들이 다 이곳으로 옮겨온 것 같았다. 이 시간이면 아버지 어머니는 아직 제지소에서 일하고 있을지도 몰랐다. 언제부턴지 아버지는 내게 아무런 기대도 하지 않고 지낸 것 같았다. 그 사실을 나는 여기 와서 비로소 알았다.

사마르칸트카키드 공장을 아버지 혼자서 다녀갔고, 내가 여태 그 사실을 모르고 있었다는 것이 말이 되는가. 생각해 보면 내가 집을 떠나 서울에서 다른 삶을 살겠다고 했을 때는 말리던 아버지였다. 도리어 할아버지의 태도가 덤덤했다고 할까, 무심했다고 할까. 아무튼 새벽에 집을 나섰을 때는 내 곁에 어머니뿐이었다.

그런데 왜 공항에서 통화할 때는 다 때려치우고 당장 내려오라 했던 것인가. 부자간에 무슨 문제라도 정리할 양이었던가.

우린 지금 가 보지 못했던
어떤 곳을 향해 가고 있어요
나는 두렵기도 하지만
나는 사랑의 힘을 배울 준비가 돼 있어요.

뒤늦게 식당에서 나온 이들까지 합세해 무대 앞으로 몰려가 춤을 추었다. 동창생들의 모임이어선지 서로 잘들 어울렸다. 누군지 혼자서 저만큼 앉아 있는 막달레나한테 가더니 팔을 잡아끌었다. 그녀도 못 이기는 척 나가서 함께 어울렸다. 다들 어지간히 즐거움에 젖어 있었다. 여행은 이런 재미가 있어야 한다는 듯. 나만 아까부터 혼자 있었다. 아무도 내게 관심을 기울이지 않았다. 밴드는 이제 〈돌아와요 부산항〉을 연주했다. 색소폰이 따라서 신바람을 냈다. 몇 곡을 연거푸 불러대던 여가수는 보이지 않았다. 나는 하늘을 쳐다보았다. 별들은 내게 더욱 가까이 내려와 있었다.

농암제지소의 밤하늘……. 그곳의 별들은 늘 산속에서 혼자 지내는 소년의 동무들이었다. 같이 이야기를 나누는 동무들이었다. 소년이 고민을 털어놓으면 어느 별이든 꼭꼭 답을 찾아주었다. 첫 몽정을 했을 때는 학교에서 홑바지 차림이었다. 속옷을 벗어, 학교 가는 길에 철쭉나무 밑에 감춰 두었다. 애를 태우면서 기다렸다가 별들에게 물었다. 초등학교 5학년 때의 초가을날 밤이었는데, 별들은 먼저 깔깔거리기부터 했다. "괜찮아. 네가 남자가 됐다는 뜻이야. 어머니가 기다리고 계셨을 거야. 감춰둔 속옷을 찾아다가 빨래통 속에 슬쩍 넣어두면 어머니가 발견하고 매우 기뻐하실 거니까, 꼭 그렇게 해요……." 어쩌면 점점 커가는 자식을 보면서, 어머니가 미리미리 그렇게 일러주었던 것 같기도 했다. 그래도 나는 계곡에서 속옷을 직접 빨아 숲속에 말려두었다가 다시 입었다.

나는 자리에서 일어서서, 내 잠자리가 있는 유르트를 눈으로 찾았다. 유르트마다 이마에 등을 밝히고 있었다.

안에서 불빛이 새 나오는 세 동이 눈에 들어왔다. 그 가운데 1호실이었다.

화장실은 석양에 올라갔다 내려온 동산 밑에 있었다는 기억이 났다. 나는 먼저 그쪽으로 방향을 잡고 갔다. 잠자리에 들려면 고양이 세수라도 하고, 발에 물을 끼얹기라도 하려는 것이었다.

"김 선생님! 혼자 어디 가시는 겁니까?"

막달레나였다. 어디서 나를 보았던 것인지 좀 급하게 왔던 것 같았다. 바로 뒤에서 그녀의 몰아쉬는 숨소리가 들렸다. 화

184

장품 냄새가 나기도 했다. 그녀가 곧 내 옆으로 와서 섰다. 나는 걸음을 멈춘 채 그녀를 빤히 돌아보았다.

"나를 걱정해 주는 건 좋은데, 좀 놀랐네요."

"놀라셨다면 죄송합니다! 행여나 술에 취하시지나 않았나 해서……."

그녀가 곧 내 귀에 가까이 대고 말했다. 숨결이 내 귓전을 스쳤다.

"지금 화장실 가는 겁니다. 그리고 나, 술 취하지 않았습니다."

내가 좀 퉁명스럽게 말을 받았다. 괜히 신경이 쓰여서 무대 앞을 돌아보았는데, 둘에게 관심이 있는 사람은 없는 것 같았다.

"나름 도와주신 일에 감사도 하고 싶고, 따로 할 말도 있습니다. 부탁할 말이 있습니다."

"감사는 됐고요……. 부탁할 말이 있다니……?"

나는 왜 그녀에게 퉁명스럽게 구는가 했다. 호숫가에서 문득 느꼈던 요염한 모습 때문인가.

"죄송하지만 잠깐 저곳으로……."

그녀가 가리키는 곳은 버스 그림자로 생겨난 어둠 속이었다. 나는 머뭇거렸다. 도대체 무엇 때문인가 했다. 그러나 나는 곧 그녀의 입장을 생각해서 머리를 끄덕였다. 기회를 보아 자신의 의중을 분명히 밝히는 사람으로 그녀를 보지 않았던가 했다.

어둠 속으로 들어서자 그녀는 곧 말을 꺼냈다.

"오늘 밤 관리동에는 아주머니 두 사람하고 나까지 3명이 남아 있을 겁니다. 나머지는 밴드와 함께 타고 온 버스를 타고 가까운 마을에 있는 숙소로 나가서 잡니다. 아주머니 두 사람은 내일 아침 준비를 위해 자기들 방에서 일찍 잠자리에 듭니다. 그리고 김 사장님을 뺀 일행은 모두 술에 곯아떨어질 겁니다. 나는 내 방에 혼자 있게 됩니다. 따라서 나는 안전한 시간을 낼 수 있다는 것입니다. 오해하지는 마세요."

나는 이때 이 여자가 뭘 하자는 것인가 했다. 자기가 혼자 있다는 것을 내게 밝히는 이유가 뭔가 싶었다. 또 안전한 시간은 뭔가 싶었다. 그녀가 말을 이었다.

"시간을 좀 내주세요! 긴히 부탁할 말이 있습니다. 오해하지는 마세요."

그녀는 오해하지 말라는 말을 되풀이했다. 목소리가 간절했다.

"안전한 시간이라니요? 그 긴히 부탁할 말이 뭔지 몰라도 지금 여기서 하면 되지 않나요?"

"아닙니다. 이곳엔 안전지대가 많습니다. 안심하세요. 오늘 밤 자정에 저 화장실 뒤쪽에 있는 동산 밑에서 기다리겠습니다. 석양에 김 선생님이 혼자 올라갔다가 내려온 바로 그 동산의 밑입니다."

"기다리지 마세요!"

"꼭 김 선생님께 부탁할 말이 있습니다. 내게 이런 기회가 다시 없을 것 같거든요. 안전한 시간에 안전한 장소를 확보하기가 하늘의 별 따기입니다. 자정 이후에는 동산 밑이 아주 안전한 곳입니다. 아무도 그곳에 오지 않습니다. 모두가 죽음 같은 잠에 빠질 시간이거든요. 제발 나와주세요! 기다리겠습니다.

제발 오해는 하지 마세요, 네?"

그녀는 일방적이었다. 나는 그녀가 춤추는 사람들 속에 섞여드는 것을 본 뒤에, 화장실 쪽으로 잰걸음을 놓았다. 그때야 비로소 그녀가 말한 안전한 시간과 안전한 장소가 무엇을 뜻하는지 알 수 있을 것 같았다. 나도 모르게 코웃음이 새 나왔다. 그 웃음이 허허거리는 웃음소리로 변하더니 좀처럼 그쳐지지 않았다. 자꾸 오해하지 말라는 데도 기어이 오해하는 나 자신 때문에 실소를 금할 수가 없었다.

혼자서 유르트 1호실로 들어간 나는 가장 한갓진 안쪽 자리에 잠자리를 잡았다. 가방을 챙겨 머리맡에 놓고 자리에 눕자, 밴드가 연주하는 〈고추잠자리〉가 정수리로 확 달려드는 느낌이었다. 내가 어디서 자든 일행 중 누구도 신경 쓰지 않을 것 같았다. 설혹 밤새 눈에 보이지 않아도 찾지 않을 것 같기도 했다. 이 역시 내가 자초한 일이었다. 그러니 어쩔 수 없다는 생각이 들었다.

나는 막달레나의 정체가 부쩍 궁금해졌다. 4일 전의 한밤중에 타슈겐트 공항으로 마중 나온 그녀가, 시내로 들어가는 버스 안에서 자신을 소개했었다. 자신을 고려인 4세이고, '국가에서 발급한 라이선스'를 가진 두 명밖에 안 되는 한국어 전문 가이드이며, 경력이 5년 차라고 했다. 그렇다면 나이가 나와 비슷하거나 할 것 같았다. 검은 머리칼이 그녀가 움직일 때면 물결처럼 어깨 위에서 찰랑거렸다. 둥그스름한 얼굴에 큰 눈과

부드럽게 솟은 코에 도톰한 입술이 새삼 떠올랐다. 깔끔한 얼굴이라 여겼던 것은 머리칼 때문이었던 것 같았다. 그러고 보니 육감적인 몸매였다. 아까는 요염한 자태라고 보았던 것인데…….

살포시 잠이 들었던가. 시끌벅적한 소리에 눈을 떴다. 1호실의 나머지 다섯 명이 한마디씩 하면서 들어오는 참이었다. 신발만 벗고 매트리스에 눕는가 하면, 바로 밖에서 일을 본 것인지 바지 지퍼를 올리며 들어와서 옷을 입은 채로 쓰러지는 이도 있었다. 그래도 내게 진득하게 눈길을 주면서, 벌써 들어와 있었느냐는 표정을 짓는 사람이 셋이나 됐다. 나는 그들이 고마워서 오른손을 살짝살짝 들어 보였다. 무심코 손목시계를 들여다보았다. 자정에서 5분을 넘긴 시간이었다. 파출소의 박하성 순경이, 휴대전화를 두고 손목시계를 들여다보는 나에게 아날로그 아저씨라고 놀리던 생각이 스쳤다.

눈을 감자 갑자기 앙가슴이 무지근해졌다. 그녀는 내게 시간을 좀 내주라 했다. 긴히 부탁할 말이 있다는 것이다. 나는 그녀에게 기다리지 말라고, 잘라서 말했다. 그런데 그녀가 한 말이 아직껏 나한테서 떠나지 않고 앙가슴에 남아 있었다. 모르는 새에 숨길을 타고 들어와서 체기 같은 느낌을 일으키고 있다. 도대체 무슨 부탁인가. 아니 무슨 수작을 붙이려는 것인가. 다시 생각해도 그녀는 의중을 감추지 못하는 사람이었다. 적어도 일행과 같이 지내는 동안에는 그랬다. 하는 말 속에서 자신의 주장이 언뜻언뜻 읽혔다. 듣기에 따라서는 신경이 쓰일 수도 있는 내용이었다. 오해도 억측도 가능했다. 혹시 그녀가 반정부 운동이라도 하는 사람이었던가. 아르쳄도 좀 이상하다면 이상했다. 설마⋯⋯. 내 신경이 지나치게 예민해져 있는 탓이겠지⋯⋯. 그들은 젊었다. 젊음은 그런 것이지. 매사에 고분고분하다면 젊은이가 아니지⋯⋯. 나는 자신이 두 사람에 비해 늙어버렸다고 생각했다.

나는 다시 잠이나 잘 요량이었다. '오늘 밤 자정에 저 화장실 뒤쪽에 있는 동산 밑에서 기다리겠습니다.' 그녀의 목소리가 퍽이나 간절했다. 앙가슴이 점점 쓰라렸다. 나는 벌떡 일어났다. 서로 다투듯이 요란하게 코들을 골아대는 소리가 내 등을 밀어대는 것 같았다. 유르트를 나설 때가 되어서야 어쩌면 그녀가 내 신분을 알고 있을지도 모르겠다는 생각이 들었다. 입국 비자 신청 때 국내 여행사에다 낸 '재직증명서' 때문이었다. 그런데 재직증명서 같은 자료가 여행국의 여행사한테까지 건네질 수 있을까 했다. 아무려면⋯⋯.

마당은 쏟아져 고인 빛으로 카랑했다. 눈에 들어오는 모든 것이 빛을 머금어 푸르스름하게 빛났다. 풀벌레들의 울음소리가 들릴 만도 한데 고요하기만 했다. 인기척에 놀라서 그런가 했는데, 이곳의 이때는 그런가 보았다. 숨죽이고 서 있던 나는 비로소 유르트들의 뒤쪽으로 돌고 돌아서 동산 밑으로 가고 있었다. 어디선가 수여우 울음소리라도 길게 긋고 갈 것 같은데, 들쥐에게 잠자리를 들킨 메추라기라도 한 마리 퍼덕일 것 같은데, 그저 별빛만 소리 없이 쏟아졌다. 내가 내쉬는 숨소리가 나랑 함께 가고 있었다. 그리고 가끔 두 다리에 마른 풀 스치는 소리가 뒤따라왔다. 손목시계가 12시 37분을 가리키고 있었다. 눈을 들자 뒤늦게 떠오른 하현달이 나와 눈을 맞췄다. 무심했다.

막달레나가 가벼운 인기척을 냈다. 나는 내심 그녀가 가버렸으면 어떡하나 했던 것인가. 왜인지 은근히 마음이 놓였다.

"이쪽으로 오세요……!"

그녀의 말소리에서 옅은 열기가 느껴졌다. 기다리면서 속을 태우고 있었음이었다. 나는 그녀가 기다리고 있는 움푹한 곳으로 들어가서 언저리를 둘러보았다. 그곳에 빛이 환하게 차 있어서였다. 하늘을 쳐다보자 달이 나를 비췄다. 그러한 곳이라면 그림자가 생기지 않는 시각이었다. 큰 나무라 하더라도 바로 밑에만 작은 그림자를 드리울 수밖에 없었다. 산골짜기에서 자란 덕에 나는 그것을 잘 알고 있었다.

"긴한 부탁이란 것이 무엇이오?"

나는 속으로 걱정하지 않아도 되겠다 하면서도, 짐짓 용무부터 보려는 사람처럼 급하게 굴었다. 하지만 그녀는 나를 '찍은' 이유부터 찬찬히 설명했다.

"먼저 내가 왜 선생님을 만나야겠다고 결심했는지 그 이유부터 말씀드릴게요. 오늘 사마르칸트카키드 공장에서 감히 자리프 소장과 다투는 모습을 보면서 믿음이 생겼습니다. 게다가 일행 중에 워낙 젊기도 하시고요. 내가 가이드를 하는 동안, 그런 한국인은 처음이었습니다. 유감스럽게도 두 사람이 다툰 이유를 아주 조금 알게 됐습니다. 두 분이 짧은 시간이었고 영어가 짧은 탓에 제대로 알아듣지는 못했습니다. 아무튼 선생님이 어떤 부조리한 일에 대해 따지고 항의하는 모습이었습니다."

"긴한 부탁이란 것이 무엇이오?"

나는 일부러 한 말을 또 했다. 그리고 속으로 웃었다. 그런 내 모습을 맘에 들어 하는 사람도 있었군 했다. 그녀가 옆을 돌아보면서 살짝 웃는 듯하더니, 곧 앞을 보았다.

"자정 무렵이 되면 이 동산에는 어느 곳에도 몸을 숨길 곳이 없어집니다. 물론 마음을 숨길 곳도 없어집니다. 우리가 있는 이 자리도 마찬가집니다."

나는 하늘을 쳐다보았다. 내 머리 꼭대기까지 내려와 있던 달과 다시 눈이 마주쳤다. 그저 무심한 눈빛이었다. 이렇게 중천에 달이 떠 있는 시간이면, 석양빛이 사막에 깔렸을 때와 사정이 완전히 달라졌다. 가고 오는 시간이 전혀 느껴지지 않았다. 물론 해가 중천에 뜬 시간에도 마찬가지일 터이었다.

"긴한 부탁이 있다고 하지 않았소?"

나는 다시 다그쳤다. 이때 그녀가 내 오른손을 덥석 잡았다. 새삼 화장품 냄새가 내 코끝을 훅 스쳤다. 그녀의 차가워진 손에서 냉기와 함께 힘이, 내 손으로 급하게 건너왔다. 생각 밖으로 밤기운이 떨어져 있었던가 보았다. 그녀는 반팔 차림이었다.

"예, 예……. 물론 선생님께 부탁이 있습니다. 하지만 그보다 먼저 할 말이 있습니다. 버스를 타고 이곳으로 오는 동안에도, 그리고 지금 이 시간까지도 많이 고민했습니다. 내가 함부로

191

선생님의 일을 알은체했다가 화를 부르는 게 아닌가 해서였습니다. 선생님은 물론 나에게까지……."

"그게 무슨 말입니까?"

나는 그녀 쪽으로 돌아앉아 똑바로 그녀의 눈을 바라보았다. 달빛 때문인지 두 눈에 파르스름한 빛이 일고 있었다. 나는 급히 말을 이었다.

"막달레나한테 화가 미치는 말이라면 그냥 가슴에 담아 두세요. 나중에 무슨 방법이 생길 수도 있을 테니까요."

"신나서 같이 있는 동안에, 짧은 시간인데도 선생님께 신뢰감이 생겼습니다. 금방 내게 하신 그 말이 증거입니다. 상대를 먼저 배려하는 마음……."

"그런 말이라면 그만 하세요. 그런 애매모호하고 알쏭달쏭한 말로 뭘 어떻게 하겠다는 거요? 안 그래도 지금 내 마음은 매우 복잡합니다. 솔직히 당장에 내 나라로 돌아가고 싶기도 하고요. 그런다고 내 마음이 개운해질 것 같지는 않지만……."

지금으로서는 큰할아버지 행적을 알아내는 일에 내가 이 나라에서 도움을 받을 수 있는 사람은 막달레나뿐이라는 것을 잘 알고 있긴 했다. 하지만 무슨 기대를 걸고 있는 것은 아니었다. 지푸라기라도 잡아 봐야 할 심정에서 그저 혹시나 할 뿐이었다. 그만 일어나 버릴까 하는 생각이 들기도 했다.

"그래서 내가 고민한 것입니다. 그 사정을 알고도 모른 체한다면 선생님께 큰 죄를 짓는 일 같아서요. …… 혹시 선생님이 사마르칸트카키드 공장에서 어떤 사람의 행적을 찾으려 한 것이 아니었는지요? 또 그 어떤 사람이 1937년 스탈린의 명령에 따라 블라디보스토크에서 출발한 고려인 강제이주 열차를 타고 중앙아시아의 어느 나라로 왔던 것이 아닌지요? 그리고 그 어떤 사람의 이름은 김태수. 김태수 씨를 찾는 사람은 김경수……? 그런데 선생님의 이름도 김태수……. 아닌가요?"

그녀가 내 심중을 다 읽고 있었던 것인가. 숨 가쁘게 질문들을 쏟아놓았다. 나는 순간 놀라고 긴장했다. 그 바람에 숨이 컥 막히는 성싶었다.

"맞아요, 막달레나! 막달레나가 한 말이 모두 맞습니다. 내가 그 때문에 이 나라에 온 겁니다. 할아버지의 손자 김태수가 큰 할아버지 김태수의 행적을 찾으러 왔습니다."

나는 그녀 쪽으로 몸을 돌려 그녀의 두 팔을 붙잡고 흔들었다. 끌어안는다면 내가 울음을 터뜨릴 것 같았다. 그러나 나는 그녀의 입을 바라보면서 은연중에 다음 말을 조르고 있었다. 이때 문득 그녀가 한 말들이 앞뒤가 맞지 않는다고 생각했다. 아까는 분명히 짧은 시간이고 영어가 서툰 탓에 나와 자리프의 언쟁을 제대로 이해하지 못했다고 했다. 그런데 그녀는 지금 중요한 내용을 다 들어서 알고 있다는 듯이 말한 것이었다. 하지만 그게 무슨 문제인가. 그녀가 해줄 다음 말이 무엇보다 중요하다.

"낮에 두 사람이 만났을 때 나는 문밖에서 기다리고 있었습니다. 언쟁할 때는 물론 그 전부터 귀에 익고 말이 많이 나왔습니다. 까레이스키 그리고 사람 이름 김태수……. 나는 그때,

두 해 전의 여름 한때 고려인 마을을 떠들썩하게 만든 일이 떠올랐습니다. 한국에서 온 김영식이란 사람이 김태수라는 사람을 찾는 일이었습니다."

"그래서 어떻게 됐나요? 찾았나요?"

내가 대들 듯이 다그쳤다.

"실패했습니다."

그녀가 쉽게 대답했다. 나는 왈칵 화가 났다. 결국에는 들으나 마나 한 이야기가 아닌가 해서였다. 괜히 잔뜩 기대를 품게 해놓고서는……, 큰 풍선에 바람을 잔뜩 불어 넣어 한껏 부풀게 해놓고서는, 슬쩍 주둥이를 풀어놓고 시치미를 떼는 꼴이 아니고 뭔가. 나는 그만 긴히 부탁할 일이 뭔가 물으려 했다. 그래도 그녀의 성의를 봐서 그 정도는 해야 할 것 같아서였다. 그녀 앞에서 조바심을 내고 호들갑을 떨어낸 것이 창피하단 생각이 들기도 했다. 나는 그때까지 붙들고 있던 그녀의 두 팔을 놓아버렸다.

"그런데 내 기억에, 그 무렵 고려인 마을에 흐르는 공기가 좀 이상했다는 것입니다. 김경수 씨가 일이 바빠 열흘쯤 있다가 한국으로 돌아가기 전에, 회관에서 마을 잔치까지 벌여 고려인들에게 직접 부탁하는 장소에는 나도 나갔습니다. 뒷일은 협회에 비용과 함께 맡겼다는 말을 우리 아버지한테 들었습니다. 내가 일 나갔다가 들어오면서 보았더니 마을 입구에 붙어 있던 김태수 씨의 사진이 없어요. 신문에 광고만 낸 게 아니고, 회관 게시판이며 여기저기에 사진을 붙이고, 심지어 협회 공지

사항에도 나왔거든요."

그녀는 비로소 자신만이 아는 일을 말하고 있었다.

"아버지께 여쭤보지 않았어요?"

"여쭤봤습니다. 사사로운 일에 동포들의 힘을 낭비하지 말자는 협회의 결정이 있었다는 것입니다. 우리 동포들은 협회의 결정에 잘 따르는 편입니다. 오랜 세월 그렇게 살아왔습니다. 그런데 또 어느 날 보았더니 고려인신문에 김태수 씨 찾는 광고가 여전히 나온 거예요. 이상해서 아버지께 물었더니, 그건 또 그렇게 결정한 것 아니겠냐는 것입니다. 한국으로 돌아간 사람이 미리 돈을 내고 갔으니까, 당연히 의뢰한 사람에게 신문을 보내줘야 하니까, 그건 또 그래야 하지 않겠느냐는 것입니다. 이치에 딱딱 들어맞는 대답이었습니다. 내가 거기서 무엇을 더 물었겠습니까?"

"더 묻지 않았다는 말입니까?"

"물론입니다. 그렇게 교육받았으니까요."

뜻밖에 내 마음이 담담했다. 마치 예상하고 있었던 것 같았다. 어쩌면 앞서 자리프를 만나서 언쟁까지 벌인 일이 있었기 때문인 것 같았다.

하지만 결코 흘려들을 이야기는 아니었다. 막달레나가 한 이야기 속에는 새로운 사실이 들어 있었다. 자리프한테 미처 들을 수 없었던 일이었다. 아버지가 고려인 마을에 나타남으로써 생긴 일들이었다. 그 가운데서도 마을 사람들의 태도였다. 처음과 끝이 아주 확실하게 달라졌다는 점이었다.

내가 판단하기에는 그 과정에서 분명히 어디서인가 고려인 마을에 거부하지 못할 지시가 있었음이었다. 사람을 찾는 일은 그 시점에서 무조건 덮으라는 지시였을 것이다. 이야기 곳곳에 흔적이 보였다. 그것들이 유력한 단서였다.

사실 막달레나가 나나 자신에게 화가 미칠까 봐 걱정한 이유도 거기에 있었을 것이다. '현시점에서 상황을 공표하라'는 지시. 그런 지시를 할 수 있는 곳은 정해져 있었다.

그렇다면 그 지시는 기밀이었다. 어마어마하게도 국가기밀이었다. 마무리를 잘해야 한다는 것은 협회에서 스스로 판단했을 것이다.

그래서 그녀가 말을 꺼내기까지 그토록 망설였던 것이고, 나를 만나기로 결심하기까지 고민하고 걱정했던 것이리라. 나는 그곳도 모르고 건방을 떨어댔던 것이고.

"내가 할 말은 여기까지입니다. 우리 아버지가 군 출신이어서 선생님이 귀국하신 뒤에, 기회를 봐서 더 알아보겠지만 쉽지 않을 것입니다. 부조리한 현실과 싸우시는 선생님을 위해서 노력하겠습니다. 이런 약속을 하는 것은 선생님께 부탁이 있어서입니다. 지금 선생님의 마음은 다 포기하고 귀국하는 것이 아니라, 당장에 고려인 마을로 달려가서 이 사람 저 사람을 만나고 싶을 것입니다. 그러지 마세요. 만일 선생님이 동네를 들쑤시는 일이 벌어진다면 두 사람 모두에게 좋지 않습니다. 제발 그러지 마세요. 나중에 일을 조용히 도모하세요. 부탁입니다."

그녀가 비로소 내게 부탁했다. 긴한 부탁이라는 것이 바로 이것이었던가 보았다.

헛헛, 허허허……. 내가 웃었다. 가슴속에 들어 있던 것들이 모조리 바람으로 새나가는 것 같았다.

"걱정하지 말아요. 나도 그런 눈치는 있습니다. ……고맙습니다!"

내가 빈 가슴에 그녀를 안았다.

나는 슬그머니 그녀가 잡은 손을 빼내, 입고 있는 점퍼를 벗었다. 그리고 그녀의 등에 둘러 주었다. 그때서야 누가 먼저라 할 것 없이 나란히 흙바닥에 앉았다. 흙바닥은 낮 동안 간직해 두었던 열기를 인색하지 않게 나눠 주었다.

"아까 이 동산을 내려오면서 묘한 현상을 경험했을 것입니다. 해가 졌는가 하면 다시 나타나고, 나타났던 해가 다시 지고……. 짧은 시간에 여러 차례 해가 지고 나타나는 것을 경험했을 것입니다."

그녀가 나를 살짝 밀어내면서 말했다. 나는 그녀에게 이성으로서 어설프나마 호의를 갖고 있었다. 하지만 지금의 내 감정은 그것과 달랐다. 내 빈 가슴이 일으킨 순간적인 충동이었다. 나는 그녀를 안고 있던 두 팔을 슬그머니 풀었다.

"졌던 해를 다시 보게 하는 뜻은, 후회하는 일이 있다면 아직 시간이 있으니 포기하지 말고 다시 하라는 뜻인가요? 그리고 자정 무렵에 달이 중천에 솟으면 하루에 한 번쯤은 진실해지라는 뜻인가요? 진실한 마음으로, 참마음으로 살라는 뜻인가요?"

내가 그녀의 말을 받았다. 나직한 말소리가 떨려 나왔다.

"금세 아셨군요! 만일 새벽에 동산에 올라간다면, 이번에는 여러 차례 해가 뜨는 것을 볼 수 있습니다. 참으로 신비합니다. 그래서 사람들은 이 동산을 '지혜의 동산'이라 한답니다."

나와 그녀는 어깨를 바짝 붙이고 있었다.

무엇에 이끌린 듯 나는 혼자서 보잘것없는 이 동산에 올라갔었다. 내 몸에 수많은 생채기를 내면서도 아랑곳하지 않았다. 몹시 막막하고 허전한 마음이었다.

"바빌로니아 신화에서는, 사람을 '신이 만든 작은 신'이라고 한답니다. 에아라는 신이 신들 속에서 반란을 일으켜 처형당했는데, 그 에아의 피로 진흙을 반죽하여 사람을 빚었답니다. 그런데 에아가 '지혜의 신'이었던 까닭에, 사람들은 신의 세계를 이해할 수 있는 지혜를 얻었고 영혼을 부여받게 됐다고 합니다."

그녀가 말머리를 돌렸다.

바빌로니아는 기원전 4천 년부터 지금의 이슬람 국가들이 있는 자리에서 아주 오랫동안 번성했던 나라였다. 막달레나는 그 나라의 신화를 통해, 에아의 반란은 '지혜의 신'의 자기희생이었으며, 그 목적이 인간에게 지혜를 주기 위함이었다고 말하고 있었다.

"나는 어렸을 때부터 낯선 땅, 남의 나라에 살고 있다는 생각을 했습니다. 나이 들면 익숙해지지 않을까 했지만 잘못 생각한 것이었습니다. 대학을 졸업하면서 한국어 전문 관광 가이드가 된 것도 이를 극복하기 위함이었습니다. 의사의 의견도 있었습니다. 맞는 판단이었어요. 한국 관광객들을 만나면 오래 전부터 어울려 살아온 것처럼 익숙했습니다. 또, 그들이 돌아 가고 나면 나는 마치 사막에 버려지는 것 같았습니다. 그래도 잘 참고 살고 있습니다. 지금은 어쩔 수 없잖아요."

나는 팔을 그녀의 등 뒤로 뻗어 등을 토닥이면서 거리를 만 들었다. 어느새 달이 서녘으로 꽤 비켜나 기울어 있었다. 우리 가 앉은 곳에도 그늘이 드리워지고 있었다. 4시를 갓 넘어선 시각이었다. 어디서 닭이 홰치는 소리라도 들려올 성싶었다.

여기까지 쓰고 난 나는 몇 차례 깊은 한숨을 내쉬면서 두 손등으로 눈을 비볐다. 진술서 내용에서 그녀가 화장실로 가 는 나를 쫓아온 때부터 지워버렸다. 나와 막달레나와 사이에 있는 시간도 아직은 그쯤에 멈춰 있다는 생각이었다.

나는 이날 밤 그 시절의 꿈을 꾸었다. 조심스럽게 들어와 다 시 누운 자리에서, 아침이 다 된 시각에 행여나 깊이 잠들어 버리면 어쩌나 하는 걱정을 하다가 든 잠이었다. 나비를 쫓고 있었다. 할아버지는 건강했고, 아버지와 어머니는 젊었다. 장끼 울음이 골짜기를 쩌렁쩌렁 울리는가 하면, 매미 소리가 폭포수 처럼 쏟아져 내리기도 했다. 풀벌레들 울음소리에 바람 불어 낙엽 구르는 소리를 듣다 보면 곧 겨울이 왔고, 바람이 휘휘 나무들을 휘감는 밤이면 눈송이들이 싸락싸락 창문을 긁어댔 다. 그리고 금세였다. 봄이 왔다. 한낮이면 깊은 계곡 어디에서 얼음이 녹아 깨지는 소리가 컹컹 울렸다.

꿈속에서 나는 아직 28년 10개월밖에 되지 않은 내 생전의 기억을 더듬었다. 떠오른 꽃이 복수초도 산수유꽃도 진달래꽃도 아니었다. 산골짜기에서 태어나 20대 중반까지 살았는데도 그랬다. 꽃은 언제나 한여름에 피는 황촉규꽃이었다. 샛노란 꽃송이가 크기도 했다. 가지마다 한껏 펼쳐진 잎들 속에서도 결코 그 존재감이 가려지지 않았다. 여름이 되면 집과 제지소의 뒷마당까지 내려와 산자락을 덮고 있었다.

꿈속에서 황촉규꽃이 떠오른 것은 좀 엉뚱한 이유 때문인지도 모를 일이었다. 하필이면 꽃이 한창일 때, 꽃송이 하나하나를 따줘야 했다. 줄기에서 영양분을 더 보내 튼실한 뿌리를 얻고자 해서 하는 일이었는데, 그래야 황촉규 근액을 많이 얻어내서 한지의 지료를 장만해 뒀다가 필요한 만큼 쓸 수가 있는데, 나는 그 일을 돕기는커녕 그냥 보고 있지 않았다. 여섯 살 때였는가. 어머니와 아버지가 꽃을 따고 있는데, 어머니의 바짓가랑이를 붙들고 늘어지면서, 울며 떼를 쓴 적도 있었다. 그만 따시라고…… 불쌍하다고…….

그리고 닥나무꽃은 그 모양이 야릇했다. 새봄이 오면 괜히 내 가슴을 두근거리게 하는 꽃이었다. 중학생이 되면서부터였으니까, 내가 사춘기에 접어들었던 것 같았다. 나무의 줄기와 가지들에 잎눈이 터질라치면, 작년에 줄기에서 새로 뻗은 가지들의 겨드랑이마다 선홍색으로 꽃이 피었다. 가만히 보고 있으면 작은 솔기에서 수없이 방사된, 나비의 더듬이같이 생긴 꽃

잎들이 둥글게 어우러져 있었다. 작은 솔기마다 하나씩 핀 꽃송이들이 지고 나면, 놀랍게도 꽃자리마다 산딸기 같은 열매가 열렸다. 그것들이 익어서 진홍색으로 반짝일 때면, 누군가의 목걸이를 만들어 주고 싶어졌다.

닥나무밭이 있는 제지소 앞 계곡 너머의 산자락에는, 향기에 끌려 날아든 벌 나비들이 땅거미가 내릴 때까지 분주했다. 그것들을 배경으로 막달레나가 언뜻언뜻 보였다.

그래서 그랬던 것인가. 다음 날 부하라로 가는 버스 속에서 막달레나의 등 뒤로 흘러내린 머리카락을 보고 있다가 그만 꾸벅꾸벅 졸면서 낮 꿈을 꾸었다. 지난밤에 꾸었던 꿈을 꾸고 또 꾸고 있었다.

마르크가 갖고 있는 나의 '특이 언행'에 대한 의문은 여기까지였다. 따라서 해명도 여기까지였다. 부하라에 있었던 시간과 그곳에서 키질쿰 사막을 건너 히바로 가는 시간, 그리고 히바에 있다가 우르겐지 공항으로 가서, 21시 50분 발 HY기를 타고 23시 20분에 타슈켄트 국내선 공항에 도착했을 때까지, 마르크가 신경 쓰게 할 일이 전혀 없었다는 뜻이기도 했다.

설혹 나중에 일을 조용히 도모하라는 막달레나의 부탁 아닌 부탁을 받지 않았다 해도 마찬가지였다. 당장에 서둘러 보았자 무슨 결과를 얻기 힘들 것이란 말이 아닌가. 나로서는 남은 여행 기간에 이 나라에서 옴치고 뛸 수 있는 재간이 없었다. 귀국 날짜를 얼마간 뒤로 미룬다 해도 사정이 달라질 수 없었다. 고작 일행의 꽁무니를 쫓아다니면서 귀국한 뒤에 이나라 정보기관에 힘을 가할 수 있는 길을 찾아보는 것이었다. 하지만 늘 막막하기만 했다. 그나마 다행인 것은 막달레나가 애써서 귀띔해 준 정보가 있다는 것이었다. 자리프한테서 얻어 낸 정보와 연관돼 있으면서 추적 가능성을 열어주는 것이어서, 그 가치가 높았다. 상대가 정보기관이 아닌 동포인 교민들이었다. 협조자를 구하는 일과 함께 그를 끝까지 보호할 방법을 찾아야 했다. 일단 막달레나한테 도움을 요청해 볼 것이다. 참, 어쩌면 그런 일은 아르쳄이 더 잘해 낼지도 몰랐다.

오후 3시 2분이었다.

나는 자술서 쓰기를 끝냈다. A4용지 21장 분량이었다. 당연히 처음부터 끝까지 찬찬히 내용을 검토했다. 구멍이 보이는가, 꾸민 곳이 보이는가, 그래서 진실성이 어느 정도인가. 내가 만일 한국에서 근무 중에 이런 자술서를 받았다면 어떤 판단을 내렸을까…….

거짓으로 드러날 수 있는 부분은 없다고 판단됐다. 단지 하나, 내 직업을 제대로 밝히지 않은 일이 꺼림칙했다. 하지만 내가 큰할아버지의 행적을 추적하는 일과 직업은 상관이 없는 일이었다. 만일 내가 직업을 이용하려 했다면 먼저 국내법 위반이었다. 직권남용이었다. 그렇다면 진술서에 거짓이 보이지 않는다고 판단됐다. 정직하고 성실한 태도로 진술한 내용이었다.

나는 타슈켄트공항 국내선의 도착 대합실에서 12시 정각에 마르크에게 임의동행 형식으로 이곳에 연행됐다. 그 뒤에 밤을 꼬박 새웠고, 새날이 밝아서 정오를 지나 오후 3시 2분, 그러니까 그동안 15시간이 흐른 것이다.

이렇게 남은 여행 기간을 엉뚱한 데에 다 쓰고 만 셈이었다. 그런데 내가 마르크에 연행될 때 했던 생각이 있었다. 내게 필요한 정보를 얻어낼 기회가 저절로 왔다는 생각이었다. 그렇게 할 수만 있다면 도리어 매우 유익한 시간이 될 수 있었다. 이제 마르크가 나타나면 반드시 해내야 할 것이었다.

나는 다 쓴 자술서의 끝에, "위의 내용이 사실과 다르지 않다."고 익숙하게 썼다. 퍽이나 자주 쓰게 했고 보았던 문장이었다. 그리고 국적과 농암제지소의 주소와 전화번호, 내 휴대전화 번호까지 다 적은 뒤에, 이름을 쓰고 서명했다.

내가 자술서를 쓰게 되다니, 그것도 외국 땅에서 쓰게 되다니……. 입맛이 씁쓰레했다. 문득 근무하는 파출소에 온 사람들 중에서도 이런 민망한 일을 당해, 자기 연민에 빠진 사람이 많았으리란 생각이 들었다. 꼭 당해 본 뒤에야 아는 게 사람이라 했지…….

나는 노트북의 저장 버튼을 누른 뒤에도 한 차례 확인한 뒤에야 앞으로 쑥 밀어두고 손목시계를 보았다.

이곳에서 공항까지 한 시간 거리였다. 비행기가 출발하기 두 시간 전에 도착해야 하니까 7시쯤에는 출발해야 한다는 생각이 들었다. 오후 5시까지 시간을 주겠다고 했던 마르크의 말이 떠올랐다. 두 시간쯤 시간이 있었다. 저절로 윗몸이 의자 등받이로 넘어갔다. 휴게실 안에 침대가 있다는 생각을 하면서도 그대로 눈이 감겼다. 진술서 내용이 처음부터 급하게 머릿속에서 지나가고 있었다. 배가 고프기도 했다. 점심때에 맞춰 그 녹색 히잡을 쓴 여직원이 갖다 놓고 간 샌드위치와 과일이 있었다는 기억도 스쳤다. 손도 대보지 않은 것들이었다. 그때는 배고파할 여유도 없었던 것 같았다. 나는 수렁으로 빠져드는 느낌이었다.

두 다리의 정강이며 허벅지가, 그 '지혜의 동산'이란 데서처럼 두가이며 회전초 같은 식물들의 가시들에 제대로 걸려든 느낌이었다. 나는 놀라서 자리에서 벌떡 일어서면서 눈을 떴다. 마르크였다. 다시 놀란 내가 그한테서 한 걸음 비켜섰다. 그는 바로 옆에서 나를 보고 있었다. 얼굴에는 알 수 없는 장난기가 끼어 있었다. 나는 아직 어리둥절했다.

손목시계의 시간은 6시가 다 돼가고 있었다. 그러니까 17시에서 1시간 가까이 지나 있었다.

"한국으로 돌아갈 권리를 포기했나 했습니다. 옆으로 와서 어깨를 살짝 건드린 것인데 그토록 놀랍니까?"

그는 제자리로 돌아갔다. 나는 눈을 비비면서 조심스럽게 의자를 당겨 앉았다. 노트북이 그의 앞에 가 있었다. 그가 언제부터 돌아와 있었던가 생각했다. 못 보던 갈색 서류봉투 하나가 왼쪽에 놓여 있기도 했다.

"그럼, 지금부터 국가보위부의 공식 입장을 말씀드리겠습니다. 대한민국 여행자 김태수 씨의 자술서를 자세히 읽고 그 내용을 검토했습니다. 물론 그 새에 정해진 보고 절차를 밟았고 그 결정 사항도 지시받았습니다. ……그러니까 김태수 씨의 혐의는, 불순한 의도를 갖고 여행자를 가장해서 입국한 사람이 아닌가 하는 것이었습니다. 근래에 그런 여행자가 부쩍 늘었습니다. 그들이 국내의 반국가적 불순 세력과 연계하여 자금을 지원하고 투쟁을 선동, 고무시켜 국가 위기를 조장하고 있습니다. 김태수 씨는 이 나라에 개인적인 구원을 갖고 있는 사람입니다. 우리는 김태수 씨가 타슈켄트와 사마르칸트 여행 중에 행한 언행에 대해 법 위반의 혐의를 둘 수밖에 없었습니다. 이 점을 이해해 주시기 바랍니다.”

나는 그가 말한 개인적인 구원이란 것이, 큰할아버지의 강제 이민과 행방불명을 두고 하는 말이라고 이해했다. 마뜩잖았다. 그리고 마음에 걸렸다. 그 때문에 내가 이 나라에 무슨 억한 마음이라도 있다고 본 것 같았다.

“이 나라 국내법에 근거해서 대한민국인 김태수 씨를 오늘 이후 3년 동안 입국 금지토록 조처하였습니다.

“뭐? 입국 금지……!”

놀란 내가 벌떡 일어서면서 신음처럼 내뱉었다. 마치 내가 갑작스레 벽으로 둘러싸인 느낌이었다. 앞으로 큰할아버지 일은 어쩔 것인가. 막달레나가 준 정보를 활용하려면 적어도 한두 차례는 이 나라를 드나들 수 있어야 했다. 그런데 전혀 생각지도 못한 일이 생긴 것이다.

"조처의 근거가 뭡니까? 뭘 잘못 생각한 것이 아니냐고요……."

나는 맥없이 자리에 앉았다. 한 번 조처된 내용은 당장에 바꿀 수 없었다. 그것을 내가 잘 알고 있었다. 그러니 대들지 말자 했다. 먼저 근거라도 알자 했다.

"김태수의 자술서에 그 근거가 있습니다. 진실하지 못한 점이 한가지 발견됐습니다. 우리가 알기에 김태수 씨의 직업은 대한민국의 경찰관입니다. 그런데 자술서 어디에도 나타나 있지 않습니다. 사마르칸트카키드 공장에서도 농암제지소의 직원이라는 명함을 제시했습니다. 그 때문에 자술서 내용을 어디까지 믿어야 할지 알 수 없게 됐습니다."

"잠깐!"

나는 그의 말을 막기 위해 자신도 모르게 손을 들어 내밀었다. 그래서였을까. 그가 숨을 고르는 듯이 말을 쉬었다. 내가 파고들었다.

"내가 농암제지소 직원이라 한 것은 결코 거짓이 아닙니다. 사실입니다. 그리고 나는 경찰관이기도 합니다. 가지고 있는 두 가지 직업 가운데 하나를 밝히지 않았을 뿐입니다. 그럴 필요가 없었습니다. 괜히 오해받을 것을 염려했기 때문입니다. 실제로 마르크 씨가 나를 대할 때 선입견을 갖고 있지 않았습니까?"

"경찰관이라는 사람이 어떻게 그런 말을 합니까? 자술서는 무조건 있는 그대로 써야 한다는 것을 모릅니까? 판단은 그 내용을 검토하는 사람이 한다는 것을 모릅니까? 그래도 자술서 내용에 작위가 들어가지 않았다고 말할 수 있습니까? 그 나라의 경찰관은 그렇게 일합니까?" 그의 잇따른 질문들 하나하나가 내 입을 짓찧어 대는 것 같았다. 끝으로 한 질문은 나라의 자존심까지 건드리고 있었다. 다 맞는 말이었다. 내가 자술서를 쓰는 동안 그 직업을 몇 차례나 썼다가 지웠었다.

"그리고 또 있습니다. 김태수 씨는 이 나라로 여행을 떠날 때부터 실수를 저질렀습니다. 탈라스 전투 유적지 안내인을 찾을 때, 현지 여행사의 도움을 받았어야 했습니다. 그래야 안전을 보장받을 수 있었습니다. 그런데 구태여 개인 사이트들을 뒤져서 아르쳄을 선택했습니다. 순수한 선택이었다 해도 실수였습니다. 아르쳄은 아디잔 소요 사태에 대하여 관심이 많습니다. 대학 주변에서 접촉하는 선후배들도 그렇습니다. 여행사를 통해 올라오는 자료도 부실해요. 그래서 한 차례 영어 가이드 자격을 정지당하기도 했습니다."

나는 할 말이 없었다. 설혹 아르쳄을 만난 것이 실수가 아니었다 해도, 이들이 쳐놓은 그물에 걸려드는 순간 이미 그렇게 되도록 예정되어 있었다는 생각이었다. 그나마 아르쳄이 당하지 않을 것 같아서 다행이라면 다행이었다. 이제부터 나 자신의 일은 잊기로 했다. 그러나 큰할아버지에 관한 일이 남았다.

"좋습니다. 한 가지 물읍시다. 4일 전에 사마르칸트카키드 공장의 자리프 소장과 통화한 사람이 마르크 당신이었지요?"

"예, 맞습니다."

207

그가 시원스럽게 수긍했다. 그의 그런 태도에 도리어 내가 멈칫해졌다.

"우리 큰할아버지는 어떻게 되신 겁니까? 그때 자리프 소장의 입을 막았다면 거기에 그만한 이유가 있을 것 아닙니까? 우리 큰할아버지가 어디에 살아계시기는 한 겁니까?"

나는 그가 시원스럽게 나올 때 그냥 치고 들어가자 했다.

"헛헛헛……. 김태수 씨 귀국 포기했습니까? 지금 7시가 다 됐습니다."

긴장한 탓이었다. 손목시계 들여다보는 일을 잊고 있었다. 내가 그에게 휘둘리는 정도가 아니라 아예 꼼짝 못 하고 있었다.

때맞춰 지난밤 공항에서 차를 운전해 왔던 사내가 방으로 들어왔다. 마르크는 나에게 다시 눈으로 묻고 있었다. 귀국을 포기했는가? 내가 먼저 자리에서 일어섰다. 그때야 그는 그새 옆으로 와 있는 사내에게 노트북을 넘겨줬다. 현지어로 무슨 말인가를 들은 사내가 인사를 하고 방에서 나갔다.

"궁금한 이야기는 가면서 차에서 들으세요. 김태수 씨의 여권과 전화기는 저 서류봉투 안에 들어 있습니다. 3년 동안 입국 금지 조처를 해놓고 빈손으로 가시라 할 수는 없지요. 선물을 준비했습니다."

그가 왼쪽에 있던 노란 서류봉투를 집어 들고 자리에서 일어섰다. 내 눈길이 저절로 '귀를 자른 자화상'에 가 닿았다. 빈센트 반 고흐가 히죽거리고 있었다. 나는 이제 그의 시야에서 벗어난다는 생각만으로도 마음이 얼마간 가벼워진 느낌이었다.

오후 7시 11분이었다.

나는 마르크가 하라는 대로 뒷좌석에 가방들을 실은 뒤에 운전석 옆자리에 탔다. 운전석에 앉은 그는 먼저 손에 들고 나온 노란 서류봉투부터 출입문 안쪽 공간에 찔러 넣었다. 그런 뒤에 차의 시동을 걸었다. 둘이서만 공항으로 나가는 것 같았다. 차도 SUV에서 지프로 바뀌었다.

지프가 마당을 나서자 오래된 건물들이 나타났다. 모양이며 색깔이 비슷비슷했다. 간판이 보이지 않는 것으로 보아 모두가 정부 건물들인 것으로 여겨졌다. 내가 한밤에 와서 지금껏 붙들려 있었던 곳이 시가지의 중심지인 것 같았다.

"나는 이 거리를 좋아합니다. 백 년쯤 된 참나무들이 해마다 푸르름을 자랑하고 있는 풍경이 참 좋습니다. 겨울이 되면 그 당당한 모습들이 또 좋습니다."

남을 곤혹에 빠뜨려 놓고는 이 무슨 너스레인가. 빈손으로 가시라…… 어쩌고 하더니, 이 무슨 참나무 자랑인가 했다.

길의 왼쪽으로 하늘을 가린 참나무숲이 길게 떨어져 있었다. 이제 막 단풍이 들어가는 잎들 사이에서 가로등들이 일찌감치 빛무리를 이루고 있었다. 잘 여문 도토리들이 다투어 떨어질 때였다. 문득 쌍용계곡의 풍경이 눈앞에 그려지면서 귀에 물소리가 솟구쳤다. 할아버지한테 뭐라고 말씀드릴 것인가…….

"내가 알기에 참나무는 어느 종류나 높은 산에서, 그것도 양지에서 잘 자란다는 특성이 있습니다. 음습한 땅에는 맞지 않습니다. 저 참나무들은 신통하기도 합니다."

나는 마르크의 말에 어깃장을 놓자 했다. 또 이 나라 현실을 비아냥거리자 했다.

"맞는 말씀입니다. 다행히 이 나라는 고도가 매우 높습니다. 그래서 나는 참나무들이 친구처럼 좋습니다."

그의 말은 스스럼이 없었다.

"넓은 잎들 때문에 한없이 너그럽게 보이지만 몸통은 도끼날이 잘 먹히지 않을 정도로 단단하지요. 아무에게나 곁을 내주지 않지요."

"그래요. 역시 산골짜기에 있는 제지소에서 낳고 자란 사람답게, 참나무에 대해 잘 아시는군요. 내 생각에는 그 단단함을 더욱 기르기 위해, 겨울이면 벌거벗은 채로 혹한을 견뎌낸다는 것입니다. 또 그렇게 낯선 땅 척박한 땅에서 살아남을 힘을 기른다는 것입니다."

그 자신도 이민족으로서 살아남기가 어렵다는 뜻의 말인 듯했다. 나도 입을 다물었다. 내가 무슨 말을 하든 그가 하고 싶은 말로 응수할 것이었다. 전혀 흔들림이 없을 터이었다. 그렇다면 헛일이었다. 이제 그가 내 빈손에 무엇을 쥐어줄지 몰라도, 기다리는 수밖에 없었다. 비참했다. 꼼짝없이 당하고 또 당할 수밖에 없다니…….

마르크도 입을 꾹 다문 채였다. 공항까지 30킬로미터라는 안내판이 옆으로 지나갔다. 나는 그가 무슨 말을 할 것인지 새삼 궁금했다. 그러나 독촉하기는 싫었다. 지금까지도 굴욕적이었는데…. 그런데 큰할아버지의 행적에 대한 일이라면……. 그 일이 아니라면 내가 아쉬워할 것이 없었다. 그래도 지금은 참자 했다.

"한국 사람들은 예전에 양반 노릇 하느라고 콧수염을 길렀다지요. 그런데 우리 독일 조상 남자들은 추위를 견디기 위해서 콧수염을 길렀다더군요. 눈이 많이 내리는 계절에는 특히 좋았답니다. 콧수염 위에 내려 입술이 얼어붙는 것을 막아주었으니까요. 나는 거울을 볼 때 기분이 좋습니다. 우리 아버지를 닮은 얼굴이 거울 속에 있거든요."

그가 조금 밝은 목소리로 말했다. 나는 아무런 반응도 보이지 않았다. 앞만 바라보고 있었다. 공항까지 10킬로미터라는 표지판이 지나갔다. 그가 내 쪽을 한 차례 돌아보고 나서 말을 이었다.

"그럼, 지금부터 김태수 씨의 큰할아버지 김태수에 대해서 내가 개인적으로 파악한 내용을 말씀드릴까 합니다. 그러니까 국가보위부의 공식 의견이 아님을 전제하는 것입니다. 그래도 되겠습니까?"

"감사합니다."

지금의 내 입장이 찬밥 더운밥을 가릴 입장이 아니었다.

"김태수 씨는 1937년 11월 30일 17시 25분에 타슈켄트역에 도착한 고려인 5백여 명 중의 1명이었습니다. 이는 당시 같이 이민 열차를 탄 고려인들한테 확인한 사실입니다. 그는 개인이 수제지를 생산할 목적으로 사마르칸트에, 당시에는 폐허가 되어버린 수제지 공장을 재건했습니다. 그는 정부의 지시를 받아 생산과 배분이 이루어지는 협동농장 참여를 거부한 것입니다. 그래도 생산된 수제지를 고려인들한테 판매할 수 있었습니다. 그는 그와 함께 강제이민이 부당하여 억울하다면서 블라디보스토크나 고국인 조선으로 돌려보내 달라는 한글 청원서를 수차례 정부에 냈습니다. 그렇게 1년쯤 지난 뒤 그는 1938년 12월 25일 끝내 일본 간첩으로 체포되어 시베리아의 크라스노야르스크 제5수용소로 보내졌습니다. 1945년 8월, 제2차 세계대전이 소비에트연방이 포함된 연합국의 승리로 끝나자, 이제 독일, 일본, 이탈리아 등 적국들을 의식할 이유가 없어졌습니다. 따라서 소비에트연방 정부는, 고려인들처럼 이주지에서 살아온 사람들을 제 나라로 제 고향으로 돌아갈 기회를 주었습니다."

"내가 알기에는 고려인들한테는 그런 조치가 없었다는 것입니다. 그래서 김태수 큰할아버지는 블라디보스토크로도 조선의 회령으로도 돌아오지 못했습니다."

내가 여기서 참지 못하고 끼어들었다.

"글쎄 내가 지금 하려던 말이 바로 그 말입니다. 그런 명령이 있었지만 시행되지 못했습니다. 이유는 그 시점에서 시행불가라는 것이었습니다. 그런데 김태수 그는 어디로 갔을까요?"

"돌아가셨나요?"

나는 답답해서 견딜 수가 없었다. 의자 등받이를 한 팔로 힘주어 붙들고 있었다. 안 그러면 그의 멱살이라도 틀어쥘 것 같아서였다. 그는 태연히 운전을 하고 있었다.

"나도 그것을 몰라 답답했습니다. 더욱이 그 크라스노야르스크 제5수용소라는 곳이 산골짝에 있는 비밀 수용소였답니다. 지금은 고르바초프의 페레스트로이카로 없어지고 서류에만 유령처럼 남은 곳입니다."

나는 기가 막혔다. 이것이 빈손으로 돌려보내지 않겠다면서 내 손에 쥐여주는 것인가, 아니면 가슴에 품고 살아온 한을 더 키우자고 덤비는 것인가.

그사이에 지프는 공항 주차장으로 들어와 섰다. 보안등들이 곳곳에서 환하게 불을 밝히고 있었다.

"이런 제장!"

나는 자신도 모르게 욕을 내뱉었다. 물론 한국어였다. 혼란스러웠다.

"결국 당신의 아버지 김영식 씨는 2년 전에 이 나라 고려인 마을을 들쑤셔서, 우리가 김태수 씨에 대해 관심을 갖게 했고, 아들인 당신은 17시간 동안 우리의 보호를 받는 수고 끝에 그 대가를 받아 들고 귀국하는 셈입니다. 당신도 경찰관이니 알 것입니다. 아무리 한 일이 순수하다 해도 상황과 맞지 않으면 오해를 받고 누명까지 쓸 수도 있다는 것을……. 다시 말씀드리지만, 지금까지 알려 드린 내용은 내가 임의로 입수한 자료를 근거로 했으므로 공적인 것이 아닙니다. 그리고 이 봉투는 그 자료 중에서 몇 가지를 준비한 것인데 이 역시 나 개인적으로 당신에게 드립니다. 협조에 감사드리면서 아울러 나로서는 최선을 다했다는 말씀을 드립니다. 밖에 당신 김태수 씨를 기다리는 사람이 와 있군요. 그럼……."

마르크가 내 앞에 노란 서류봉투를 내밀었다. 나는 그것을 받지 않을 수 없었다. 여권도 전화기도 그 안에 들어 있다 했었다. 봉투를 받는 내 손이 부들부들 떨렸다. 도무지 인사는 할 수 없었다.

"이런 젠장……."

인사 대신에 나는 다시 욕을 내뱉었다.

밖에 막달레나가 와 있었다. 뜻밖이었다. 나는 급히 차에서 내렸다. 가방들을 생각하면서 뒷좌석 문을 열려는데 손에 힘이 들어가지 않았다. 허둥대는 것 같았다. 그때 막달레나가 다가오더니 대신 문을 열어 주었다.

그녀가 문을 열자 나는 작은 가방부터 꺼내 어깨에 멨다. 그리고 그 새에 그녀가 큰 가방을 꺼내려고 안으로 한 팔을 뻗었을 때였다.

"잘해 드리도록 해요."

마르크가 말했다. 지나가는 말처럼 덤덤한 말씨였다. 물론 나한테 들으라는 말은 아니었다. 그렇다면 들을 사람은 막달레나밖에 없었다. 그녀는 아무 대답 없이 큰 가방을 꺼낸 뒤에 조용히 문을 닫았다. 마치 순간 귀머거리가 되었던 것 같았다.

지프가 곧 떠나갔다. 한동안 지프의 꽁무니를 바라보고 섰던 그녀가 내게 눈을 돌렸다. 살포시 웃음이 담긴 눈이었다.

"괜찮은 거죠? 얼마나 걱정했는지 모릅니다. 어디 다친 데는 없는 거죠?"

그녀의 시선이 내 얼굴이며 목을 거쳐 발끝까지 더듬었다. 나는 그러는 그녀 앞에서 쑥스럽고 창피했다.

"나는 괜찮아요. 그런데 어떻게 알고 여기까지 나왔어요?"

"오후 5시쯤에 어떤 남자한테서 전화 지시를 받았어요. 김태수 씨를 이곳에서 인계할 테니 6시 30분까지 와서 대기하라고요. 아, 참! 30분 전쯤에 한국의 여행사에서도 내게 전화가 왔어요. 집에서 전화하고 파출소에서 전화를 해도 김 선생님이 안 받는다고, 어찌 된 거냐고요. 무슨 급한 일이 생긴 것이나 아닌지……. 그래서 내 맘대로 김 선생님이 개인 볼일을 보러 갔는데, 비행기 탈 시간에는 돌아올 것이라고 대답했습니다. 그런데 김 선생님 직업이 경찰인지는 까맣게 몰랐습니다."

나는 웃으면서 머리를 끄덕였다. 그녀가 입을 삐쭉였다. 연행된 곳에서 전화기의 스위치를 꺼놓은 사실을 지금껏 잊고 있었다.

"나 때문에 고생이 많았군요. 고맙소……! 지금 전화해 볼게요."

어깨에 멘 가방 속에 마르크가 준 노란 서류봉투도 넣어야 했다. 여권부터 챙기고 전화기를 손에 쥐고 전원을 켰다. 그녀한테 고맙기만 한 것이 아니었다. 반갑기도 했다. 이 나라에서 단 한 사람이 나를 걱정하고 있었다. 우리는 주차장에서 벗어났다.

"먼저 이것부터 맡아서 챙기세요. 첫날 따로 김 선생님을 안내한 아르쳄이 그새 준비한 것이랍니다. 어젯밤 늦게 호텔 주차장에서 만났습니다. 마침 아르쳄의 선배들 중에 고령의 카레이스키를 할아버지라고 자랑해온 사람이 있었답니다. 아르쳄이 그 할아버지를 찾아가 만났답니다. 그런저런 사람을 많이 만나고 다닌다는 것을 알 만한 사람은 다 압니다."

우리가 주차장에서 벗어났을 때였다. 그녀가 기다렸다는 듯이, 어디선가 꺼낸 항공 봉투 하나를 아직 노란 서류봉투를 든 내 손에 겹쳐 쥐여주었다. 나는 그녀의 잽싼 손놀림에 놀랐고 그것을 준비한 사람이 아르쳄이란 데에 더욱 놀랐다. 그녀는 아마 카메라에 잡히지 않을 때를 기다렸던 것 같았다. 나는 봉투들을 어깨에 메고 있던 가방에 함께 넣었다.

큰할아버지 일은 이제 끝난 것이나 마찬가지였다. 그런데 딱 한 번 만난 일밖에 없는 아르쳄이 관심을 갖고 있었다니, 정말 뜻밖이었다. 내가 제대로 보고 조심했던 것 같았다.

그러고 보면 막달레나도 그랬다. 나를 어떻게 믿고 그런 정보를 주었고, 내가 귀국한 뒤에도 기회를 봐서 알아보겠다고 했다. 이제는 어렵게 주고받은 그 정보마저 가치가 없어져 버린 셈이지만. 마르크가 준 정보가 있었다.

"나는 교육받은 대로 이행하고 보고해야 합니다. 일단 직장에 나오면 나를 잃어버린 채 살아야 하니까요. 어제 히바의 우르겐지 공항에 있을 때 벌써 전화 지시를 받았습니다. 일행이 타슈켄트공항에 도착하면 김 선생을 연행할 테니 조용히 하라고 했습니다. 미안합니다. 미리 말해주지 못해서……."

"이해합니다."

나는 자신도 모르게 그녀의 손을 잡았다. 나를 돌아보는 막달레나의 두 눈이 살짝 벌어지면서 말간 빛이 어렸다.

"저어기 카메라가 있습니다."

그녀가 손을 살짝 빼면서 말했다.

나는 전화기를 켜면서, 할아버지한테 무슨 일이 생겼으면 어쩌나 했다. 와락 겁이 났다. 곧 밀려 있는 메시지 도착 신호음이 거푸거푸 났다. 받지 않은 전화가 7회로 나타났다. 내용을 확인하려는데 착신 벨이 울렸다. 어머니였다.

"니 할아부지가 세상을 뜨싰다 아이가. 내 말 들리나?"

"예? 할아버지가요……!"

"두 시간 됐넌갑다. 니 아부지 말이, 니 올 때꺼정 장례 못 치린다 안 카나. 니 언제 오는데?"

"지금 비행기 타러 나왔습니다. 내일 점심때까진 집에 갈 수 있습니다."

"그래! 니 아부지 말이, 니 펜지 받고 할아부지가 펜히 가싰다고 카네."

"할아버지가 내 편지 보셨다고요……! 죄송합니다."

정신없이 통화를 하고 나자 온몸의 맥이 탁 풀렸다. 어머니는 뜻밖에 담담했다. 건조한 목소리가 귀에 남아서 계속 울렸다. 왜인지 눈물이 나지 않았다. 나는 옆에서 지켜보고 있던 막달레나의 손을 잡았다. 그녀가 나를 안았다.

내가 귀국하면 집으로, 제지소로 돌아갈 수 있을 것 같다는 편지가, 할아버지를 편히 가시게 했다니 그나마 다행이라는 생각이 들었다. 그렇다면 할아버지가 눈을 못 감고 그토록 기다렸다는 것이 무엇이었던가. 큰할아버지의 소식과 함께 내가 집으로 돌아가는 일이었더란 말인가.

손목시계를 보았다. 이제 제지소로 돌아가면 손목시계도 볼 필요 없을 것이라는 생각이 문득 들었다.

나는 가방을 끌고 막달레나에 앞장서서 국제선 대합실을 향해 막 잰걸음을 놓으려 했다. 왜인지 그녀의 얼굴에 눈물이 어른거리고 있었다. 순간 나도 왈칵 눈물이 솟았다.

마음이 꼭 헝클어진 백파 다발 같았다.

인천공항을 떠날 때와 마찬가지로 내 좌석은 정 총무와 박 회장 사이에 있었다. 나는 먼저 와 있던 두 사람이 무어라 묻기 전에 눈을 꼭 감고 등받이에 몸을 기댔다. 출발한 비행기가 고도를 유지하면서 여승무원이 기내식을 주문하라 했을 때도 손을 내저으면서 속이 좋지 않다고 했다. 대신 위스키 두 잔을 달라고 해서 마셨다. 그런 뒤에 다시 등을 기대고 눈을 감았다.

막달레나가 마지막으로 한 말이 계속해서 내 가슴을 짓누르고 있었다. "고맙습니다.! 김 선생님이 그냥 헤어져야 한다면 어쩌나 했습니다. 내가 사람을 제대로 보았습니다. 나는 태어나서 지금까지 기다리며 견디는 사람들 속에서 살아왔습니다. 하지만 이제 나는 내 길을 찾았습니다. 80년 전에 큰할아버지가 걸었던 길을 찾고 있는 김 선생님의 모습에서, 잃어버린 길을 찾아 나설 용기를 얻었습니다. 그 길이 멀고 험하다 해도 갈 것입니다. 사람이 진정으로 원한다면 그 길에서 다시 만날 것을 믿어도 됩니다. 할아버지의 명복을 빕니다." 그녀가 보안검색을 기다리는 내게 다가와서 속삭이듯이 말했다.

모두가 차례로 비행기에 실을 짐을 보내고 났을 때였다. 서둘러 보안검색대 쪽으로 나가고 있었다. 그녀는 아직 보안구역 밖에서 안쪽에 있는 일행에게 눈길을 주고 있었다. 꼭이 그것이 제 일이기 때문이어서 그러고 있는 것만은 아닌 것 같았다. 그래도 나는 더 어쩔 수가 없다고 생각했다. 나는 그때껏 3년 동안이나 입국 금지 조처를 당했다는 말을 그녀에게 하지 못하고 있었다. 내가 그런 조처를 스스로 청하기라도 했던 것처럼 입을 뗄 수가 없었다.

나는 보안요원이 서 있는 입구로 돌아갔다. 그녀가 그것을 알고 다가왔다. 내가 그녀의 두 손을 잡았다. 그리고 내가 말을 주저하고 있을 때 그녀가 말을 시작했었다.

"두 사람이 진정으로 원한다면 다시 만날 것을 믿어도 됩니다."

나는 머리만 끄덕였다. 말이 나오지 않았다. 막달레나는 마치 자신의 젖어 드는 가슴에 이 말을 스스로 실어두는 것 같았다. 그렇게 헤어진 것이다.

기내는 어두워졌다. 나는 두 사람이 잠들기를 기다렸다가 비로소 눈을 떴다. 정 총무는 새근거리고 박 회장은 가볍게 코를 골았다. 앞좌석의 등받이 뒤에 펼쳐 놓은 작은 탁자는 그대로였다. 나는 먼저 바닥으로 엎드려서 발 앞으로 밀어 넣어 두었던 가방을 찾았다. 그리고 그 속에서 크고 작은 봉투 두 개를 다 꺼냈다.

봉투들을 탁자 위에 올려놓고 보자 가슴이 뛰었다. 어느 것부터 열어 봐야 하나, 망설이지 않을 수 없었다. 큰 봉투 속에는 지프를 타고 공항으로 나오는 동안에 마르크가 내게 해준 이야기를 뒷받침할 만한 자료가 들어 있을 것이었다. 작은 봉투 속에는 내가 부탁하지도 않았는데, 아르쳄이 선배의 할아버지를 찾아가서 들었다는 이야기가 들어 있을 터이었다. 하나는 들은 이야기에 확신을 더해 준 것이지만, 하나는 이미 들은 이야기를 다시 듣는 꼴이 되어 내가 실망할 수도 있었다.

실망하게 되더라도 먼저 작은 봉투를 뜯었다. 내용물을 꺼내자 A4용지 석 장 분량이었다. 나는 좀 당황스러웠다. 당연히 영문이 프린트된 것일 줄 알았는데, 볼펜으로 쓴 손글씨였다. 사정이 있었나 보다 했다. 그러나 곧 일부러인지도 모르겠다고 생각했다. 만일에 일어날 수 있는 일에 대비했다면, 증거가 남는 컴퓨터 사용을 피했을 수도 있는 일이었다.

마음이 급해졌다.

김태수 선생님께.
선생님이 이 자료를 받으셨다면 정말 다행입니다.

이 자료는 선생님과 헤어진 날 밤으로 카레이스키 4세인 나의 대학 선배님을 만나서, 자기 부모님의 대단한 효심 덕에 건강하게 장수하신다고, 기회 있을 때마다 자랑해온 할아버지(94세)를 댁으로 찾아뵙고 들은 말씀과, 그 자리에 함께한 부모님이 거드는 말씀까지를 녹취한 내용을 정리한 것입니다.

※세 분의 말씀을 정리하는 과정에서 내용 이해력을 높일 목적으로 인터넷에 나와 있는 '사마르칸트 제지사'를 참고했음을 밝힙니다.

아시겠지만 이 나라에서 수제지 생산 기술이 서쪽으로 가기 시작한 것은 8세기 중반이었습니다. 탈라스 전투에서 패배한 당나라군의 포로들 가운데서 제지장들을 찾아내 사마르칸트에 지은 공장이 그 시발지였습니다. 그 기술이 대륙을 지나고 바다를 건너고 다시 대륙을 지나고 바다를 건너 프랑스 니스에 닿은 것이 14세기 말이었습니다. 그런데 수제지 생산 기술은 거기서 대변혁을 합니다. 그때가 18세기 말이었습니다. 기계 제지 기술로 바뀐 것입니다. 그 기술이 이번에는 거꾸로 동진을 거듭해서 이 나라에 돌아온 것은 무려 1천2백 년이 흐른 뒤였습니다.

나는 여기까지 읽었을 때만 해도 무슨 얘기를 하려고 이렇듯 사설이 장황한 것인가 했다. 다 알고 있는 내용이었기 때문이었다. 그러나 다시 생각해 봤을 때, 아르쳄은 물론 막달레나까지도 체포될 위험을 무릅쓰고 작성해서 전달한 것이었다. 조바심이 난 내가 두 사람에게 미안해야 할 일이었다. 생각해 보면 마르크한테 들었던 이야기를 아르쳄한테 그대로 다시 듣게 된 것은 아닌 성싶었다. 뭔가 달랐다. 나는 다시 신경을 써서 읽어나갔다. 그러고 보니 그는 박사과정을 밟고 있다 했었다. 눈문 쓰듯이 쓴 것이다.

　수제지 기술로 떠났다가 기계제지 기술로 돌아온 셈이었습니다. 연대를 좀 더 구체적으로 밝히면 1920년대 말이었습니다. 기계제지 기술로는 같은 시간에 수제지보다 10배의 양을 생산해냈습니다. 과정이 복잡한 듯하면서도 단순했습니다. 따라서 값이 쌌습니다. 품질도 펜글씨를 쓰고 인쇄하는 데도 그만이었습니다. 단지 질기지 않았습니다. 수제지 공장들이 모두 문을 닫을 수밖에요……

　그 시절, 그러니까 1920년 말은 이 나라가 소비에트연방에 속해 있었습니다. 당연히 모든 일이 자유롭지 못했습니다. 어느 나라나 이런 상황에서 가장 문제가 인쇄, 출판입니다. 벽보와 전단도 마찬가지입니다. 방송이 없었던 그 시절에는 더욱 그랬습니다. 여기서 한번 생각해 보세요. 그것들을 모두 무엇으로 만듭니까. 바로 종이입니다. 어디선가 종이의 공급선을 쥐고 있다면 바로 숨통을 쥐고 있는 셈입니다.

　나는 여기서 문득 할아버지 생각이 났다. 한국전쟁의 반공 포로로 풀려나서 자신도 모르게 북으로 내딛던 발길이 물길을 좋아서 쌍용계곡으로 들어가 제지소를 지었다. 행여 엉뚱한 사람들에게 선을 대는가, 행여 만든 한지를 엉뚱한 데에 대는가 해서 감시를 받고 끌려가서 큰 곤욕을 치러야 했었다.

중앙아시아에 버려지다시피 한 수만 명의 카레이스키는 협동농장이란 곳으로 나가서 없는 농토를 개간해야 했습니다. 삽과 괭이조차 모자랐습니다. 그러는 동안에도 자기가 가져온 것으로 끼니를 때워야 했습니다. 있는 곳이 어딘지를 모르니 달아날 곳이 없었고, 떠나온 곳이 아득하니 돌아갈 생각도 못 했습니다.

그런데 1937년 겨울에 석 달 가까이 화물열차에 실려 와서 떨어뜨려 놓은 카레이스키들 중 한 청년이 문제를 일으켰습니다. 지정된 협동농장에서 이탈하여 벌써 폐허가 돼버린 옛 사마르칸트카키드 공장 터를 찾아가서 다시 제지소를 지은 것입니다. 옆으로는 여전히 톈산산맥에서 비롯된 빙하수가 기세 좋게 흘렀고 뒤로는 뽕나무들이 숲을 이루고 있었습니다.

처음에는 그를 이상하게 생각하던 사람들이 수제지를 생산하자 대견하게 보았습니다. 더러는 수제지를 사다 쓰기도 했습니다. 관리인들은 사람 하나가 줄어든 줄도 몰랐다가, 소식을 들은 뒤에는 별난 사람이 하나 있구나 하는 정도였습니다. 카레이스키가 어디 가서 무엇을 하든, 그러다 죽든 살든 말썽만 피우지 않으면 됐으니까요. 그들은 아주 멀리 그들을 내다 버린 사람들이었습니다.

그런데 그가 말썽을 피우기 시작했다면, 그것도 이곳으로 강제이주 시킨 스탈린을 비방하고 나섰다면 어떻게 됐겠습니까? 거래 통제를 받는 기계제 종이가 아닌, 자기가 만든 수제 종이에 같은 글을 여러 장 써서 사람들에게 읽게 해 세력을 규합해 나가기까지 했습니다. 그러는 목적은 자신들을 떠나온 곳으로든 고국으로든 돌려보내 달라는 데에 있었습니다. 그러나 그곳은 스탈린에 대한 저항이 분명했습니다. 그랬으니 그 끝이 어떻게 됐겠습니까?

나는 매우 혼란스러웠다. 마르크가 말하기를 김태수는 수제지를 생산하는 협동농장에서 일하면서 고국으로 돌려보내 달라는 청원을 멈추지 않았다고 했었다. 그런데 아르쳄은 지금 그가 옛 수제지 공장을 복구해서 사람들과 함께 문제를 일으키고 있었다는 것이었다. 과연 어느 쪽의 말이 맞는 것인가? 그리고 앞으로 큰할아버지가 어떻게 되는 것인가…… 나는 급히 나머지 글을 읽어나갔다.

김태수 씨는 제2차 세계대전 중인 1939년 12월 18일, 반국가단체조직법과 내란음모선동죄로 국가보위국에 체포된 지 한 달 만에, 적극 동조자 1인과 함께 타슈켄트 형무소 사형장에서 교수형에 처해졌답니다. 그전에도 뒤에도 공개재판을 받았다는 소식은 듣지 못했다 합니다.
이런 내용을 기억하는 이유는, 당시에 카레이스키들에게 집을 주기 위해서인지, 지역 보안소에서 일부러 사람이 나와서 알려주었기 때문이라 했습니다. 김태수 씨가 붙들려 간 뒤에 그에 대해서 처음으로 들은 소식이었다는 것이었습니다.

이런 젠장! 결과가 이렇게 됐어? 두 주먹을 불끈 쥐고 진저리를 쳤다. 일본 간첩으로 몰려서 시베리아 비밀 수용소로 보내졌다가 흔적도 없이 사라져버렸다는 것이나, 이 나라 수도의 형무소에서 목이 옭매여 죽은 것이나, 서로 다를 것이 뭔가 했다. 이제 남은 것은 시신이었다. 한쪽은 행방불명이었다. 그렇다면 이쪽은 어떻게 됐는가? 나는 아르쳄이 앞에 있는 것도 아닌데, "그럼, 유해는 어디 묻혔나요?" 하고 물을 뻔했다.

나는 한눈에 나머지를 읽으려 들었다.

보안소에서 나온 사람이 한 말을 들으면, 당시 그 제지소에는 모두 7명이 일하고 있었다 합니다. 말씀드린 대로 김태수를 비롯한 2명은 그렇게 됐고, 나머지 5명은 가족 모두와 함께 재이주 시켰다고 합니다. 같은 중앙아시아 지역의 다른 곳이었다면 그래도 나중에 바람결에라도 소식을 들을 수 있었을 텐데, 러시아 북부지역으로 보내버렸답니다. 소비에트연방 국가보안위원회의 '게페우'가 어떤 곳입니까? 뿌리를 뽑아서 동토로 보냄으로써, 아예 그 싹을 없애버리자는 것이 아니고 뭐였겠습니까?

그래서 나는 그 형무소가 있었다는 곳을 찾아가 보았습니다. 그 두 사람의 유해가 무연고자로 처리돼서 형무소 뒤에 있는 공동묘지에 묻혔다는 말을 들은 것입니다. 그런데 어쩌면 좋습니까. 그 자리에는 이미 도시개발로 해서 아파트들이 들어서 있었습니다.

나는 돌아오는 길에, 선배의 아버지가 하신 말이 떠올랐습니다. 가봐야 소용이 없을 것이라고, 80년이 다 된 무연고 묘지를 인제 와서 어찌 찾을 수 있겠느냐고 했던 것입니다. 하긴 그렇지요. 무연고 묘지였는데요. 설혹 지금껏 도시개발이 되지 않았고, 그때 석비를 세워놨다 해도 다르지 않았을 것입니다. 어쩌면 선배의 아버지는 이미 다 알고 있으면서도 차마 나를 말리지 못했던 것 같았습니다.

나는 카레이스키의 후손이 아닌데도 좀 부끄러웠습니다. 그리고 그 부끄러움을 선배의 아버지와 함께 나누는 느낌이었습니다.

김태수 선생님께 죄송합니다. 선생님의 동지적 도움에 다시 머리 숙여 감사드립니다.

그것으로 끝이었다. 큰할아버지는 처형당했고, 뼈도 찾을 수 없게 되었다는 것이었다. 어찌 이런 경우가 있을 수 있는가. 사람을 제 놈들 멋대로 들어보지도 못한 곳에 갖다 버리듯이 해놓고, 끝내는 죄를 씌워 목을 졸라 죽이다니⋯. 이렇게 처참할 수가 있는 것인가⋯⋯. 그것도 남의 나라 사람이 아닌가. 잠시 제 놈들 나라에 가서 살고 있었다는 이유가 전부인데⋯⋯.

그렇다고 해도 어쩔 수가 없는 일이었다. 두 눈이 소금물이라도 들어간 것처럼 아리고 온몸의 맥이 풀렸지만, 머리는 가을 하늘처럼 맑기만 했다. 비행기가 정시에 타슈켄트공항을 떠났는데 새벽 3시도 한껏 지나 4시가 다 돼가고 있었다.

나는 큰 서류봉투의 주둥이를 열었다. 무심코 거칠게 열어젖힌 소리가 신경 쓰여 두 사람을 잠깐씩 돌아보았다. 두 사람 모두 어찌 그리 잘도 자는가 싶었다. 문득 할아버지도 눈을 감고 계시겠구나 생각했다. 내 마음이 농암제지소로 가려 했다. 나는 마음을 붙들어 놓고 봉투 속에서 자료를 꺼냈다.

복사한 자료가 7장이었다. 나는 A4용지 크기의 그것을 얼핏얼핏 넘겨보면서 참으로 난감해졌다. 모두가 제 나라 문자이기 때문이었다. 그런데 다시 자세히 보았더니 철심에 묶여 있는 복사 서류는 1장, 1장, 5장, 이렇게 세 종류로 나뉜 것처럼 보였다. 서류의 양식이 그랬고 무엇보다 왼쪽 귀퉁이마다 명함 한 장 크기의 부전지가 붙어 있었다.

영어로 친절하게 내용을 그 정리한 것들이었다. 그러면 그렇지! 설마 골탕 먹이자 했을라고…….

첫째 장은 큰할아버지 김태수의 이감 명령이었다. 1939년 8월 15일에 타슈켄트 형무소 소장이 소비에트연방 보안국의 작전 지시에 의거 크로노야르스크 제5수용소로 이감을 명하는 서류의 사본이었다.

둘째 장은 같은 해 7월 17일에 제1군사법원에서 반국가단체 조직죄와 내란음모선동죄를 적용하여 5년형을 선고한 재판기록의 사본이었다.

셋째 장부터는 같은 해의 6월 25일 자에 김태수의 범죄 사실을 정리해 놓은 조사서류의 사본이었다. 그래서 5장이나 되는 성싶었다.

그 7장을 한 장 한 장 더욱 자세히 들여다보았다. 하지만 내가 확인할 수 있는 것은 만국 공용인 아라비아 숫자로 표시된 시기와 제 나라 문자로 표시됐으나, 그래도 짐작이 가는 큰할아버지의 이름이었다. 나머지는 그야말로 흰 것은 종이요, 검은 것은 글씨일 뿐이었다.

하지만 서울로 돌아가면 금세 그 내용을 알 수 있을 것이었다. 마르크가 그 안에 이만큼이라도 준비한 것은, 조급해하는 내 심정을 애써 배려한 것이 아니겠는가 생각했다. 아무튼 고맙긴 했다. 한데 어느 자료를 믿어야 하는 것인가. 나는 한숨이나 푹푹 내쉬는 수밖에 없었다.

서울로 돌아간다 한들 이 일을 어쩌겠는가 싶었다. 마르크의 연락처가 내게 없었다. 설혹 어찌어찌해서 연결이 됐다 하자. 네 자료 내용이 맞느냐는 내 물음에 그가 뭐라고 대답하겠는가. 빤했다. 그에게 아르쳄이 준 자료 내용을 빼끗할 수도 없었다. 또 아르쳄에게는 내가 염치없이 사정을 솔직하게 이야기할 수 있다 하자. 역시 그의 대답도 빤했다. 제 자료가 맞는다는 말밖에 더하겠는가.

막막했다. 막다른 길이었다.

나는 버럭버럭 소리칠 것 같아서 손으로 입을 막았다. 소등

한 비행기 안이었다. 다른 승객들한테는 아직 한밤중일 수 있었다.

숨을 가쁘게 몰아쉬고 계시던 할아버지의 얼굴이 떠올랐다. 설사 아직 살아 계신다 해도 큰할아버지의 일을 말씀드릴 수가 없을 것 같았다. 열차에 실려 다른 카레이스키들과 함께 그 나라까지 가기는 했다. 그리고 기어이 폐허가 된 제지소를 찾아내서 복구해 다시 열기도 했다. 그런데 얼마 가지 못해 죄를 둘러쓰고 체포됐다. 여기서 이야기가 둘이 된다. 하나는 형무소 생활을 하다 처형당했다. 유골조차 찾을 수 없게 됐다는 것이고, 다른 하나는 시베리아의 비밀 수용소로 보내졌다는데 그다음은 모른다는 것이다.

할아버지 마음에 혼란과 함께 아픔만 더해 드리고 말았을 것이었다.

나는 이제 이 비행기 안에서는 도무지 어찌해 볼 수가 없었다. 아무튼 서울로 돌아가야 했다. 그런 뒤에나 무슨 일이든 해 볼 수가 있으려나 했다. 도착 예정 시간이 서울 시간으로 8시 55분이라 했으니 아직 세 시간 가까이 남은 성싶었다.

아버지와 어머니는 어떠실까? 이제야 이런 생각을 하다니, 내가 생각해도 어이가 없었다. 할아버지 소식을 어머니한테 전화로 들은 것이 언제인가. 그동안 어디다 정신을 쏟고 있었던 것인가…….

할아버지에게 아버지는 전후 세상이 보내 준 아들이었고, 어머니는 공안 정국이 보내 준 며느리였다. 오갈 데 없는 사람들이 만나서 얽혀 살아온 것이다.

지통의 물속에서 솜털 같은 섬유들이 떠돌다가, 인연인 듯 발틀 안에서 습지로 떠올라서 햇살을 머금은 새하얀 한지로 살아가듯이 그렇게 세 사람이 제지소에서 함께 살아온 것이다.

나는 의자 등받이에 몸을 기댔다. 갑작스레 피로감이 몰려들면서 몸이 밑으로 계속 가라앉는 느낌이었다. 저절로 눈이 감겼다.

차르 차르 차르 차르…… 주르룩, 차르 차르 차르 차르…… 주루룩, 차르차르…….

환한 햇살 속에서 할아버지는 지통 앞에 올라서서 두 손으로 발틀을 붙잡고 물질을 하고 계셨다. 밀었다가 당기고 양옆으로 흔들고, 다시 밀고 다시 당길 때면, 지통에 그득한 지료 위를 발틀이 날렵하게 스쳐 날았다. 그때마다 거짓말처럼 하얀 섬유들이 물과 함께 발틀 바닥에 떠올랐다. 뜨기를 멈추고 발틀을 양옆으로 가볍게 흔들어 앞뒤로 쏠린 섬유를 섞어 고루폈다. 이제는 발틀의 한쪽은 살포시 들어 올려 여유의 물을 반대쪽으로 비워냈다. 다시 밀고 당기기를 몇 차례 다시 쉬고 양옆으로 흔들어주고……. 보리밭을 지나는 봄바람이듯, 시냇물 위를 스쳐 나는 가을 제비이듯 발틀이 날아다니면서 습지를 떴다.

발틀 머리 바닥에 미리 길게 깔아놓은 베개실이 있었다. 그것을 잡고 습지를 위쪽부터 발틀 속에서 떼어냈다. 행여 어디가 늘어날까 찢어질까 마음 졸이면서, 나머지를 한사코 잽싸게 떼어냈다. 그것을 지통 오른쪽의 지상으로 옮겼다.

그렇게 한 장 한 장 쌓인 것이 3백 장이나 됐다 싶으면, 위에다 판을 올리고 그 위에 누름돌을 다시 올려 습지들이 머금고 있는 물을 적당히 내뱉게 했다. 그 뒤에 건조장으로 옮겨 가면 목판들이 둘씩 가볍게 등을 맞대고 줄들을 지어 서 있었다.

이제부터가 정말 마지막 단계였다. 습지들을 한 장씩 한 장씩 떼어 솔질을 해 가면서 목판에 잘 펴서 붙였다. 그런 뒤에 시간이 그 사이사이를 흐르면서 섬유들을 다독여 속에 품고 있는 햇살이 눈부시게 배어나게 해야만 했다. 아침 햇살처럼 눈부신 '죠히'의 탄생이었다.

할아버지는 이 과정을 오랫동안 혼자 도맡아서 해왔었다. 무슨 일이든 마무리가 가장 중요하기 때문이었다. 그 과정을 진작에 다 익히고 남은 아버지에게 넘긴 것이 불과 3년 전이었다.

누군지 어깨를 흔들었을 때야 놀라서 눈을 떴다. 눈이 부셨다. 오른쪽의 정 총무였다. 언제부턴지 기내등을 다시 켜놓은 것이다.

"미안해요. 잠꼬대까지 하면서 곤히 자는 걸 깨웠어요. 내릴 준비 하라고 방송이 나오고 해서……."

그는 안 해야 될 일을 했다는 듯이 한 손바닥을 펴서 내저어 가면서 말했다.

"잠꼬대까지……."

내가 멋쩍어하면서 혼잣말을 했다. 그와 함께 머릿속에서 할아버지가 사라졌다. 여태까지 그곳에 계셨던 모양이었다.

231

앞좌석 등받이 탁자에 있는 자료들이 새삼스럽게 내 눈에 들어왔다. 아까까지 내가 보던 것들이 그대로 있었다. 나는 급하게 그것들을 챙기면서 무슨 기밀 서류라도 되는 것처럼 무심코 언저리를 둘러보았다. 왜인지 자료들을 유심히 보고 있는 정 총무와 눈이 마주쳤다. 그가 당황한 얼굴로 앞으로 눈을 돌렸다. 나는 상관없이 밑에 있는 가방을 꺼내서 안에다 자료들을 쑤셔 넣었다. 다시 내 가슴이 답답해졌다. 꼭 그것들을 내 가슴속에다 쑤셔 넣은 것 같기만 했다.

공항에서 곧장 용암천의 제지소로 가야 할 텐데, 차편이 어떻게 되는지 알아볼 겨를이 없었다. 비행기가 착륙한 뒤에 휴대전화로 그 일부터 알아봐야 할 것 같았다.

꿈속에서 모처럼 만났던 할아버지의 얼굴이 눈에서 어른거렸다. 곧 할아버지가 앞에 두고 있던 지통 속에서 헤엄치던 무수한 섬유들이 내 눈에서 춤을 추고 있었다. 나는 다시 꿈을 꾸나 했다. 머리를 세차게 흔들었다. 눈을 힘주어 떴다.

착륙한 비행기가 지정된 출구를 찾아가고 있었다. 나는 휴대전화를 꺼내 들고 스위치를 넣은 뒤에 기다렸다가 검색을 시작했다. 다행히 시간마다 그곳까지 가는 공항버스가 있었다. 어머니에게 문자를 넣었다. '어머니, 10시에 공항에서 떠나는 버스를 타고 가겠습니다. 아들.' 앞뒤는 자르고 이 말만 썼다. 어머니를 위로할 말을 찾을 수가 없었다. 나는 자신도 모르게 길게 한숨을 내쉬었다.

"이보세요, 김태수 씨. 이게 주제넘은 짓이란 것을 알고 있지만, 내가 걱정이 돼서요. 그래도 우리가 8박 9일 동안 여행을 같이한 사이인데……. 그렇죠?"

정 총무가 매우 조심스럽게 말을 꺼냈다. 나는 그는 물론 일행의 나이를 60대 초반으로 보고 있었다. 비행기가 움직임을 멈췄다. 성급히 통로로 나온 사람들이 선반을 열어젖히고 있었다.

"무슨 말씀인데 그러세요?"

나는 그의 그런 태도가 엉뚱하게 여겨져서, 별생각 없이 물었다. 사람들이 선반에서 짐들을 챙기고 있었다. 통로 가까이에 앉아 있는 정 총무 때문에 나와 박 회장은 아직 그대로 앉아 있는 셈이었다.

"아까 그 서류 말입니다……. 아마 그 서류 때문에 마지막 날 관광에도, 또 첫날 관광에도 빠졌던 것 같은데……."

나는 그가 엉뚱하다 싶었다. 뭘 안다고, 뭘 어쩌겠다고 서류를 아는 체하는 것인가. 서류라면 나를 그토록 끌탕하게 만든 자료를 말하는 것인데…….

"아까 그 서류는 왜요? 그 자료는 총무님이랑 전혀 관계없는 것인데요."

내 말씨가 좀 퉁명스러웠을 것이다.

"그러니까요. 그래서 주제넘은 짓이라고……. 그런데 직업상 그런 서류를 만져 본 사람이거든요. 직업이 법무사잖아요? 그전에는 변호사 사무실에서 일했고요."

"그래서요?"

그러고 보니 그는 법무사였다. 9일 전에 출발을 앞두고 인천공항 대합실에서 처음 만났을 때 서로 명함을 교환했던 기억이 났다. 왼쪽의 박 회장은 공인중개사였다. 짐을 챙겨 든 사람들이 비행기 밖으로 나가고 있었다. 출입문을 열었다는 안내방송이 나왔던 모양이다.

"그 서류 이상해요. 내가 보기에 그래요."

"뭐라고요?"

"이름을 써놓은 글자들이 다른 글자들과 달랐어요. 위조됐을 거예요."

그의 말씨가 변해 있었다. 말의 내용과 달리 자신감에 차 있었다.

"뭐라고요? 뭐가 위조됐다고요?"

"그래요. 이름 써진 부분이 위조됐어요. 한번 확인해 봐요. 밑져야 본전이잖아요! 막달레나처럼 겁나는 것도 없잖아요!"

나는 이 사람이 지금 무슨 말을 하나 했다. 아무리 내가 잠들어 있을 때 그 자료를 눈여겨볼 기회가 있었다 해도, 어찌 그런 부분까지 알아볼 수 있었더란 말인가. 이해가 가지 않았다. 내게서 반응이 없자 그가 말을 이었다.

"안 믿어도 좋은데요, 여행을 같이한 사람이 걱정돼서 이러는 거예요. 원래 있던 이름을 지우고 그 자리에 다른 이름을 쳐 넣은 거예요. 그것도 솜씨가 정교하지 않아요. 그러니까 우리하고 헤어진 뒤에라도 한번 확인해 보시라는 거예요. 밑져야 본전이니까."

그가 그때야 안전벨트를 풀고 자리에서 일어섰다. 나는 잠시 그가 혹시 사기를 치러 드는 것인가 했다. 그러나 뭣 때문에? 그럴 이유가 없었다. 그렇다면 뭔가? 그는 통로로 나가서 선반에서 짐을 내리고 있었다. 왼쪽 박 회장은 말없이 서 있었다. 내가 앉아 있으니 그런가 보았다. 어떻든 나도 내려야 했다. 내 짐은 바닥에 있는 작은 가방뿐이었다. 큰 가방은 화물칸에 실려 있었다.

나는 여기서 '어?' 했다. 설사 그의 말이 엉터리라 해도 확인은 해봐야 한다는 생각이 든 것이다. 하지만 가방 속에서 자료를 꺼낼 시간이 없었다.

"원래 있던 이름을 지우고 그 자리에 다른 이름을 쳐 넣었다……."

나는 혼잣말을 하고 나서 그의 뒤를 따라갔다.

"일단 비행기에서 내립시다."

이렇게 말한 사람은 그때까지 입 한 번 떼지 않았던 공인중개사 박 회장이었다. 나는 그가 마치 서울로 들어간다 해도 뾰족한 수가 없잖아요, 하고 묻는 것 같았다. 빗물에 젖어 터진 종이 끈이라도 붙잡아야 할 처지가 아니던가.

보딩 브릿지를 건너 청사로 들어간 정 총무가 입국신고소 쪽으로 가기 위해서 무빙워크를 탔다. 나도 그를 뒤쫓아가서 올라탔다. 나머지 일행은 벌써 저만치 가고 있었다.

나는 거기서 더 참을 수가 없었다. 왼쪽 어깨에 메고 있던 가방에서 노란 서류봉투를 꺼냈다. 그런데 내가 봉투에서 자료를 꺼내자마자 몸을 돌린 정 총무가 그것을 채 가듯이 가져갔다. 그리고 곧 쇼핑백들을 든 손에 자료를 겹쳐 들고 다른 한 손의 검지로 큰할아버지의 이름을 가리키고 있었다.

"보세요!"

그가 윽박지르듯이 말했다. 나는 눈을 가까이 가져갔다. 그랬다. 맞았다. 눈으로 봐도 이름을 표시한 글자들이 다른 글자들과 달랐다. 그것을 쉽게 알아볼 수 있었다. 그래서 솜씨가 정교하지 않다고 했던 것 같았다.

이름을 구성하고 있는 글자들은 깨끗했다. 그런데 다른 글자들은 번져 있었다. 내가 그한테서 자료를 뺏어왔다. 자료는 모두 7장이 아니던가. 다음 장을 넘겨 보았다. 두 장 속에 있는 큰할아버지 이름이 앞장 것과 같았다. 다른 글자들과 달랐다. 급하게 다음 장들을 넘겨 보았다. 몇 차례나 나오는 큰할아버지 이름은 다 그 모양이었다. 밀알들 속의 귀리 알처럼 확연히 달랐다.

나는 그의 얼굴을 쳐다보았다. 그가 대단해 보였다. 어쩌면 그가 비행기 좌석에서 벌떡 일어났을 때는 벌써 자존심이 상해서 어지간히 화가 나 있었던 것 같았다. 자기 실력을 알아주지 않아서, 성의를 무시당해서. 몇 차례나 밑져야 본전이라고까지 했었는데……. 만일 그가 내 직업을 바로 안다면 어떤 태도를 보일까 했다.

온몸의 맥이 확 풀리는 느낌이었다. 두 다리에서 힘이 빠지면서 더는 그렇게 서 있기가 힘들었다. 마르크, 이런 개자식! 나를 농락하려던 것이다. 아니 농락한 것이다. 내 직업을 알고 있으면서 이따위 짓을 하다니……. 이가 갈렸다.

마침 무빙워크의 끝이었다. 사람들이 입국심사대들 앞마다 이어진 줄에 가서 서느라고 이리저리 흩어졌다. 겨우 정 총무한테 머리를 숙여 보인 뒤에 가까이 있는 의자로 가서 털썩 주저앉았다.

마르크가 내게 제 나라에 구원이 있는 사람이라고 했었다. 그 구원을 다 잊게 할 생각으로 그런 짓을 했음이었다. 아무래도 입국 금지 3년을 조처한 것만으로는 불안했던 모양이었다. 내가 제 나라에 관심을 갖게 한 원인을 큰할아버지로 보고, 그를 멀리 시베리아의 비밀 수용소로 보냈다 한 뒤에, 다시 거기서 그만 행방불명이 됐다고 꾸민 것이 분명했다. 이로써 고려인 강제이주를 명령한 소비에트연방의 스탈린에게 모든 책임을 미뤄 버리겠다는 계산도 들어 있는 것으로 보였다.

그러니까 그는, 아니 그들은 나를 두고 엉뚱한 생각을 한 나머지 멋대로 일을 만들고 처리한 것이었다. 괘씸하고 분했다.

비로소 아르쳄이 고마웠다. 앞으로 내가 꼭 해야 할 일이 남았다는 생각이 저절로 들었다. 막달레나의 진심이 내게 와 있었다. 가슴이 먹먹한 느낌이었다.

입국심사대들 앞마다 이어져 있던 줄들이 다 없어졌다. 심사를 받고 나라 안으로 들어가야 할 사람은 나 혼자 남았다.

문득 아까 꿈속에서 보았던 할아버지의 모습이 떠올랐다. 아침 햇살을 마주하고 지통 앞에 올라서서 두 손으로 발틀을 잡고, 지나는 바람인 듯 스치는 숨결인 듯 물질을 하고 계셨다.

발틀 속에 담긴 햇살이 소용돌이치고 있었다.

　두 다리에 힘을 주고 불끈 일어섰다. 이제 갈 곳이 환히 눈
에 보였다.

만해축전 제20회 유심작품상 수상작

불호사佛護寺

여진이 버스에서 내리자, 친절하게도 운전기사는 벌써 짐칸에서 회색 캐리어를 꺼내 놓은 채 기다리고 있었다. 나이가 든데다 이런저런 이유로 몸이 굼떠진 탓이었다. 거기다 두 다리가 급할 때면 꼭 태를 내곤 했다. 그녀의 눈길이 한 차례 도로에서 절로 난 길을 따라 깊숙이 들어갔다가 돌아왔다. 꼭 쉰해 만이었다.

버스가 영산호 너머의 종점인 '중장터'를 향해 떠났다. 여진은 캐리어의 손잡이를 붙들고서 가까이에 서 있는 정류장 표지판을 올려다보았다.

불호사……. 그녀는 확인하듯 입속으로 표지판을 읽었다. 이때 바람 끝이 얼굴을 스치면서 쌉싸래한 향기가 상큼하게 코끝에 묻어났다. 그녀의 머릿속에 오래된 비자나무 숲이 넓게 펼쳐졌다. 절로 들어가는 길의 왼쪽 산자락이었다. 지금은 얼마

241

나 울울창창해졌을까……. 일제 강점기 때 몸통이 큰 나무들을 골라서 베어내 가고, 다시 한국전쟁 때 포탄들이 떨어져 찢기기도 했지만, 그래도 그때는 조금씩 제 모습을 찾아가고 있던 숲이었다.

여진은 캐리어를 끌고 큰길을 벗어나 절로 가는 길로 들어섰다. 인공관절로 바꿔 끼긴 했어도, 등산지팡이만 있으면 야산 정도는 거뜬히 오르내릴 수 있는 두 다리였다. 전문가의 조언을 들어가면서 착실히 운동을 해온 덕이었다. 그런데 절집에 사는 두 스님 가운데 하나가 이제 제힘으로 제 몸을 움직일 수 없는 지경이 된 모양이었다.

돌멩이투성이였던 길을 넓히고 아스팔트 포장까지 해놓은 덕에, 그녀의 걸음걸이는 가벼웠다. 떠날 때 언제 한 번쯤 오긴 와야 할 것이라고, 막연히 생각했던 것이 바로 지금이었다. 석우 주지가 보낸 문자 때문이었다.

'부서진 수레는 구르지 못하고 늙은 사람은 닦을 수 없다.'고 문자를 보낸 사람의 속뜻을, 여진이 모르지 않았다. 사정이야 어찌 됐든 절밥을 스무 해쯤 먹으면서 속을 상하기도 했고, 두 무릎이 망가지기까지 했던 셈이었다. 끼니들을 급하게 때우고 불전에서 절을 해댄 탓이었다. 물론 모두가 옛일이었다.

용담 회주일 가능성이 크지만, 석우 주지도 꼭 아니라고 믿을 수는 없었다. 아무튼 둘 가운데 하나가 나이 들어 병이 나고, 그 병이 깊었다는 뜻이었다. 그러니 그녀더러 와서 간병을 해달라는 뜻이기도 했다. 당연히 시봉하는 이가 있을 터인데도, 더없이 간절하다는데 어쩌겠는가. 스님이 병들면, 고작 뒷방에서 독살이하는 신세만 돼도 호강이라고 한다는 것을 그녀는 잘 알고 있었다.

여진의 발걸음이 바빠졌다. 뒤쫓아 오는 캐리어의 바퀴 구르는 소리가 요란해지면서 그녀는 신경이 쓰였다. 서울역에서 송정역까지는 불가피하게 KTX를 이용했다 해도, 그다음에는 절까지 택시를 탔어야 했다. 후회가 슬그머니 일어났다.

역전 광장에서 택시 정류장으로 가는 길에 중장터행 버스를 발견한 것이었다. 오랜만에 중장터라는 지역 이름을 보는 순간, 다정한 옛 친구라도 만난 것처럼 그만 마음이 끌린 것이었다. 불호사 앞 버스정류장을 지나서 10여 분쯤만 가면 중장터였다. 장이 서는 날이면 근동의 절들에서 모여든 중들로 북적댄다 해서 생긴 이름이었다. 미륵사, 개천사, 쌍보사, 문성암……. 근동에 그만큼 많은 절이 있다는 뜻이기도 했다.

길의 오른쪽을 따라 수량이 넉넉한 시내가 흐르고 있었다. 절의 북쪽 계곡에서 흘러내리는 것이었다. 자락을 시내까지 펼치고 있는 산등성들에는 듬성듬성 삼나무들이며 전나무들이 섞여 숲을 이루고 있었다. 끝자락 굽이굽이에 철쭉꽃이 한창이었다.

작은 모퉁이를 돌아서자 쌉싸래한 향기가 와락 쏟아지는 듯했다. 비자나무 숲이었다. 그녀는 자신도 모르게 걸음을 멈췄다. 두 눈이 저절로 잠겼다. 순간 마치 그곳에 오기 위해서 새벽에 서울을 떠났던 것 같았다. 가슴이 버거웠다.

문득 청년 하나가 눈 속에 그려졌다. 가슴이 답답해졌다. 여진은 숨을 깊이 들이쉬었다. 가슴이 터질 것 같았다. 그녀는 더는 견디지 못하고 눈을 떴다. 눈앞은 한창 녹색에 젖어가는 비자나무들이었다. 이제 청년은 어디에도 보이지 않았다. 김삼수. 열아홉 살. 여진의 서방이었다. 그 사람이 여기서 붙들린 뒤에, 어디에 간다 온다 말도 못 하고 아주 가버린 것이 언제인가. 벌써 일흔 해가 다 돼가고 있었다. 절로 그녀를 찾아오던 길이었다. 그 사람이 여전히 여진의 가슴속 어디에 남아 있었던 모양이었다.

계곡에는 근사한 홍예가 걸려 있었다. 홍수가 날 때면 떠내려가 버리곤 하던 통나무다리가 있던 자리였다. 여진은 홍예를 건넌 뒤에 천천히 사천왕문 안으로 들어갔다. 그 새에 당우가 여럿 들어서 있었다. 그런데 왜인지 좀 낯설다 해졌다.

눈을 들자 잘 정비한 석축 위에 서 있는 전각이 다섯이었다. 두 개는 예전에도 있었던 것이었다. 그 가운데 지붕의 형태가 특별한 불전이 새로웠다. 불전의 격자문들이 새삼 반갑기도 했다. 그전에는 통판문이었는데 인민군들이 덤벼들어 뜯어가 버렸다고 했었다. 그래 하긴 쉰 해 만이야……. 그냥 입속말이 나왔다.

그녀가 떠나기 전까지도 이미 오랜 세월 절을 지켜온 불전이었다. 그 안에는 건칠 비로자나불을 본존으로, 좌우에서 소조 문수보살입상과 보현보살입상이 협시하고 있을 터이었다. 불전과 세월을 함께한 불상들이었다. 건칠이나 소조 방식으로 조성한 불상은, 더욱이 협시들이 입상인 경우는 어느 절에서도 찾아볼 수 없다고, 그때의 절 식구들이 자랑스러워했다는 기억이 떠올랐다.

여진은 기억을 더듬어서 회주실과 주지실을 찾아서 눈길로 더듬었다. 석축 밑에까지 가는 동안에도 그 자리가 확실히 잡히지 않았다. 그래, 쉰 해나 지났어……. 그녀는 다시금 입속말을 했다. 어쩔 수 없는 일이었다. 내 나이가 이제 여든일곱인데 뭐…….

캐리어를 석축 밑에 둔 채로 계단을 올라간 그녀는, 급하게 불전 안으로 들어갔다. 지금 그녀는 용담 회주의 안부를 전혀 모르고 있었다. 그동안 석우 주지와 전화가 되지 않고 있어서였다. 불전을 나선 다음은 명부전이었다.

명부전에는 남편 김삼수의 위패가 있었다. 열여섯, 열일곱 살 색시가, 1년 반에서도 석 달이 모자라는 기간을 부부로 산 사람이었다. 여진은 남편의 위패가 명부전에 들어가는 것을 보고 절을 떠났었다. 도저히 절에 더는 남아 있을 수가 없었던 것이다.

"대덕행 보살님……!"

그녀가 밖으로 나가자 석우石牛 주지가 와서 기다리고 있다가 두 손을 덥석 잡았다. 더는 말을 잇지 못하는 그의 눈에 눈물이 글썽였다. 그녀는 그를 품에 안고 싶었다. 하지만 그는 주지 스님이었다. 그것도 이 절에서 태어나 지금까지 살고 있는 일흔 살의 노장이었다. 참아야 했다. 어찌 그라고 안기고 싶지

245

않을까 했다. 두 돌이 다 될 때까지 여진의 젖을 빨며 여진의 젖을 만지며 여진의 품에서 자랐고, 또 스무 살이 될 때까지도 보살핌을 받지 않았던가.

"참으로 오랜만이셨을 텐디, 어른께서는 그동안 극락에서 잘 지내셨다고 허시지라?"

먼저 그녀는 아픈 사람이 석우 주지는 아니었군, 했다. 마음이 편안해졌다.

"고맙소. 그런데 이 사람을 왜 부른 거요? 어른스님이 많이 안 좋으신 건가요?"

석우 주지는 명부전에서 나온 여진에게 제 서방이 저승에서 잘 지내던가 하고 묻는데, 그녀는 용담龍潭 회주가 이승에서 잘 지내는가 하고 물었다. 말길을 돌린 것이다. 안에서 얼른 보아도 김삼수의 위패를 별도로 자리를 잡아 잘 모신다는 것을 알 수 있었다. 그녀는 부담스러웠다. 자신의 잘못을 애써 지우려 드는 것 같아서였다.

"이제는 폐허의 흔적이 모두 말끔히 지워졌습니다."

전쟁 때 석축 밑에 있던 당우들이 모조리 불타버렸다 했었다. 그녀는 그 광경을 직접 보지 못했다. 그래도 그로부터 석달쯤 뒤에야 절로 들어온 그녀는, 사방에 포탄이 떨어지는 소리며 또 콩 볶는 듯한 총소리를, 당우들에 불이 붙어 벌겋게 타오르는 광경을 늘 듣고 보는 듯했다. 시커멓게 재로 남은 당우들을 보고 살아야 했던 것이었다.

"그래도 사람들 마음에 남은 탄흔은 지워질 수 없겠지요. 죽을 때까지⋯⋯."

"같이 올라가십시다. 그토록 소원하시던 일봉암을 새로 지어서 잘 모신다고는 하고 있는데 그것이 아닌갑이어라. 이달 들어영 심상치가 않으시구만요⋯⋯. 죄송합니다. 옆에서 어른스님을 지키다 본께 지까장 보살님 생각이 부쩍 간곡해져 부러서⋯⋯꼭 젖배를 곯아서 목젖이 깔딱거리는 애기가 된 것 같더란께요."

그때야 보았더니 전각들의 뒤에 동백나무들이 무성했다. 선홍빛 꽃송이들은 이미 볼 수 없었다. 꼭대기에 일봉암이 앉아있다는 서암의 넓은 자락이 거기까지 내려와 있었다. 여진은 석우 주지가 문자를 보낸 뒤에는, 전화를 받지 않은 이유를 짐작하고 있었다. 그녀가 이런저런 이유를 대고 따지다가 결국에오지 않으면 어쩌나 했을 터이었다.

둘은 일봉암을 찾아서 산길을 오르기 시작했다. 석우 주지가 여진의 왼팔을 부축한 채였다. 사미 하나가 그녀의 캐리어를 어깨에 메고 뒤따르고 있었다.

"주지 스님은 특별히 아픈 데가 없었습니까? 거, 왜 불전이며 법당을 오래 들락이다 보면 생기는 병들이 있지 않던가요? 상기병 같은 것 말입니다⋯⋯."

여진은 자신을 부축해 주는 석우 주지의 손길이 더없이 고마웠다. 그래서 인사로 꺼낸 말이다.

"아니어라우. 지가 절에서 태어나서 그런지 아예 신체가 절생활에 딱 맞도록 돼 있는 것 같아요. 대덕행 보살님이 지가 스무 살 될 때까장은 쭈욱 지켜보셨은께 아시겠지만, 그 뒤에도 고뿔 한 번 잠깐이라도 앓은 적이 없구만이라우. 그러다 본께 한번 쉬고 싶어도 쉴 수가 없어서 문제라면 문제란께요. 헛허 허허……."

"좋은 일입니다. 무슨 일을 하든 타고나야 제대로 한다더니, 주지 스님은 참말로 중으로 타고나셨는갑구만이요."

"그런디, 보살님 말인디요. 그때 절의 당우들에다 어느 쪽에서 불을 놓았는지, 혹간 아시는가요?"

느닷없이 석우 주지가 일흔 해 전의 이야기를 슬쩍 꺼냈다. 아마 그동안 내내 그 일이 못내 궁금했었던가 보았다. 이야기를 시작해 보면, 제 출생의 비밀까지도 건드릴지 모른다는 기대를 은근히 하는가 싶었다. 모르기는 그녀도 마찬가지인데, 혹시나 하는 것인가 해졌다.

"빨치산, 그자들의 기습공격 때문에 그랬다는 거 같았어요. 그런데 왜 그 시절 생각만 하면 모기가 징상스럽게도 물어대는 통에, 온몸이 간지럽고 쓰라리고 부어오르고 했다는 생각부터 나는지 모르겠구만."

여진은 그 때문인지 벌써부터 이마에 땀방울이 맺히고 등이 젖어 드는 것 같았다. 마침 너럭바위가 보여서 석우 주지한테서 팔을 빼낸 그녀가 다가가서 엉덩이를 걸쳤다. 그때야 측백나무 향이 새큼하게 밀려왔다. 그때가 7, 8월이었다는데 얼마나 더웠겠는가.

"스님의 생신이 9월 20일이던가요? 내가 절에 온 것이 21일이었어요."

"저도 잘 모르지요. 어른스님허고 대덕행 보살님이 그렇다 헌게 그렇고 안 것인께요."

둘은 마주 보고 싱겁게 웃었다. 그 광경을 보지 못한 사람과 그때 세상에 나오지도 않은 사람이, 서로의 사정을 알아차렸음이었다.

"내가 절에 와서 봤을 때는 절이 아니었구만요. 경찰부대가 주둔해 있다가 막 남쪽으로 빠져나간 뒤였는데……. 그런데 주지 스님……, 어째서 이번에는 말씀 낮춰 하세요? 어머니나 마찬가진디 어째서 말씀을 고약하게 올려서 허신다요? 지가 뭔 죄를 그렇게 지었길래 그런다요……! 하고 따지지 않습니까?"

"인자 포기했습니다. 아니 폴시개 포기해 부렀은께 염려는 잡어 묶어 두시시오잉. 보살님 마음 가시는 대로 허시란 말이어요. 아시겠어요?"

여진이 말을 하다 말고 딴소리를 한 것이다. 그녀가 석우 주지에게 존칭을 쓴 것은 아주 오래된 일이었다. 행자가 된 뒤부터였다. 그녀는 당연시 해온 일인데, 석우 주지가 생각이 들면서부터 불쑥불쑥 싫다 했던 것이다. 그녀가 절을 떠나 서울로 간 뒤로도 몇 년간은 전화 중에 좀 심하게 말할 때도 있었다.

그녀는 지금도 그 일을 생각할 때면, 자신에게나 석우 주지에게나 참 잘했구나 했다. 그때마다 속에서 기쁨이 잔잔히 일기도 했다. 장끼가 울었다. 골짜기가 쩌렁쩌렁 울렸다. 쿠르륵 꾸르륵 멧비둘기도 울었다. 때가 한창 그런 때라는 생각이 문득 들었다. 봄이었다. 서울에 사는 동안에 꽤 무뎌진 사람이 되었구나 했다. 그녀는 몇 년 전까지만 해도 한식집 일에 매달려 살았었다.

"경찰부대에는 여자들도 있었던갑지라우?"

석우 주지가 살짝 옆구리를 건드리듯이 했다.

"처음에는 8백 명쯤 되더래요. 나중에 보니 6백 명쯤, 또 나중에 보니 3백 명쯤 남았더래요. 민간인 의용경찰들을 내려보내고, 경찰 가족까지 내려보내고 나니 남은 머릿수가 그렇더라는 것이에요. 그때 여자들은 10여 명쯤 필수 요원이라며 남아 있었대요."

그는 들었던 이야기를 될 수 있으면 덤덤하게 전했다. 회주가 수좌였던 시절이었다.

"그런데 어째서 경찰부대가 이곳 덕룡산의 불호사까지 들어와 있었는가 모르겠네요잉?"

"글씨……. 그 이유는 나도 모르겠고. 초기에는 무전기가 고장 나서 부대가 오도 가도 못 하고 이곳에 묶여 있었다던데, 그 뒤에 어렵게 수리가 되긴 됐다던데……. 그때는 너무 늦었다던가 어쨌다던가……."

나이 탓인지 쉰 해 전까지 여기서 쓰던 지역 말이 저절로 섞여 나왔다.

"여그서는 그만 쉬고 올라가서 어른스님 용담 회주한테 물어봅시다."

여진이 엉덩이를 털고 일어섰다.

"어른스님은 말을 안 해 줄 것인디요."

250

"나는 언제 이런 말 한마디라도 헙디까요? 다 나이가 가르치는 것이지요. 용담 회주 스님도 세납 아흔여덟이면 진작에 입적헐 날을 받어 놓은 것과 다르지 않습니다. 아닙니까, 주지 스님? 내가 이번에 알아서 절로 내려온 것도 그 생각이 들었기 때문입니다."

그는 소리 없이 웃기만 했다. 장끼가 울어대고 울어댔다. 여진의 진심이 정녕 그랬다. 아주 눈감기 전에 한 번 용담 회주를 보자는 것이었다. 둘의 그런 사이를 두고 절집에서는 뭐라 하던가. 용담 회주는 머리를 젓겠지만…… 상계相戒쯤 된다 할까…….

둘이서 암자의 앞마당으로 들어서자 그곳에서 종종거리고 있던 찌르레기들이 놀랐는지 킷킷킷킷 날아올랐다.

"잘 지으셨습니다. 용담 회주님이 퍽이나 좋아하셨겠습니다."

"많이 늦었구만이라우. 3년 안 되었은께……. 어른스님께서는 수좌 시절부터 폐허 위에다 중창허고 건립허느라고 얼마나 애를 쓰셨는되요. 보살님이 떠나신 뒤에는 더욱 열심히 허셨습니다. 저러다가 쓰러지시면 우쭈고 헐까, 다른 스님들까지 걱정헐 정도였단께요."

찌르레기들이 마당 귀퉁이의 벚나무에 내려앉아 찌르 찌르륵 찌르 찌르륵 울었다. 여진의 암자를 둘러보던 눈길도 울음소리를 좇아 날아올라서 벚나무 가지들에 내려앉았다. 가지마다 연둣빛 새싹들이 수없이 돋고 피어 있을 터인데, 그녀의 눈에는 그냥 뿌옇기만 했다.

그자들이 경찰부대를 기습 공격하기 위해서 어두워지기까지 기다렸던 곳이 바로 이곳 암자 터였다고 했다. 미리 여기까지 오르는 뒤쪽의 숨은 길을 찾아냈던가 보았다.

여진이 시린 눈들을 손등으로 비빈 뒤에 막 방문 앞으로 다가갔을 때였다. 그때야 섬돌 위에 흰 고무신과 등산화가 한 켤레씩 놓여 있는 것을 볼 수 있었다. 그렇지. 수좌든지 시자든지가 와 있겠구나 했을 때, 안에서 문을 벌컥 열었다.

"바깥에 누가 오셨단가? 대덕행 보살……! 아니 여그까지 우쭈고 왔소."

여진은 주저앉을 뻔했다. 문을 열어젖힌 이가 용담 회주였기 때문이었다. 목소리가 갈라지긴 했어도 크게 울렸다. 생각한 대로라면 그는 자리보전하고 있어야 했다. 방 안에 요강을 들여놓고 살지는 않는다 해도, 거처 뒤에 이동식 해우소를 덧붙여놓고 사는 것이 맞았다. 하마터면 그녀의 입에서 스님 미쳤어요? 하는 말이 튀어나올 뻔했다.

그런데 순간 달려들어 용담 회주의 두 손을 움켜잡고 싶은 충동은 무엇인가. 그녀는 석우 주지가 부축하고 있는 팔을 빼내 그 자리서 두 손을 모으고 있었다. 세상에 마흔여덟 살의 그 젊은 사내가 어느새 저런……. 실제로는 그동안 늙고 병든 중 하나를, 이이가 아닌 어느 다른 누군가로 생각하고 있었던 것 같았다, 그녀는 그때야 깨달았다.

여진이 방으로 들어섰을 때는 용담 회주가 아랫목의 좌복 위에 바로 앉아 있었다. 금세 석우 주지가 달려 들어가더니, 시자와 함께 부축해서 뜻을 좇아 정돈한 듯했다.

"여전하시니 참 좋습니다. 아직도 버리지 못한 번뇌가 쌓인 탓에 다시 찾아뵀구만요."

"대덕행은 옛 모습 그대로여요. 하나도 안 변했구만……."

"마음은 눈앞의 거리인데, 발걸음은 몇천 리 거리라고, 겨우 이제야……."

"……기다렸습니다. 무여열반無餘涅槃이라, 두께비는 지가 벗어놓은 허물까지 먹고 간다는디……. 그동안 진짜 헐 일은 안 허고 헛짓만 허느라고 뺑돌이같이 돌아쳤던 것 같구만이요."

시자가 그새에 준비한 다과상을 내왔다. 석우 주지가 끓인 물을 식혀 차를 우렸다.

"여기가 어딘디요. 원진국사께서 지는 해를 잡어 놓으시고, 기어이 대웅전 상량식을 마저 하셨다는 일봉암입니다. 시간이 얼마 남지 않은 것 같어도, 어른스님과 보살님이 말씀 나누실 시간은 넉넉헐 것입니다요. 그럼 저희들은 물러가겠습니다."

용담 회주와 여진 앞에만 잔을 내어 차를 따라 놓은 석우 주지가, 그만 자리에서 일어서려 했다. 이를 용담 회주가 한 손을 들어 말렸다. 여진도 무심코 머리를 끄덕였다.

"주지도 듣고잪은말이 쌔고 쌨을 것인디……. 시자만 내려보내드라고."

시자가 잔을 하나 더 상에 내다 놓고 방에서 나갔다. 석우 주지가 제 잔에도 차를 따랐다. 용담 회주가 먼저 찻잔을 들어 입술을 축인 뒤에 내려놓는가 했다. 나머지 둘이 급하게 찻잔을 들어 올렸을 때 그가 입을 열었다. 왜인지 지는 해를 잡아 묶어 놓고 시간을 벌어 놓기라도 한 것처럼 느긋했다.

"올해 주지의 세납이 일흔이고, 법랍은 예순이라 하지만 실상은 두 가지가 다 같어요. 그 나이가 될 때까장 에미 애비가 누군지 알고잪어서 속이 숯이 되았을 것이여. 아닌가?"

"아니구만이라, 어른스님."

석우 주지가 용담 회주의 말끝에다 곧장 대답을 올려붙였다. 잠시 눈을 감았다가 뜬 그가 석우 주지를 바로 보면서 다시 입을 열었다.

"자네의 에미 이름이 박 양이라. 경찰부대가 산으로 들어올 때부터 같이 있었은게, 50년 7월 18일부터 있었던 것이제. 그 때는 여자가 백 명도 넘었는디 특별헌 사람이 아니었다면 기억에 없을 것이여. 근디 음식 솜씨가 원칸 좋은 디다 손이 빠르고 변죽까지 좋았단께. 우리한테 양념 같은 것을 얻어 가려고 고방에도 자주 드나들었다드만. 나는 그때 주지를 하시던 묵암 默庵 노스님의 시봉이었은께 나한테도 잘 보일라고 애를 썼쌌어. 그런디 나중에사 알았는디, 박 양헌테는 최 순경이라는 애인이 있었든 것이여. 그 최 순경을 따라서 경찰 가족이라고 산으로 들어온 것이제……."

그런 박 양이 끝까지 경찰부대에 남아 있었다는 것이 너무나 당연한 일로 여겨졌다.

사실 덕룡산 불호사로 들어온 경찰부대는 수도 서울을 방어하는 병력을 지원할 목적으로 편성된 것이었다. 물론 남서 지방은 절대 안전할 것이라는 군의 정보를 믿고 세운 작전계획이었다. 그러나 예상은 완전히 빗나갔다. 벌써 충청도를 지나 경상북도까지 인민군 세상이 되고 말았다. 그리고 곧 이 지역의 도청이 부산으로 피난하는 지경에 이른 것이었다.

결국 고립된 이 지역 경찰부대는 모인 그 자리에서 결사항전을 하거나, 서해안의 섬들로 후퇴해서 살길을 찾아야 할 처지가 되고 만 것이었다. 뒤늦게 상황 판단을 한 경찰부대가 의용경찰들과 경찰 가족들을 산에서 차례로 내보낸 것은 그 때문이었다. 병력을 정예화시켰던 것이다. 그런데 그 속에 아직 박양이 들어 있었고, 그 박 양이 최 순경의 애인이라는 소문이 대원들 사이에 솔솔 나기 시작했다는 것이다.

"그 박 양이 8월이 됨시로 행방이 묘연해져 부렀다 허더라고. 당연히 최 순경은 애가 탔겠지만 다른 대원들은 별로 관심이 없었제. 사정이 원체 막막하고 답답허다 본께 남은 대원들 중에서도 한두 명씩 슬쩍슬쩍 하산해 버리기도 했던갑이더라고."

용담 회주는 가끔은 찻잔을 들어 목을 축여가면서 낮지만 고른 목소리로 이야기를 이어갔다. 석우 주지는 얼굴에 아무런 표정도 담지 않은 채 찻잔이 빈 시간에 맞춰 차를 따랐다. 그는 마치 그 일을 위해서 그 자리에 앉아 있는 것 같았다.

"그런께 8월 6일이었구만. 모두가 본부로 모여서 아침 공양을 허는 때였은께, 8시가 쪼깐 넘은 시간이었을 것이어. 양재기에다 깡보리밥에 맨된장국을 받어들고 죽 둘러앉거서 막 숟구

락질을 시작했을 것이여. 나는 그것을 다 보고 있었다네……."

어디서 느닷없이 총소리가 울렸다. 부주의한 대원이 오발이라도 한 줄 알았다. 모두가 그랬다. 그러나 그것이 아니었다. 탕 탕탕, 탕탕탕탕……. 연거푸 쏟아지는 총소리로 보아 인민군의 다발총 소리가 분명했다. 박격포탄이 사방에서 떨어져 터졌다. 당우들의 지붕이, 벽이 날아가기도 하고 불길이 솟기도 했다. 경찰부대원들도 엠원 소총으로 응사했다. 그러나 그뿐이었다. 적이 가지고 있는 박격포라든지 자동소총에 대응할 수가 없는 것 같았다.

시간이 흐르면서 경찰부대원들은 미처 전투대형조차 갖출 시간도 없어 보였다. 한마디로 역부족이었다.

그때 용담 수좌는 보았다. 요사채 뒤에 있는 고방에서 나온 박 양이, 다발총을 어깨에 멘 사내들과 함께 일봉암 터 쪽으로 올라가고 있었다. 그녀는 경찰부대와 함께 지내는 동안에 절 주변의 지리를 제대로 익혔을 터였다. 어디 그뿐이겠는가. 병력의 수라든지 전투배치 상황까지 속속들이 알고 있지 않았을까 했다.

"그자들은 한 30분쯤 절 안팎을 갈아엎어 놓고 사라져 부렀어요. 그런디 다시 생각해 본께 그자들이 인민군이 아니라 빨치산 같었다는 것이제. 어째서 그러냐 허면 복장들이 군복이 아니었은께. 순식간에 치고 빠지는 방식도 그렇고……. 연전의 여순반란사건 때, 산속으로 숨어든 것들이 때를 만났다 허고 뛰쳐나와서 한바탕 날뛰었던 것 같다는 것이란께."

"그러니까 박 양이 빨치산이었다고라우?"

"나는 그런 말 안 했소. 그런 것 같았다면 모를까……"

"참 말씀이 이상허요."

"내가 확인해 보지 못했은께."

여진이 따져 묻듯 했지만, 용담 회주는 끝까지 명확한 자기 소견을 내놓지 않았다.

"그때 경찰부대의 사망자가, 그런께 전사자가 47명이나 되었단께. 부상자는 백 명도 넘은 것 같고. 멀쩡한 대원들은 허다 안 된께 주위의 동암이며 남암, 북암의 숲속으로 피해서 목숨을 구헌 경우이고."

"그럼 최 순경은 그 난리 통에 어찌 됐단가요?"

최 순경과 박 양……. 여진은 이 두 사람의 사랑이 어찌 됐는지 부쩍 궁금해졌다. 그나저나 부대 안에서 최 순경의 입장이 얼마나 난처해졌을까. 그전까지 조금도 눈치채지 못했다니……. 하긴 남녀의 사랑에 그런 것이 보일 수 있더란 말인가. 만일에 그런 것이 보였다면 진정한 사랑이 아니었겠지……. 머릿속에서 이런 생각들이 잇대어 일었다.

"없어져 부렀어요. 어딘가로 사라져 부렀단께요."

"살긴 살았네요. 그 자리에 시체가 없어서 그런 생각을 한 것이지요?"

용담 회주가 가만가만 머리를 끄덕였다. 여진은 속으로 기뻤다. 두 사람의 사랑이 끝까지 잘 이어졌으면 했다. 앞에서 이미 박 양이 석우 주지의 어머니라 밝혔다. 언제 어디서 어떻게 박 양이 애를 가졌고, 낳기까지 했다면, 사라진 최 순경과 그녀가 반드시 다시 만났어야 했다. 아직까지는 박 양이 아이를 가졌더라는 말이 없었으니까. 여진은 조마조마했다.

그러나 이때 그녀는 느끼지 못했다. 용담 회주의 목소리가 꼭 한 번 조금 흐트러졌다는 것을. 그의 심사가 순간 고약해졌다는 뜻이었는데도.

그때 낮닭이 소리쳐 울었다. 산닭이었다. 경찰부대 수백 명이, 인민군 수십 명이 그토록 산을 뒤집고 다녔는데도 용케도 살아남은 닭이었다.

용담 회주는 입을 다물고 있었다. 갑자기 머릿속에 박 양과 최 순경이 함께 자신의 방 앞에 나타났던 때가 눈앞에 선명하게 그려졌기 때문이었다. 한밤중이었다. 그가 수좌 시절이어서 요사채에서 지내고 있었던 때였다.

박 양은 한눈에 봐도 만삭이었다. 그런데 어떻게 그사이에 배가 저렇게 산만해졌단 말인가. 도무지 이해가 가지 않았다. 그건 그렇고 그자들을 끌고 와서 절 안팎을 갈아엎어 놓은 지가 불과 두 달도 되지 않았는데 무슨 낯짝으로 찾아온 것인가 했다.

최 순경이 문 앞의 땅바닥에 무릎을 꿇었다.

"시방 요 근동에서 우리를 누가 봐주겠어요? 다들 죽일라고 달라들 텐디…… 수좌 스님…… 한 번만 봐주시오. 스님은 살인자도 봐준담시로요. 우쭈고 한 번만 봐주시오."

박 양이 땅바닥에 쓰러졌다. 입고 있는 외바지의 가랑이께부터 시커멓게 젖어 들고 있었다. 제 두 손으로 입을 틀어막았는데도 신음이 새 나오고 있었다.

어쩔 수 없겠다 싶었다. 사정이 워낙 다급해 보였다. 이러다가 요사채의 옆방들에서 스님들이 깰까 걱정이 되기도 했다. 그래서 묵암 노스님을, 주지실을 생각했다. 옆에 전용 지대방이 있었다.

최 순경에게 박 양을 업혔다. 주지의 방은 계단을 올라가서 안쪽에 있었다. 그런데 주지실 앞에 다다랐을 때는 방문을 두드리고 어쩌고 할 필요도 없었다. 섬돌 위에 내려놓자마자 박 양이 냅다 소리를 지르면서 애를 쑥덩 낳아 놓았다.

당연히 묵암 노스님이 뛰쳐나왔다. 그는 금세 사태를 읽고서 아이의 탯줄부터 찾아서 제 입으로 끊어냈다. 또 방에서 좌복을 하나 내오더니 아이를 싸 들고 들어갔다. 바라보고만 있던 둘에게는 산모를 자신의 전용 지대방으로 옮기라 했다. 일들이 그렇게 착착 진행돼 갔다.

중들이 탁발하러 이 골짜기 저 골짜기 이집 저집을 다니려면 천수보살이 될 수밖에 없다고 한 말을 그때 묵암 노스님을 보면서 실감했다.

박 양을 지대방으로 옮긴 뒤인 새벽에 태가 나오자, 묵암 노스님은 곧 용담 수좌더러 마을로 내려가라 했다. 가서 사립에 금줄 친 집들을 빠짐없이 찾아 들어가, 혹시 낳은 아기를 날려버린 일이 있는지를 물으라 했다. 또 그런 집을 수소문하기도 하라 했다. 우리 절의 주지 스님이 지난밤에 부처님이 현몽하신 꿈을 꾸었다. 전쟁 난 뒤에 태어났으나 날려버린 갓난아기들을 찾아서 꼭 삼신재를 지내주라 하셨다. 만일 이를 어기면 부모들의 원과 죽은 갓난아기들의 한이 동네에 서려 큰 액을 몰고 올 것이다. 지킨다면 전쟁이 끝날 때까지 동네 사람들 모두가 무사할 것이다. 그런 당부가 있으셨다 하라는 것이었다. 그래서 찾아낸 이가 김삼수의 색시 홍여진이었다. 지금 용담 회주 앞에서 두 눈을 반짝이고 있는 대덕행 보살이었다.

그런데 용담 수좌가 마을로 내려가서, 두 눈 부릅뜨고 이 골목 저 골목으로 뛰어다니고 있을 때, 박 양은 절을 떠났다는 것이었다. 갓난애를 그 방에 남겨둔 채였다.

박 양은 누구에게 사정을 알리고 간 것이 아니었다. 묵암 노스님이 불전이며, 법당으로 돌아다니는 동안에, 살짝 몸을 빼서 일봉암 터로 올라간 것이다. 출산한 지 하루도 다 지나지 않았을 때였다. 온몸이 팅팅 부어오르고, 아직 분비물이 밑으로 흐르고 있는 상태였다.

그런데 묵암 노스님은 박 양이 곧 떠나야 한다는 것을 알고 있었다. 그래서 그렇게 용담 수좌를 시켜 그런 일을 꾸몄던 것이다. 그것이 젖어미를 자연스럽게 그리고 급하게 구하는 방법이었다.

그러나 용담 수좌는, 처음에 묵암 노스님의 방식을 이해할 수가 없었다. 느닷없이 밤중에 들이닥친 임산부가 절에서 아기를 낳은 것은 어쩔 수 없는 일이었다. 그래서 비구니가 탯줄을 입으로 끊는 사태가 벌어질 수도 있었다. 경황 중인데 어디서라면 못 낳았겠는가. 그렇더라도 중으로서는 말이 되지 않는 일이었다. 이제는 거기다가 젖어미까지 들여서 아기를 아주 기를 작정이다? 그건 도저히 말이 되지 않았다. 어느 중이 아기의 아비라는 오해를 받는다면 어쩔 건가? 필경 발우를 내놓고 절에서 나가는 일이 생길 터였다.

그렇게 됐을 때 그 대상자가 자신이 될 가능성이 가장 높았다. 그는 그런 꼴을 당하고 싶지 않았다. 만일 묵암 노스님이 대상자가 됐을 때라면, 그가 대신해서 나서야 할 것이었다. 그는 결코 그러고 싶지도 않았다. 무의미한 일이기 때문이었다.

또한 둘의 거처를 절 밖에 마련해 준다 하더라도, 감쪽같이 비용만 지원해 주어야 했다. 그것이 그가 생각하는 자비였다. 나서서는 안 되었다. 오해받기 십상이니까.

그래서 그는 젖어미를 찾아서 절로 데리고 돌아올 때도 곧장 앞문으로 들어오지 않았다. 없어진 사천왕문 자리에, 고작 나무 기둥 두 개가 마주 보고 서 있긴 해도 문은 문이었다. 그래서 절의 뒤쪽까지 바짝 내려와 있는 산자락을 탔다.

그런데 미리 알고 있었던 것처럼 묵암 노스님이 그와 젖어미를 가로막고 서 있었다. 돌아나가서 당당하게 절의 앞문을 통해 들어오라는 것이었다. 밤새 애썼다는 한마디의 치하도 없었다.

"이 세상에 절이 있는 이유가 무엇이여? 이 개도 못 먹을 독덩어리 같은 인사야! 시방 본께 니놈은 중 노릇 헐 자격이 없다. 그만 바루 내놓고 나가그라."

그는 묵암 노스님이 그토록 노하는 것을 처음 보았다. 그래 그는 그야말로 당당하게 이유들을 들어서 항의했다. 말이 되지 않아서였다. 섭섭하기도 했다.

"지가 다 생각이 있어서 헌 일이구만요!"

그도 지지 않았다. 아무리 말을 해도……. 나더러 중을 그만두라고? 그는 이제 화가 나기도 했다.

"내가 묻는 말이 귓구녁에 안 들어가는 것이여?"

"오해받기 십상이구만요. 만일 그러면 정말로 누군 절에서 쫓겨나야 헐 것인디요."

그는 묵암 노스님의 말이 정말로 귀에 들어오지 않았다.

"허어! 이 독덩어리 같은 머리통이라니……. 여름에 안거 끝났을 때 내가 헌 말 못 들었단가? 만행을 나설 때도, 부드러운 빗자루로 발 딛을 곳을 쓴 뒤에, 걸음을 내딛으라 했제? 중이 첫째로 지켜줘야 헐 것이 뭣인가? ……생명이란께! 그래서 이 시상에 절이 있는 것이고……. 전쟁 치름시로 그것을 모르겄어? 사람 목숨이 하루살이 목숨 같은 것을 봄시로도……? 생명을 지킬라면 당당해사 써. 용감해사 쓴다고. 오해는 당당허지 못헌 디서 생기는 것이란께. ……앞길로 들어온 뒤에, 내일 혹간 누가 묻거든 말해줘 부러. 지난밤에 주지실 앞에 강보에 쌓인 업둥이가 울고 있었다고……. 책임은 내가 질 것인께로. 알겄는가?"

"소문이 날 텐디요……?"

그는 그래도 미심쩍었다.

"우리 절 중들 중에서, 인민군이나 빨치산헌테 함부로 입 벌릴 중이 어디 있는가? 모두가 호되게 당해 봤는디……."

그는 비로소 수긍할 수밖에 없었다. 곧 조용히 젖어미랑 절 밖으로 나갔다가 시킨 대로 앞길로 당당하게 돌아왔다.

참말로 대단한 여자였다. 아기를 가진 지 여덟 달이 됐을 때도 배에 꽁꽁 복대를 동여매고 산속을 뛰어다녔으니까. 그 사실을 최 순경만 알고 있었다.

묵암 노스님은 세상을 뜨기 전에, 그새 주지가 된 용담 수좌에게 말했다.

"나는 그때도 시방도 박 양이 애기를 두고 혼자 떠나분 것이 참말로 다행이라는 생각에는 변함이 없단께. 애기는 우리가 키우면 된께……. 그 사람은 지 시상을 쫓아댕기지 못허면 못 사는 사람이여. ……그때 만약 그 사람이 애기 껴안고 그냥 그 방에 누워 있었으면 우쭈고 됐겄어? 나중에 국군이 들어왔을 때 여럿 죽었지 않겄냐고? 애기도 물론 무사헐 수 없었겄제."

"근디 우쭈고 스님은 박 양이 떠날 줄을 미리 알었다요? 참말로 부처님이 현몽해 주십디여?"

용담 수좌가 물었다.

"박 양허고 최 순경이 나헌테 왔을 때 본께, 주변에 검은 그림자들이 왔다 갔다 허더랑께. 그것이 뭣이었겄어? 애기만 낳고 나면, 그냥 끗고 가불라고 저러는 것이구나 해지더라고. 왜냐? 만약에 경찰부대에 붙잽히기라도 허는 날에는 어쩌고 될 것이여? 또 나중에 국군이 들어왔을 때 붙잽히면 어쩔 것이여? 붙잽혀서 본인이 죽는 것도 죽는 것이지만, 중요한 정보들을 안 불고는 못 배길 것 아니여? 그러면 또 그 결과가 우쭈고 되았겄어? 내 말 알아 묵겄어?"

전쟁이 끝나고도 몇 년이 지났을 때, 그러니까 소년 석우가 김삼수와 홍여진의 자식으로 호적에 올랐을 때였다. 용담 수좌가 묵암 노스님을 찾아가서, 일이 뜻대로 됐다고 알리자, 그는 그제야 정말 안심이 된다는 얼굴이었다. 석우가 섬돌 위에서 태어난 지 일곱 해 만이었다. 그때까지는 물론 지금까지도 여진과 석우 주지 본인은 모르는 일이었다.

용담 회주는 바람벽에 등을 기댔다. 벌써 30분쯤 입을 굳게 닫고 있었다. 생각을 많이 하다 보니 힘이 많이 든 것 같았다. 셋은 그저 찻잔을 들었다 났다 하기만 했다. 그 가운데서 석우 주지가 좀 바빴다. 잔이 빌 때마다 채워야 했고, 새로 차를 우려내는 일을 맡고 있어서였다.

사실 석우 주지가 볼 때 어른스님 용담 회주의 갑작스러운 변화가 심상치 않았다. 오늘 아침 공양 때도 좁쌀죽 몇 숟가락으로 끝낸 터였다. 그동안 많은 말을 했고 꿋꿋하게 앉아 있었다. 어디서 갑자기 저런 힘이 나오는지 이해가 가지 않았다.

그는 제 부모가 최 순경과 박 양이라는 사실을 알게 된 데서 오는 놀라움보다, 회주의 그런 변화가 더 놀라웠다. 대덕행 보살 덕이라 해도 심했다. 매우 심했다. 설마 마지막을 생각하고 저러는 건 아니겠지 했다.

자신은 오로지 절집에서만 산 중이었다. 그것도 어언 일흔 하나 됐다. 속세의 삶과는 단 하루도 인연이 없었다. 그런 그에게 속세의 부모가 누구였든 어떤 사람이었든 이제 와서 무슨 의미가 그토록 있겠는가. 예전이나 지금이나, 볼 수도 없고 소식도 들을 수 없는 인연들이었다. 어른스님 용담 회주님도 그래서 지금껏 기다렸다가 비로소 입을 연 것이 아니겠는가 했다. 다 삭아 들기를, 그 냄새마저 사라지기를 기다렸을 것이라 여겨졌다.

비로소 명부전에 자리한 '최대길崔大吉'이란 위패가 누구 것인지 알게 돼서 오랫동안 찜찜했던 마음이 좀 시원해졌다는 정도였다. 대덕행 보살의 서방인 '김삼수金三洙'의 위패와 나란히 자리해 있었다.

그런데 어머니라는 박 양은 명부전에 위패조차 없는 것을 보면, 필시 어떤 집으로 개가하지 않았겠는가…… 서방이 일찍 죽었으니 당연한 일일 터이었다. 그는 그렇게 마음을 이리저리 정리해가고 있었다.

"박 양의 이름을 알고 싶구만요. 또 어디 사람인지도요……그분이 석우 주지 스님의 생모시라는데……."

기다리다 못한 여진이 나섰다.

"이뻤지요? 이뻤을 것 같구만요."

용담 회주의 대답이 없자, 여진이 좀 엉뚱한 이야기를 덧붙였다. 석우 주지를 돕자는 것이었다.

"그래요. 이뻤습니다. 얼굴이 훤했은께……."

자기 생각이 맞았기 때문일까, 여진의 얼굴이 더불어 훤해졌다.

"쯧쯧쯧쯧……. 그렇고나 알고 싶은가? 그래도 내가 말을 안하는 것은, 내가 모르기 때문이여. 그 전쟁 통에 이만큼이라도 알고 있다가 전해준 것만도 다행이라고 생각해야 허제."

용담 회주가 자화자찬으로 여진의 입을 막고 나더니, 다시 거기서부터 말을 끊었다. 석우 주지는 머리를 끄덕였을 뿐이었다. 용담 회주는 눈을 감고 있다가 뜨고 있다가 했다. 피로가 몰려드는 것 같았다.

정말로 용담 회주는 박 양의 이름을 몰랐다. 단지 술집에서 부르는 이름만 알았다. 춘희였다. 최 순경도 그렇게 그녀를 불렀다. 그렇다고 석우 주지에게 술집에서 부르는 이름을 어머니의 이름이라고 전해줄 수는 없었다. 또한 박 양이 순천 어디에 있었다는 '낙동원'이라는 술집의 작부 노릇을 하던 사람이었다는 말도 할 수가 없었다.

최 순경한테 직접 들은 말이었다. 용담 회주가 수좌 때였다. 박 양이 달아나 버린 뒤였다. 그는 아무런 거리낌 없이 제 여자에 대해서 말해 주었다. 속으로는 자랑스러워하고 있는 것처럼 보이기도 했다. 그런 사람을 고향으로 휴가 갔다가 만났다고, 그래서 진심으로 사랑했다고……. 출산을 도와준 일을 감사한다는 말에 덧붙여진 말이었다. 어쩌면 그때 자신의 마지막을 생각하고 있었던 것 같았다. 그래서 그런 말까지 누구한테라도 하고 싶었던 것인지도 몰랐다.

나중에 안 일이지만, 이어서 최 순경의 죽음이 있었던 것이니까. 박 양이 달아나 버린 뒤에도, 최 순경은 한밤중에 아기가 있는 방 앞에 나타나곤 했다. 아기를 위한다고 그 시간을 택했을 것이었다. 아비 어미의 신분을 꼭꼭 숨겨야 할 정도가 아닌가. 한 달쯤을 그렇게 했던 것 같았다. 어디서 자고 어디서 먹고 다니는지는 알 수 없었다.

젖어미가 안에 있는 까닭에 아기의 울음소리만 듣고 돌아설 때도 있었으리라. 누구에게 아기의 얼굴이라도 한번 보고 싶다는 말을 할 수조차 없었을 것이다. 대여섯 번은 우연인 것처럼 그가 기다렸다가 만났다. 아기 얼굴을 보게 해주려는 것이었다. 그런데 그때가 마지막이 될 줄은 미처 몰랐다. 그에게 충고를 했던 것이다. 아기를 위해서 처신을 어떻게 해야 할 것인지 한번 생각해 보라고 말한 것이었다. 밖에서 알게 된다면 어쩌나 하는 노파심이 쌓인 까닭이었다. 아직 인민군들의 세상이었다. 그리고 그것이 마지막이었다.

그의 주검이 발견된 곳은 일봉암 터였다. 돌아온 국군 20여 명이 예전의 경찰부대 터에 2년쯤 주둔한 적이 있었다. 아직도 전쟁이 끝나지 않았을 때였다. 그들이 수색을 한답시고 여기저기를 들쑤시고 다니다가 발견한 것이었다. 주검 옆에 어디서 가져온 것인지 엠원 소총 한 정이 놓여 있었다. 그리고 탄피 하나가 떨어져 있었다. 그사이에 흘러간 일 년이 넘는 세월에 그의 주검이 벌써 많이 삭아 있었다. 탄피에는 퍼런 녹이 슬어 있기도 했다.

이제 용담 회주는 바로 앉아 있었다. 그런데 무릎 위에 올려놓은 두 손을 쥐었다 폈다 하고 있었다. 가끔 체머리를 한 차례씩 흔들어 대곤 했다. 여전히 눈을 감은 채로 입을 꾹 다물고 있었다.

여진은 용담 회주가 몹시 힘에 부쳐 하는 것 같다고 생각했다. 그래서 자리를 펴고 편히 쉬게 하고 싶었다. 시자를 불러놓고 주위에서 물러가라 하고 싶었다. 그러나 그녀는 입을 열지 못하고 있었다. 그는 편한 이부자리가 싫다 했다. 중은 좌복두 개면 잠자리로 넉넉하다고 고집했다. 더욱이 자신은 지금 어디까지나 객이라는 생각이 들었다. 방부 들어 의처한 객승 입장도 못 된다는 생각도 들었다. 문득 내가 이곳에 뭣 하러 와 있지 싶었다.

"다른 말씀이 더 없으시면……."

그녀의 속마음을 알았을까, 석우 주지가 넌지시 말을 건넸다.

"그러면 그렇제……. 꼭 소리 내서 허는 것만 말이 아닌 께……. 인연생기因緣生起라. 이 시상에 소중허지 않은 인연이 어디 있겄어. 그중에서도 우리 인연은 특별히 소중허제. 참으로 오랜만에 만나 지난 세월에 못다 헌 이야기를 나눴구만. …… 석우 주지가 내 이야그를 잘 알아 묵었는지 모르겄구만……?"

용담 회주가 눈을 감은 그대로 석우 주지한테 얼굴을 돌려 한 말이었다. 한 시간을 넘기면서도 아무 말이 없었던 그였다. 그랬던 그가, 누구에게 무슨 말을 알아들었느냐고 묻는가. 여진은 둘을 번갈아서 보았다.

"예, 어른스님. 저는 절집에서 태어나 자란 석종釋種이라서, 법 앞에서 게으름을 피워도 당연히 이 땅의 최고 사찰인 불호사에서 상단을 차지허고 앉거 있는지 알었구만이라우, 그런디 이 자리서 주신 어른스님 말씀으로 그만 쇠똥밭으로 궁글어 떨어져 부렀습니다. 그렁께 앞으로 잠자지 말고 공부허란 말씀이 아니고 무엇이겠는가요. 주신 말씀 뼛속에 새겼구만이요."

"시방 내가 주지헌테 허고 싶은 말은, 수레를 타고 갈람시로 미리 그것이 움직이는 이치까장 다 알고 난 뒤에사, 타고 갈라고 허면 못 간다는 것이여. 이왕에 수레를 몰고 가는 사람은 몰고 가는 일을 잘허고, 이왕에 수레를 타고 가는 사람은 닿어서 헐 일을 잘허면 쓴다는 것이여. ⋯⋯지목행족智目行足해야제. 또한 수범수제隨犯隨制해야제. 소소계小小戒는 파해 감시로⋯⋯."

"예."

순간 여진의 눈에 왜 그렇게 보였을까. 용담 회주를 바라보고 있는 석우 주지의 눈이 살짝 젖어 드는 것 같았다. 둘 사이에 무슨 느낌이 오고 간 것 같았다. 섭섭함이 그녀의 가슴으로 싸하게 스며들었다.

"그러면 되았네. 인자 그만 일어스시게. 나는 헐 말 다했은 께⋯⋯. 혹간 점심 공양 허시고 시간 나면 세 시쯤에 한번 다시 올라와 보시든지⋯⋯."

"예, 어른스님. 그럼⋯⋯. 대덕행 보살님은 여그 계속 계시겠지요? 보살님헌테 귀동냥헐 말씀이 쌔고 쌨는디⋯⋯."

석우 주지가 승복 앞자락을 여며 잡고 일어섰다.

"대덕행 보살은 그냥 앉거 계시시오. 쩨깐 있다가 나가서 점심 공양 준비도 해줘사 쓴께……."

따라 일어서려는 여진을 용담 회주가 붙들었다. 그녀는 그의 말에 붙들려 그냥 앉아 있었다. 석우 주지는 용담 회주한테 가 있던 눈길을 일어서는 동안에 그녀에게 돌렸다. 문께로 나가면서도 끝내 눈길을 보내고 있었다.

그때 여진이 그렇게 보려 했던 것일까. 잘못 보았던 것일까. 석우 주지의 입이 달싹했다. 엄니……. 그녀를 그렇게 부르고 있는 듯싶었다. 콧등이 시큰했다. 그가 나갈 때 연 문을 밖에서 닫았다. 그 눈길이 그제서야 끊겼다.

"이따 세 시쯤에 다시 올라오겠습니다."

여진이 그렇게 생각해서 그러는 것일까. 그의 목소리가 젖어 있는 것처럼 들렸다.

"우는구만……. 어째서들 그런당가? 다시는 못 만날 사람들 만치로……. 대덕행 보살님께서 아까 박 양 이야기를 듣고 난 께로 석우 주지가 많이 짠헌갑이네잉."

"아닙니다. 그것이……."

그녀는 무심코 대답을 해놓고서야 어디서 무슨 소리가 났는가 했다. 문득 용담 회주를 보았다. 그가 언제부턴가 멀쩡하게 두 눈을 뜨고 있었다. 그사이에 그녀는 잠시 정신줄을 놓고 있었던 모양이었다.

"주지는 복을 겁나게 타고 난 것이여. 갓난애기 때 젖배를 곯아 보기를 했는가, 젖 떼고 나서 밥배를 곯아 보기를 했는가. 학비가 없어서 학교를 못 댕겄는가? 놈덜보다 좀 늦게 갔지만 대학도 나왔제. 뭣이 모자런가? 호강허고 산 것이여…… 짠헐 것 없단께요."

여진은 머리를 끄덕였다. 그런데도 왜인지 가슴속의 짠한 기운은 가시지 않았다.

"참말로 짠헌 사람은 대덕행 보살이여. 그놈 땜새, 나 땜새 신세 망친 사람은 본인이란 말이여."

"그래서 어쩌란 말씀이요? 나는 두 스님 덕에 세상 잘 살았구만이요. ……그런데 나는 여기 올 때에, 스님이 다 돌아가신지 알고 있었는데, 마지막이라 생각하고 있었는데 어째서 그렇게 멀쩡허시요?"

여진은 마치 용담 회주의 건강이 그만해 보여서 원망스럽다는 듯이 말했다. 그리고 몸을 일으켜 캐리어로 다가가서 뚜껑을 열었다.

"나는 지금도 그때가 삼삼합니다. ……오늘부터는 여진 보살님을 엄니라고 부르지 마러라. 그래서는 안 된다. 앞으로 중이 안 될라면 몰라도 중이 될라면 속세와 인연을 싹 끊어야 헌다는 것이다. 석우 행자의 속세는 여진 보살님이다. 알았냐? 그때 스님께서는 마치 칼로 잘라내듯이 이렇게 말씀하셨습니다. ……석우 행자가, 아니 지금의 주지 스님이 얼마나 서럽게 울던지……"

용담 회주가 맥없이 머리를 끄덕였다. 맞아, 맞아! 내가 어찌 그 일을 모르겠는가 하는 것 같았다. 누구에게 말을 안 했을 뿐이지, 그는 잘 알고 있었다. 석우가 저녁 예불이 끝난 법당에 혼자 들어가서 불전에 엎드려 밤새 울었던 것이다. 그는 입에 살짝 웃음까지 베어 문 듯이 보였다.

그녀가 가방 속에서 꺼낸 것은 케이크 상자와 텀블러였다.

"혹시 드시고 싶어 할지 몰라서 챙겨 왔습니다. 빵은 사 온 것이지만 커피는 직접 내린 것입니다."

언젠가 한번은 아직 수좌인 그가 대덕행 보살한테 살짝 말한 적이 있었다. 밖에 나갔는데 대학가 앞을 지나다 보니, 젊은 남녀들이 찻집 창가에 마주 앉아 있는 모습이 그렇게 좋아 보일 수가 없더라 했다. 그런 말끝에 그가 그녀에게 내민 것이 인스턴트커피 병이었다. 물론 설탕 봉지도 함께였다. 그날 밤에 그녀는 그와 함께 공양간에서 난생처음으로 쓴 커피 맛을 볼 수 있었다.

그는 요사채에 살았고 그녀는 여전히 주지 스님이 내준 방에서 살고 있을 때였다. 그녀는 절에서 워낙 오래 산 탓에 밖이 낯설기도 했지만, 남편이 행방불명이 된 마당에 시가로 돌아갈 수도 없었다. 스님들의 옷도 빨고 공양간에서 끼니 준비도 도우면서 지낸 터였다.

그런데 절에만 있는 그녀에게, 수좌 스님이 밖에 나갔다 돌아올 때면 살짝살짝 그렇게 선물을 건넸다. 빗이며 머리핀 브로치 같은 장신구……. 때로는 찐만두라든지 카스텔라같이 새로운 먹을거리……. 그러다 보니 두 사람은 다른 사람들의 눈을 피해 여기저기서 만나고 있었다. 어디까지나 절 안에서였다. 여진은 그때마다 가만히 가슴이 설렜다. 마치 건듯 지나는 바람결에 흔들리는 장다리밭의 노란 꽃잎처럼.

여진은 빵을 썰어서 차 접시에 담고 커피를 종이컵에 채워 찻상에 차려냈다. 용담 회주가 손뼉을 쳤다. 그런데 소리가 제대로 나지 않았다. 겨울밤에 봉창으로 날아든 눈송이 몇 개가 창호지를 스쳐 가는 소리 같았다. 말은 알아먹게 하면서도 손뼉 칠 힘은 없는가 했다.

그는 컵을 바로 들지 못했다. 하마터면 엎지를 뻔한 것을 여진이 잽싸게 붙잡았다. 그것을 받아 들고서 조금씩 맛보듯이 마셨다. 그와 함께 치즈 빵을 맛있게 먹고 있었다. 여진도 흉내 내듯 그렇게 마시고 먹었다.

"참말로 좋구만잉……!"

"너무너무 좋습니다. 서울에서 출발하기 전에 생각났습니다. 스님이 밖에 나갔더니 그 모습들이 참 좋아 보이더라고 한 옛 말씀……."

"그래 그랬제. 나나 보살님이나 그동안 오로지 놈덜얼 위해서 살았은께. 놈덜한테 젖 나눠 멕이댁기 허고 살았은께……. 날마다 밤낮으로 놈덜얼 위해 정근했은께……."

용담 회주는 거기서 말을 더하지 않았다. 여진은 그의 입을 바라보고 있었다. 말이 이어지기를 바랐다. 간절히 기다렸다. 그러나 입 언저리에 아주 가벼운 경련이 지나갈 뿐이었다.

그녀가 마치 그가 된 듯이 말을 이었다. 벌써 오래전에 버릇

이 돼버린 입속말이었다. "다른 사람들한테는, 다른 스님들한테는 소소계는 파하라 하셨지만…… 정작으로 내가 파할 수 있는 일이 없었습니다. 또 스님께서 파하신 일은 무엇이었습니까. 아무것도 없었습니다. 반야공般若空입니다. 스님……."

여진은 김삼수의 천도재를 지내고 난 뒤에 절을 떠났다. 그 김삼수에 대한 생각이 명치께를 턱턱 막고 드는 통에 절에서는 숨을 쉬고 살 수가 없었던 것이다. 게다가 소문이 나고 있었다. 용담 수좌는 그녀의 마음을 알고서도 말리지 않았다.

용담 회주는 아직도 걱정하는 듯이 여진의 명치께를 바라보고 있었다. 아까부터였다.

그녀의 서방인 김삼수의 주검이 비자나무 숲에서 발견된 까닭이었다. 행방불명된 그였다. 대중공사 끝에 뜻이 모아져서 스님들이 봄을 맞아 울력을 나갔을 때였다. 그런데 그동안 쌓인 낙엽 속에서 엉뚱하게 그가 나타난 것이었다.

그동안 깨끗이 육탈된 그는 두 가지 징표를 갖고 있었다. 신분과 사인이었다. 도민증과 총알이었다. 총알이 아홉 개나 됐다. 신고를 받고 출동한 경찰들이 그것들을 수습해간 뒤에, 곧 주지 스님에게 알려왔다. 김삼수가 인민군의 다발총에 사살되었다고.

여진은 서방이 왜 거기까지 와서 그런 일을 당했을까 했다. 그때 퍼뜩 떠올랐다. 인민군 스무 명쯤이 민간인들을 앞세워 몰려와 절을 접수했을 때가 있었다는 것이었다. 스님들이 모두 거처에서 쫓겨나 불전과 명부전에서 지내고 있었다고 했었다.

주지 스님 덕에 오래가지 않아서 그들이 물러갔지만 그런 일이 있었던 것이다.

그들의 소행이라는 것을 확실하게 말해 주는 움직일 수 없는 증거도 있었다. 바로 불전의 통판 문짝들이었다. 그것들을 뜯어내다가 어딘가에 참호를 판 뒤에 지붕으로 덮었다는 말이 절집 안에 오랫동안 돌아다녔던 것이다. 비용이 없어서 문짝을 새로 해 넣는 데 시일이 많이 걸렸기 때문이기도 했다.

김삼수는 젖어미로 들어간 아내가 돌아올 줄 모르고 머물러 있자, 절을 찾아오는 길이 아니었겠는가. 아무리 시가 사람들이 그녀에게 아기를 날려버린 책임을, 죄를 씌워 놓았다 해도, 그의 아내는 아내였다.

백날에 걸려 정조를 한다 해도 눈썹 하나만큼도 소용이 없는 일이었습니다. 반상합도反常合道라 하셨지요? 왜 나는 그렇게 살지 못했을까요…… 혼잣말을 해놓고 여진이 용담 회주를 보았다. 제 생각에 빠져 있던 그녀였다.

그가 가만가만 머리를 끄덕이는 것 같았다. 얼굴에 엷게 뿌려 놓은 분가루 같은 웃음기가 배어나 있는 것 같기도 했다.

그녀는 찬찬히 용담 회주를 보았다. 조용했다. 두 손을 무릎에 두고 바로 앉아 있는 그의 모습이 너무나 고요했다.

"스님, 용담 회주님……."

여진이 가만히 불러보았다. 그는 대답이 없었다. 속삭이듯이 불러보았다. 여전히 대답이 없었다. 미동도 하지 않았다. 고요였다. 여진은 늪 같은 그 고요 속에 빠져들었다. 눈썹 하나만 좌복 위에 떨어진다 해도 천둥소리가 날 것 같은 고요 속이었다.

밖에서 인기척이 났다. 용담 회주가, 세 시쯤에 시간이 나면 올라와 보라 했던 석우 주지였다.

작품 해설

잃어버린 시간

만해축전 제20회 유심작품상 수상작

불호사佛護寺

기록과 소문

잃어버린 시간

장영우 문학평론가·동국대 명예교수

이상문의『잃어버린 시간』은 한 관광객의 우즈베키스탄 여행기와 자술서의 이중 서사 구조로 이루어진 소설이다. 한 인물이 자기가 태어난 곳을 떠나 타지를 떠돌며 체험한 사건과 깨달음을 다룬 소설을 여행소설이라 한다면, 그 범주에 포함되지 않는 소설을 찾는 게 오히려 더 어려울지 모른다. 비근한 예로, 서구문학의 원조라 일컬어지는『일리어드』·『오딧세이』는 고향을 떠나 전쟁에 참여했던 작중인물의 파란만장한 이국 체험과 귀향의 대서사이며,『홍길동전』역시 집을 나와 활빈당의 두령이 된 주인공이 마침내 우산국을 건국한다는 이야기다. 이들 작품이나『걸리버여행기』등이 작가의 직접적 체험보다 상상력에 더 크게 의존한 작품이라면, 염상섭의『만세전』은 작가의 일본 유학 체험에 크게 의존한 소설이다. 1990년대 이후 해외여행에 대한 규제가 완화되면서 한국인의 해외여행은 폭발적으로 증가하고, 이에 따라 해외여행 체험을 다룬 문학작품도 다양한 양상으로 발표된다.

이상문의 『잃어버린 시간』은 8박 9일 동안의 우즈베키스탄 관광을 표면 서사로 하고 있으나, 작중인물이 큰할아버지의 행적을 탐색하는 과정에서 맞닥뜨리는 여러 사건을 진술서라는 양식으로 기술하고 있고, 그것이 한국 역사와 간과할 수 없는 연관을 맺는 내면 서사가 밝혀지면서 소설적 재미와 감동이 배가된다.

『잃어버린 시간』은 2019년 9월 17일 자정이 가까운 무렵 타슈켄트 공항에서 화자가 우즈베키스탄공화국 국가보위부 요원에게 임의동행 형식으로 연행당하는 장면으로 시작한다. 국가보위부 3국 소속이라고 자신의 신분을 밝힌 차이코 마르크는 작중 화자 김태수의 행적을 문제 삼으며 자술서 쓸 것을 요구한다. 이 소설이 김태수의 여행기이면서 자술서라는 독특한 서사구조로 진행되는 것도 이런 사정과 관련된다.

자술서自述書란 "어떤 사건에 관하여 피의자나 참고인이 자신이 행하거나 겪은 것을 진술한 글"로 '자기 진술서'의 줄임말이다. 이에 반해 조서調書는 "법원 또는 그 밖의 기관이 작성한 문서"로 행위 주체와 성격이 자술서와 전혀 다르다. 자신의 행위를 제삼자가 조사해 기록하는 조서에 비해 자기 행위를 자신이 직접 기술하는 자술서가 사건 당사자에게 좀 더 유리할 것처럼 보이기 때문이다. 마르크가 김태수에게 자술서 기술記述

을 요구한 것은, 다음 날 한국으로 귀국해야 하는 여행 일정상 직접 조사할 시간이 절대적으로 부족했기 때문이기도 하지만, 김태수의 행적을 본격적으로 문제 삼아 사태를 키울 의도가 없었기 때문이라 할 수 있다. 실제로 이 사건은 김태수가 3년 동안 우즈베키스탄 입국 불가 판정을 받는 것으로 종결되고 그는 무사히 귀국행 비행기에 오른다.

마르크가 김태수의 자술서에서 확인하려는 내용은 크게 네 가지다. 첫째, 개인적으로 가이드를 고용해 탈라스 전투지를 방문한 까닭. 둘째, 사마르칸트 광장에서 자국의 국부國父 구르간 아미르(Gurkān amir)를 모독한 경위. 셋째, 탈라스 전투 유적지 가이드 아르쳄과 '안디잔 사태'에 대해 이야기를 나눈 정황. 넷째, 사마르칸트카키드 공장에서 큰할아버지 행적을 집요하게 추적한 이유 등이 그것이다. 구르간 아미르 모독과 '안디잔 사태' 관련 이야기는 우즈베키스탄 내부의 정치적 사정과 관련한 내용이어서 보위부에서 예민하게 반응할 수 있을 것 같기도 하지만, 탈라스 유적지 방문과 '김태수'(화자의 이름과 그의 큰할아버지 이름이 동일하다. 따라서 이 글에서 화자는 김태수, 큰할아버지는 '김태수'로 구분해 표기한다)의 행적 추적은 개인적 관심사여서 보위부 개입이 쉽게 납득되지 않는다. 하지만 이 모든 것들이 제지製紙 기술, 다시 말해서 '종이'와 관련되어 있다는 중층구조가 양파껍질 벗겨지듯 하나씩 드러나면서 소설의 긴장감이 한층 고조된다.

20대 후반(만 28년 10개월)의 청년 경찰관 김태수는 8박 9일 간 우즈베키스탄 휴가 여행을 떠난다. 99세의 고령으로 죽음을 목전에 둔 할아버지의 평생소원을 풀어드리는 한편, 그를 통해 자신의 미래를 결정하려는 의도에서다. 그의 조부 김경수는 함경도 회령 출신으로 6·25 종전 후 북한군 반공포로로 남한에 정착해 갈 데 없는 남녀를 아들딸처럼 키우다 결혼시키고 그들과 함께 가업을 이어 나간다. 반공포로로 풀려난 김경수는 우연히 문경 농암천 계곡에서 닥나무 군락지를 발견하고 그곳에 제지소를 차린다.

김경수의 조부 시절부터 시작한 제지업은 닥나무 껍질을 오직 사람의 손으로만 가공해 한지를 만드는 전통 방식으로, 최근에야 비로소 그 진정한 가치를 인정받는다. 김경수의 농암제지소 한지韓紙는 조선왕조실록 복원과 루브르박물관 소장 고서 복원에 사용될 정도로 최고의 지질紙質을 지닌 것으로 평가받게 된 것이다. 그것은 김경수가 온갖 어려움과 유혹을 물리치고 전통 한지 제조 방식을 지켜온 결과라 할 수 있다. 그의 제지소에서 생산하는 한지는 1년에 1만 5천 장밖에 안 되지만, 그것은 중국이나 사마르칸트 종이와는 비교할 수 없을 정도로 뛰어난 품질을 지녀 서화가書畫家들이 특히 선호한다.

종이는 원래 중국의 채륜이 만들었다고 하여 '채후지蔡候紙'로 불리다가 '선지宣紙'로 명칭이 바뀌고, 사마르칸트에 전해져 뽕나무를 원료로 제작한 종이는 특별히 사마르칸트카키드

(kāghid: 종이)라 불린다. 종이가 우리나라에 전래된 시기는 정확하지 않으나 대체로 3~4세기 불교와 함께 들어왔을 것이라는 게 중론이다.

식물성 섬유소(셀룰로스, cellulose)가 주원료인 '채후지'는 책과 문서 제작에 쓰이는 평범한 종이지만, 닥나무껍질로 만든 우리나라 한지는 동양 서화書畫에 주로 사용할 만큼 고급지로 명성을 날린다. 뽕나무로 만드는 사마르칸트지는 양피지나 파피루스를 사용하던 중동 아시아를 거쳐 유럽 · 북아메리카 · 오스트레일리아까지 전해진다. 그런데, 중앙아시아에 속하는 사마르칸트에 제지 기술이 전해진 것이 당나라와 유목민 연합군의 전쟁 때문이라는 점은 아이러니가 아닐 수 없다.

751년 당나라와 유목민 연합군은 탈라스 전투에서 무슬림과 튀르크 연합군에게 무참히 패했다. 그때 당나라 군대의 장수는 패배를 모르는 장군으로 위세를 떨치던 고구려 유민 출신 고선지 장군이었다. 장안에서 시작해 비단길을 따라 줄기차게 뻗어오던 당나라의 서진은 그곳에서 끝났다. 전투에서 승리한 무슬림군은 한발 더 나아가 당나라군이 그곳에 전파한 불교를 뿌리까지 뽑아냈다. 대신 승자의 종교인 이슬람교를 심었다. 그리고 사로잡은 당나라군 속에서 뜻밖에 제지 기술자들을 찾아냈다. 사마르칸트에 제지소를 세워 종이를 생산했다. 그럼으로써 수제지의 제지술이 양피지나 파피루스를 사용하던 중동 아시아를 지나 유럽으로 가는 다리를 놓게 되었다.

사마르칸트지는 양피지에 비해 훨씬 편리했고 가격도 아홉 배나 저렴해 빠른 기간에 양피지와 파피루스를 대체한다. 그리하여 11세기 무렵 이탈리아와 스페인으로 전파되고, 17세기 말에는 노르웨이, 북아메리카까지 제지술이 전해진다. 이에 비하면 우리나라에 제지술이 전해진 것은 사마르칸트보다 3백 년, 유럽에 비해서는 7백 년 이상 앞선 시대였다. 뿐만 아니라 우리나라 제지 장인들은 닥나무껍질을 가지고 세계 최고의 종이를 만들어 내는 독창적 기술을 개발한다.

하지만 사마르칸트 제지소에서 종이를 만드는 과정을 지켜본 김태수는 깜짝 놀란다. 그들의 공정은 할아버지의 전통 한지 제조법과 달리 '물질'이 생략되었기 때문이다. 사마르칸트 제지공장이 종이를 제작하는 데 편법을 사용한다면 김태수 할아버지의 농암제지소는 전통 방식 그대로 재현한다는 점에서 뚜렷이 구분된다.

김태수가 탈라스 전투 유적지를 찾은 것은, '김태수'가 '페이퍼로드'의 시작점이었던 그곳에 들렀을지 모른다는 생각에서였다. 회령에서 제지업을 하던 '김태수'는 부친이 일경의 고문으로 사망하자 일경 오빠시를 때려죽인 뒤 블라디보스토크로 도주한다. 그곳에서 제지업으로 터를 잡은 '김태수'는 동생 김경수를 불러들이고 고향의 노모마저 모셔 오리라 결심한다.

1937년 8월 30일 김경수가 고향 회령으로 갔다가 10월 15일 블라디보스토크에 돌아왔을 때 조선인 마을은 인적을 찾아볼 수 없는 곳으로 변해 있다. 17만 명이나 되는 조선인이 스탈린의 명령에 따라 중앙아시아 지역으로 강제 추방당한 것이다.

앞서 말한 것처럼, 작중화자가 국경을 넘어 카자흐스탄의 탈라스(현재 지명 '잠불'. 지금 해설을 쓰고 있는 나는 튀르키예 카이세리시市 탈라스라는 동네에 거주하고 있다. 이 또한 절묘한 인연이 아닌가 한다)를 찾은 이유는 "큰할아버지 김태수가 강제 이주 당시 중앙아시아에 도착했다면, 종이의 서진이 시작된 이곳을 찾았을까?" 하는 그럴듯한 추론에 따른 것이다. 할아버지가 천신만고, 악전고투를 이겨내며 전통 한지의 맥을 이어왔듯, 큰할아버지도 종이의 역사와 변천에 무관심하지 않았을 거라는 생각이었다.

탈라스 원정에 참여했던 당나라 제지공이 전쟁포로로 붙잡혀 사마르칸트지로 이슬람과 유럽의 기록 문화를 바꾸었다면, 6 · 25 반공포로 김경수의 농암제지소 한지는 조선왕조실록 · 루브르박물관 기록물 복원용 제지로 선택될 만큼 세계에서 가장 우수한 종이라는 명성을 얻으며 전통문화를 이어 나간다. 따라서 누구보다 가업의 의미와 가치를 잘 알고 있던 '김태수'가 탈라스 종이 역사에 대해 알았더라면 한 번쯤 들렀을 것이라 추론하는 것은 매우 합리적인 사고다.

그가 중앙아시아로 강제 추방당한 것은, "일본이 러시아의 극동지역을 침략할 것이라는 소문이 돌면서, 일본 거류민의 간첩 활동을 사전에 방지한다는 차원에서 조선인을 강제 이주"시키려는 스탈린의 정책 때문이었다. '김태수' 역시 넓은 의미의 전쟁포로나 진배없는 처지였으므로, 탈라스는 전쟁포로의 종이 제작이 시작된 곳이란 점에서 화자의 가계(가업)와 긴밀한 연관을 맺는 역사적 장소라 할 수 있다.

우즈베키스탄 여행 공식 일정에는 사마르칸트카키드 제지소 방문이 포함되어 있고, 그곳에서 김태수는 제지소장 자리프에게 '김태수'의 행적을 찾아 이곳에 왔노라며 도움을 요청한다. 김태수는 여행을 오기 전 한국 외교부 민원실로부터 1937년 고려인 강제이주 당시 블라디보스토크역 출발자 명단에 '김태수'란 이름이 등재되어 있지만, 정작 중앙아시아 도착자 명단에는 없다는 사실을 확인한 터였다. 삶의 의지가 강한 '김태수'가 타슈겐트역이 아닌 다른 곳에 내렸을지라도 이곳 사마르칸트에 왔을 거라는 작중 화자의 말에 자리프는 누군가와 전화 통화를 한 후 3년 전 고려인 신문에 실린 광고 스크랩을 꺼내 보인다.

광고 의뢰인은 놀랍게도 "농암제지소 관리인 김영식"으로 되어 있는데, 화자의 아버지(김영식)는 가족 모르게 이곳에 와 12차례나 신문광고를 냈으나 아무 성과도 얻지 못했던 것이다. 자리프가 무언가 숨기는 게 있다고 판단한 화자는 그와 언쟁을 벌이지만, 자리프는 "일이 잘못되면 힘들어지는 사람은 바로 나"라며 화자를 내쫓다시피 한다.

　김태수와 면담을 하며 전화 통화를 했던 인물이 차이코 마르크였다는 사실은 자술서를 다 쓴 뒤 김태수와 마르크의 대화를 통해 밝혀진다. 탈라스 전투 유적지의 가이드 아르쳄과의 대화도 일부 도청된 것으로 드러나는데, 이것들은 우즈베키스탄의 정치적 상황을 간접적으로 알려주는 징표로 기능한다.

　김태수를 비롯한 우즈베키스탄 관광단이 사마르칸트 비비하눔(튀르키예어에서 '하눔hanım'은 '여성'을 뜻하며 이름 뒤에 이 말을 붙이면 존칭의 의미를 갖는다) 모스크를 방문했을 때 관광객과 가이드 사이에 잠시 말다툼이 벌어진다. 가이드 막달레나가 구르간 아미르를 칭송하자, 관광객이 한국의 관광안내서에서 본 내용과 다르다고 반박하면서 고성이 오간 것이다.

　막달레나는 구르간 아미르가 30여 년간의 전쟁에서 승리하여 "서쪽으로는 소아시아의 지중해에 접한 동부지역까지, 동쪽으로는 차가타이한국과 북인도까지, 북쪽으로는 캅카스와 킵차크한국까지" 영토를 넓혀 '국부國父'로 칭송받는다며 관광객의 박수를 유도한다. 그러자 누군가가 "그러니까 티무르가 바로 저 탑 꼭대기에서 애첩인 비비하눔을 떨어뜨려 죽였다는 것이죠?"라고 의문을 제기하였고, 막달레나가 "어디서 개가 풀 뜯어 먹는 소릴 합니까?"라고 발끈하면서 갑자기 분위기가 냉랭해진다.

　관광객과 가이드 사이의 이러한 충돌은 웬만해선 발생하지 않는 불상사이지만, "구르간 아미르 장군을 티무르라고 불러선 안 된다고 주의"를 준 상황에서 그를 모독하는 것으로 오해할 만한 이야기가 나오자, 막달레나가 황급히 사태를 무마하려 한 것이다. 이런 광경을 지켜보며 김태수는 자신이 독재국가에 와 있다는 사실을 절감한다.

구르간 아미르, 술탄 티무르는 가혹한 정복자였다. 관개시설을 철저히 파괴하고 비옥한 땅을 황야로 만들었다. 저항하는 도시에서는 남녀노소를 가리지 않고 모두 죽였다. 마구 자른 사람들의 목으로 탑을 쌓을 정도였다. 어느 점령지에서는 항복한 적병들까지 모조리 죽였다. 그것도 모자라 성문 앞에 죽인 적병들의 머리를 절단해서 산처럼 쌓아놓고 주민들을 겁주었다. 어느 점령지에서는 적병들을 생매장해서 그 위에 성벽을 쌓기도 했다. 티무르가 죽은 지 6백 년이 지난 지금에 와서 그런 사람을 국부로 내세우고 자랑하는 이유가 무엇인가.

역사적 인물에 대한 평가는 시대와 상황, 관점에 따라 얼마든지 달라질 수 있다. 그러나 그것은 의사 표현의 자유가 보장되는 자유민주주의 체제에서나 가능한 이야기다. 달리 말해 독재국가에서는 특정한 역사적 인물에 대한 비판이 일절 허용되지 않는다. 우리나라에서는 과거 역사적 인물이나 전직 대통령에 대한 긍정적·부정적 평가가 모두 가능하지만, 공산주의 체제에서 최고 권력자를 비판하는 행위는 자신의 목숨은 물론 멸문지화를 초래할 수도 있을 중대 범죄로 처벌될 것이기 때문이다.

막달레나는 구르간 아미르를 '장군'이라 호칭하는데, 이런 태도는 화자의 탈라스 전투 유적지 가이드 아르쳄에게서도 확인할 수 있다. '아미르(amir, emir)'는 이슬람의 왕이나 왕족, 혹은 지휘관을 지칭하는 명사다. 그런데 막달레나가 굳이 '구르간 아미르 장군'이라고 호칭하는 심리적 배경에는 그의 신분을 낮춰 무시하려는 의도가 개재되어 있다고 보인다.

아르쳄은 구르간 아미르 '장군'이 정벌을 나갔을 때는 당나라가 석국石國을 복속시킬 때보다 훨씬 잔혹하게 사람을 죽였다면서, 우즈베키스탄이 소비에트연방에서 독립한 뒤 지금까지 1인 장기 집권체제가 지속되는 자국의 정치적 현실 상황과 2005년 5월의 '안디잔 소요 사태'에 대해 은밀히 털어놓는다.

"안디잔은 인구 35만 명의 작은 도시입니다. 현지 당국이 23명의 무슬림 사업가들을 헌법 파괴 및 범죄단체 구성 혐의로 재판에 넘기자, 이들을 지지하는 한 떼의 무장세력이 교도소를 습격했답니다. 수천 명의 재소자가 교도소를 탈출하면서 곧 소요가 일었고요. 정부는 과격 무슬림 세력의 테러라고 밝혔지만, 시민들은 결코 그렇게 믿지 않았습니다. 무슬림 카리모프 대통령의 장기집권과 정치탄압에 맞선 민주시민의 봉기라고 여기고 있지요. 정부는 사망자 수를 187명이라고 발표했습니다. 실제로는 천 명이 넘을 것이랍니다. 외신기자들이 인디잔 15학교에서 목격한 시신만 5백 구라고 보도했으니까요. 대학생이던 제 큰형도 거기서 죽었습니다. 나중에 시 외곽의 빈터에서 형의 시신을 찾았지만, 곁에는 군대의 총이 놓여 있었습니다. 학생들을 폭도로 몰아붙이기 위해서 군인들이 곁에 놓아둔 총이라고 어떤 이가 조심스럽게 귀띔해 주었습니다."

아르쳄의 말을 듣고 김태수는 반사적으로 "1980년 광주에서 일어난 일"을 떠올린다. 하지만 화자는 그 일을 더 깊이 생각하려 하지 않고, 아르쳄 또한 카리모프가 어바웃닷컴(About. com)에서 아시아 최악의 독재자 가운데 하나로 뽑혔다는 얘기를 끝으로 대화를 마친다. 앞서 말한 것처럼, 구르간 아미르를 '장군'으로 부르는 배경에는 가혹한 정복자 구르간 아미르를 술탄(왕)으로 인정하지 않겠다는 우즈베키스탄 지식인 계층의 강력한 저항 의지가 잠재해 있다.

탈라스 유적지에서의 화자-아르쳄의 대화, 그리고 비비하눔 모스크에서의 막달레나-한국 관광객의 말다툼 등을 통해 알 수 있는 것은, 우즈베키스탄이 소련 연방에서 독립했음에도 불구하고 27년 동안 1인 장기 독재 체제에 시달리고 있다는 것, 그리고 아르쳄과 같은 청년들은 현 체제에 강한 불만을 가지고 암암리에 저항하고 있다는 사실이다. 우즈베키스탄의 장

기간 1인 독재 체제와 '안디잔 소요 사태' 등은 어떤 면에서 우리나라의 특정 시기의 정치적 불행과 대단히 흡사한 것처럼 보인다. 이러한 유사성은 우즈베키스탄이 우리와 아무 인연이 없는 머나먼 이국異國이 아니라 멀게는 751년, 더 가깝게는 1937년 이후 한민족과 밀접한 연관을 맺고 있는 특별한 나라라는 의미로 다가온다.

751년 당나라 군대의 인솔자가 고구려 유민 고선지였고, 1937년 스탈린의 고려인 강제 이주 정책으로 중앙아시아에서 터를 잡은 후손들이 지금도 '카레이스키(고려인)'라 불리며 살고 있기 때문이다. 막달레나는 김씨 성을 가진 20대 후반의 고려인 3세로, 국가 공인 가이드 자격증을 가진 두 명의 고려인 가운데 한 사람이란 자긍심과 경력 5년의 관록으로 관광객을 안내한다.

그녀는 비비하눔 모스크에서 관광객들과 잠시 언쟁을 벌였으면서도 은연중에 뼈 있는 말을 관광객들에게 들려줄 만큼 강단 있고 자기주장이 분명한 성격으로 그려진다. 그녀는 다소 썰렁해진 분위기를 북돋우려는 듯, 양 떼 속에 섞여 있는 또 다른 동물을 맞추면 최고급 보드카 한 병을 주겠다는 퀴즈를 낸다. 관광객들 누구도 정답을 맞히지 못하자 막달레나가 내놓은 대답은 '염소'였다. 제자리에서만 풀을 뜯어 먹는 양과 달리 계속 이동하며 풀을 뜯어 먹는 염소를 양 무리에 섞어 놓으면, 양들이 염소를 따라 자리를 이동하며 풀을 뜯어 먹는다는 것이다.

"양들이 염소를 잘 따라다니면 풀이 생깁니다. 그럼 여러분이 저를 잘 따라다니면 뭐가 생기겠습니까?"란 그녀의 질문은 관록 붙은 가이드의 재치 있는 농담 같지만, 지도자를 잘못 만나 고통을 겪는 자신과 우즈베키스탄 대다수 국민, 더 나아가 그러한 독재 치하에서 신음하는 선량한 사람들에 대한 자기 연민의 언술로 들린다.

여행 마지막 날 밤, 막달레나는 김태수에게 부탁할 말이 있다며 자정에 만나자고 요청한다. "안전한 시간에 안전한 장소를 확보하기가 하늘의 별 따기"라는 말을 반복하는 그녀의 의도를 간파한 화자는 자정을 한참 넘겨서야 약속 장소에 도착한다. 그 자리에서 막달레나는 2년 전 여름 고려인 마을을 떠들썩하게 한 사건을 비밀스럽게 털어놓는다.

한국에서 온 김영식이라는 사람이 '김태수'를 찾는 광고를 냈으나 "사사로운 일에 동포들의 힘을 낭비하지 말자"라는 고려인협회의 결정에 따라 교민들이 '김태수' 찾기에 적극성을 보이지 않았다는 것이다. 카레이스키들은 협회의 결정에 별다른 이의를 제기하지 않는데, 그것은 오랫동안 그렇게 교육받았기 때문이다. 자신이 알고 있는 비밀을 털어놓은 막달레나는 김태수에게 감정을 앞세워 고려인 마을로 달려가 동네를 들쑤시는 일을 벌이지 말라고 간곡히 당부한다. 그리고 공항에서 김태수에게 아르쳄이 준비한 것이라는 서류 봉투를 몰래 건넨다.

김태수는 마르크의 강요에 따라 여행 기간 만났던 사람, 그들과의 대화 등을 상세히 자술自述한다. 애초에 마르크는 아르쳄과 김태수가 차 속에서 '안디잔 소요 사태'에 대해 나눈 얘기를 들었다며, "전국에 동시다발적인 소요 일으켜 국가 전복 음모 가진 내국인들 충동질하고 지원하는" 불순한 의도가 있는 게 아니냐고 다그친다. 김태수의 일거수일투족을 비교적 상세히 꿰고 있는 마르크의 의심을 벗기 위해서는 자술서를 신중하게 작성하지 않으면 안 된다. 자술서를 거짓으로 쓰면 금세 들통이 날 터이고, 사실을 있는 그대로 기술하면 아르쳄과 막달레나 등 우즈베키스탄의 젊은이가 심각한 위해를 입을 우려가 있기 때문이다.

김태수가 자술서 쓰기를 멈추고 고민하거나 내용을 수정, 혹은 삭제하는 부분이 대체로 아르쳄·막달레나와의 대화와 관련한 대목이라는 점이 그런 사정을 반영한다. 그러므로 그의 자술서는 사실이면서 상당 부분 사실과 어긋난다. 그의 자술서에 거짓은 없지만 일부 중요한 사실을 일부러 누락하거나 완곡하게 진술했다는 점에서 "어떤 사건에 관하여 피의자나 참고인이 자신이 행하거나 겪은 것을 진술한 글"이란 자술서의 본의에 부합하지 않는 것이다.

김태수의 자술서가 사실의 일부 누락 혹은 변조된 기술물記述物이라면, 그의 자술서를 검토한 뒤 석방하면서 마르크가 건네준 서류도 사실을 의도적으로 변조한 위서僞書다. 하지만 김태수의 자술서가 개인이 작성한 문서임에 반해 마르크의 서류는 국가 기관의 기록을 고의로 조작한 것이어서 그 성격과 의미가 전혀 다르다.

마르크가 김태수에게 건네준 서류는 '김태수'의 크로노야스크 제5수용소 이감 명령서와 반국가단체조직 및 내란음모선동죄로 5년 형을 선고한 재판기록 사본 등 정부의 공식 기록 사본이다. 이 사본의 기록을 그대로 믿는다면, '김태수'는 반국가단체조직 및 내란음모선동죄라는 무시무시한 죄목으로 5년형 판결을 받고 크로노야스크 제5수용소로 보내진 뒤 종적이 묘연해진 게 된다. 영어나 한글이 아닌 우즈베키스탄어로 쓰인 기록물을 상세히 검토할 수 없으나, '김태수'란 이름이 분명하므로 화자로서는 불신할 이유가 마땅치 않다. 하지만 우즈베키스탄 관광여행의 동행자가 뜻밖의 정보를 제공함으로써 마르크의 서류는 위조된 것임이 폭로된다.

여행 동행자 가운데 법무사로 활동하는 이가 우연히 김태수가 귀국 항공기 기내에서 보던 서류를 넘겨다보고 이상한 점을 발견한 것이다. 법무사로 일하며 온갖 서류를 다룬 그의 눈에 조잡하게 변조된 글자가 금방 눈에 띄었을 것은 당연한 일이다. 그의 충고에 따라 서류를 자세히 검토한 화자는 '김태수'란 이름이 다른 글자와 확연히 다른 것을 확인하고 분노한다.

아르쳄이 막달레나를 통해 김태수에게 전한 봉투에는 A4 석 장 분량의 볼펜으로 쓴 편지가 들어 있다. 그 편지에서 아르쳄은 김태수가 그토록 궁금해했던 '김태수'의 마지막 행적에 대한 정보를 알려준다. '김태수'는 1939년 12월 18일, 반국가단체조직법과 내란음모선동죄로 국가보위국에 체포된 지 한 달 만에 타슈켄트 교도소에서 교수형에 처해졌다는 것이다. 이런 정보는 마르크의 서류 내용과 크게 다르지 않지만, 문제는 마르크의 서류에서 '김태수' 이름이 변조(혹은 위조)됐다는 데 있다.

그리고 마르크의 서류는 국가 기관의 공식 문건이지만, 아르쳄의 편지 내용은 "……답니다, ……었다는 것이었습니다"란 서술어에서 알 수 있듯, 누군가의 전언傳言을 옮긴 형태로 진술되어 있다. 다시 말하여 마르크의 서류와 아르쳄의 편지는 '공식 기록(document)'과 '소문(rumor)'의 차이를 상징적으로 보여준다.

일반적으로 '공식 기록'이 사실(진실)을 말하는 데 반해 '소문所聞'은 말 그대로 확인할 수 없는 가담항설街談巷說로 치부되지만, '공식 기록'보다 '소문'이 사실(진실)에 더 가까운 경우는 인류 역사에서 비일비재하다. 『삼국사기』가 정사正史라면 『삼국유사』는 신이한 역사 이야기를 자의적으로 수집 분류하였다 하여 실증적 자료로서의 가치가 폄하되기도 한다. 이에 대해 퇴경 권상로는 "『삼국사기』의 상징적 수정과 『삼국유사』의 원형 그대로의 기록에는 커다란 탄력의 차이가 있어, 앞엣것은 뜨거운 물에서 건져낸 나물과 같은 데 비해, 뒤엣것은 논에 있는 미나리처럼 싱싱"하다고 갈파한 적이 있다. "예로부터 전해 오는 사적事績"이란 뜻의 '유사遺事'는 명나라 호응린에 의해 '소설小說'의 하위 장르로 구분될 정도로 이야기적 성향이 강하다. 하지만 『삼국사기』와 『삼국유사』는 대립·배척적 관계가 아니라 상호보완적 사서史書로 활용되는 사례가 적지 않다. 『삼국유사』에는 고대 역사적 사실과 사건이 일체의 윤색 없이 원형 그대로 보존되어 있는 것으로 이해되기 때문이다. 이와 유사한 이치로, 우즈베키스탄의 '안디잔 소요 사태'에 대한 정부의 공식 발표와 시중에 떠도는 소문, 구르간 아미르에 대한 국가 공인 가이드의 설명과 관광안내서의 기록, 그리고 1980년 광주에서 발생한 일에 대한 당시 '정부의 발표'와 '소문'으로 확산된 이야기의 차이 등은 '소문'의 의미를 새삼 성찰하게 한다. 민중에게 떠돌아다니는 소문은 그 어떤 권력도 막을 수 없다는 뜻의 '중구난방衆口難防·중구삭금衆口鑠金'이란 한자 성어는 '소문'의 의미와 전파력을 가장 잘 드러낸 언표라 할 수 있다. 이처럼 작가는 소설 결말 부분에서 마르크과 아르쳄의 문서(공식 문서의 사본과 볼펜으로 쓴 편지)를 나란히 배치함으로써 독자로 하여금 '기록'과 '소문'의 진실성을 깊이 있게 통찰하도록 부추기고 있는 것이다.

'김태수'가 1939년 반국가단체조직법과 내란음모선동죄로 체포, 교수형을 당한 게 사실이라면, 그가 저지른 행위가 무엇이었을까 궁금하지 않을 수 없다. 아르쳄의 전언에 따르면, '김태수'는 자신이 직접 만든 '종이'를 통해 스탈린 체제에 저항했다고 한다.

그가 말썽을 피우기 시작했다면, 그것도 이곳으로 강제 이주시킨 스탈린을 비방하고 나섰다면 어떻게 됐겠습니까? 거래 통제를 받는 기계제 종이가 아닌, 자기가 만든 수제 종이에 같은 글을 여러 장 써서 사람들에게 읽게 해 세력을 규합해 나가기까지 했습니다. 그러는 목적은 자신들을 떠나온 곳으로든 고국으로든 돌려보내 달라는 데에 있었습니다. 그러나 그것은 스탈린에 대한 저항이 분명했습니다. 그랬으니 그 끝이 어떻게 됐겠습니까?

요컨대, '김태수'의 죄명은 스탈린 비판과 대중 선동으로 요약할 수 있는데, 그의 저항 활동이 전적으로 벽보와 전단 등 종이를 수단으로 전개되었다는 점은 여간 흥미로운 사실이 아닐 수 없다. '김태수'가 고향 회령을 떠나 블라디보스토크로 이주한 것도 따지고 보면 종이를 이용해 "독립군을 지원해야 한다는 불온한 벽지를 써 붙였다"라는 혐의로 그의 부친이 일경의 가혹한 고문 끝에 목숨을 잃었기 때문이다. 그 종이가 하필이면 '김태수' 부친의 제지소에서 만든 것이었기에 의혹의 표적이 될 수밖에 없었다.

부친이 사망하자 '김태수'는 "오빠시라는 별명을 지닌 일경 놈 대갈통을 몽둥이로 냅다 갈"겨 죽인 뒤 블라디보스토크로

도피한다. 그리고 그곳에서도 독립운동가와 어울려 먹이고 재워줄 뿐 아니라 여비까지 보태주는 등 간접적인 독립운동에 참여한다. 이런 행적은 그의 올곧고 강직한 성격을 말해주는 동시에, 그가 종이의 가치와 의미를 얼마나 정확하게 이해하고 효과적으로 활용하고 있는가를 알려주는 사례다.

'김태수'는 일제와 스탈린의 폭압 정치를 벽보와 전단이란 종이 매체를 이용해 널리 전파하려 했고, 당국은 그 파급력을 두려워하여 그를 교수형에 처한 것이다. 이처럼 종이는 전언傳言과 소문으로만 떠돌다 그 형태와 의미가 아예 사라지거나 변질·왜곡될 수도 있는 이야기를 기록으로 남겨 변하지 않은 채 영원하고 널리 전해주는 문화적 발명품이다. 그러므로 종이에 기록되는 내용은 대체로 사실事實·史實과 진리에 관한 것이어서 전언(소문)에 비해 훨씬 강력하고 지속적인 영향력을 행사한다. 인간의 문화와 문명이 놀라운 발전을 지속할 수 있었던 것은 종이의 발명과 그를 활용하는 합리적 지혜 때문이었다고 말할 수 있다.

하지만, 종이의 '기록'이 독재체제의 폭력과 야만을 정당화하는 수단으로 전락할 때 '소문'이 본래의 기능과 힘을 되찾는다. 그러므로 우리가 하나의 사건을 정확히 파악하고 이해하려면 공식적 문건(기록)과 흔히 야담野談이라 일컬어지며 민중 사이에 전해지는 '소문'을 객관적으로 분석할 필요가 있다. 소설의 말미에 마르크의 문서와 아르쳄의 편지를 병렬해 놓은 작가의 의도 역시 이러한 서사 전략으로 이해할 수 있다. 마르크의 문서는 정부의 공식 서류지만 위서僞書인 데 반해, 아르쳄의 수기 편지는 떠도는 소문을 수집한 것 같지만, 진실에 가깝다.

그런 점에서 『잃어버린 시간』의 핵심어는 '종이'라 할 수 있거니와, '종이'가 소설가 이상문의 삶과 불가분의 관계에 있다는 사실을 알 만한 사람은 다 안다. 그는 대학을 졸업한 뒤 곧바로 제지업계의 사원으로 입사하여 평생을 종이와 관련한 업무를 처리하며 가정을 일구고 소설을 쓴 '페이퍼 맨(paper man, 製紙人)'이다. 그러는 동안, 내가 제대로 살피지 못한 탓도 있겠지만, 그가 '종이'를 소설의 제재나 주제로 다룬 문제작을 발표했다는 이야기를 딱히 들어본 적이 없던 것으로 기억한다. 『잃어버린 시간』은 오랜 동안의 제지협회 업무에서 벗어난 작가 이상문이 홀가분한 마음으로 '종이'의 기원과 역사, 그리고 한지韓紙의 우수성과 전통의 계승 등의 문제를 소설로 구조화하며, 제지와의 인연과 사랑을 나름대로 정리한 작품이라 할 수 있다.

이 소설이 전통 한지 제조의 어려움과 그 고난을 극복해 마침내 세계에서 가장 뛰어난 종이로 인정받는 김경수의 장인적 삶을 극적으로 형상화함으로써 종이에 대해 새로운 인식을 갖게 한 것만으로도 그는 평생 제지인製紙人으로서의 의무를 성실히 마쳤다고 할 수 있을 터이다. 이상문은 종이에 대한 자신의 지식과 애정, 그리고 우즈베키스탄 여행에서 확인하고 체험한 여러 사건과 자료를 뛰어난 이야기꾼의 장인적 솜씨를 발휘하여 항아리 하나를 잘 빚어 놓은(The Well Wrought Urn) 것이다.

이 소설에서 사마르칸트지 제지방식의 문제점이나 마르크 문서의 위조 같은 것은 종이 혹은 문서를 대하는 이들의 인식과 가치관의 문제일 뿐 종이의 본질과는 전혀 무관하다. 오히려 작가는 사마르칸트지와 농암제지소의 한지, 마르크의 문서화 아르쳄의 편지를 대조함으로써 종이의 가치를 역설적으로 강조한 것으로 볼 수 있다.

이상문의 초기 문제작 『황색인』에서 보았듯, 그는 월남전 참전용사 이야기를 다루면서도 월남의 비극적 현실이 한국 상황과 크게 다르지 않음을 역설하는 독특한 상상력으로 주목받은 바 있다. 『잃어버린 시간』의 핵심 서사를 전쟁 포로의 종이 제작과 독재체제에서의 민중의 희생과 저항으로 설정한 것은 우즈베키스탄과 한국의 현대사가 일정 부분 닮아 있다는 역사적 상상력에 바탕으로 한 것이다. 이러한 역사적 상상력은 월남과 한국, 우즈베키스탄과 한국만의 우연한 사건의 일치가 아니라, 인간사가 본래 인드라망 같은 인연의 촘촘한 그물에서 한 치도 벗어나지 않는다는 폭넓은 연기관에서 비롯한 것이 아닌가 한다.

김태수와 헤어지기 전 막달레나는 "80년 전에 큰할아버지가 걸었던 길을 찾고 있는 김태수 모습에서, 잃어버린 길을 찾아나설 용기를 얻었"다고 고백한다. 독재 치하를 살아가는 아르쳄과 막달레나는 마치 사막에 굴러다니는 회전초나 두가이(소나무)와 같은 운명을 지니고 태어난 존재라 할 수 있다. 그 식물들은 얼핏 보기에 다 말라 비틀어 죽은 것 같지만, 봄에 새파랗게 되살아나는 강인하고 끈질긴 생명력을 가지고 있다.

막달레나와 아르쳄은 우즈베키스탄 독재체제에서 교육받은 대로 말하고 행동하는 듯하지만, 내면에서는 강한 저항 의지를 키우고 있는 것으로 그려진다. 김태수와 막달레나·아르쳄은 관광객과 가이드라는 서로 다른 신분으로 '길'에서 우연히 만났으나, 일본제국주의와 스탈린 독재체제에 저항하다 무참하게 살해당한 조상을 찾는 김태수와 소극적이나마 우즈베키스탄 독재정권에 저항하며 때를 기다리는 막달레나·아르쳄은 서로가 같은 길을 가는 운명공동체라는 사실을 깨닫는다.

그들이 걷고자 하는 길은 셀린 디온(Celine Dion)의 노래〈사랑의 힘(The Power of Love)〉가사 "우린 지금 가 보지 못했던 / 어떤 곳을 향해 가고 있어요 / 나는 두렵기도 하지만 / 나는 사랑의 힘을 배울 준비가 돼 있어요"처럼 아직 가 보지 못한 미지의 길이지만, 이미 많은 선배가 걸어갔던 정의와 진리의 길이다. 그 길은 막연한 희망과 공상으로 갈 수 있는 게 아니라 넘어져 깨지더라도 직접 길을 걸어야 목적지를 알 수 있고 마침내 도달할 수 있는 형극荊棘의 순례길과도 흡사하다.

막달레와 아르쳄이 김태수에게 자신들이 걸어갈 길에 대해 굳은 약속을 한 것과 김태수가 여행을 떠나기 전 할아버지에게 보낸 편지에서 가업을 잇겠다는 암시를 던진 것은 절묘한 수미 상관의 구조라 할 수 있다. 그들은 비록 길에서 우연히 만난 타인이지만, 그 짧은 만남을 통해서나마 상호 신뢰와 함께 동지적 유대감을 확인할 수 있었던 것이다.

김태수가 마르크의 사무실에서 자술서를 쓰며 보았던 반 고흐의 〈귀 잘린 자화상〉은 고갱과 헤어진 후 자신의 귀를 자르고 그린 일화 때문에 더욱 유명해진 그림이다. 고흐와 고갱은 함께 그림을 그리며 뜨거운 우정을 나눴지만 서로 다른 예술관으로 결국 비극적인 이별을 한다. 고흐가 사물을 있는 그대로 그리려 했다면 고갱은 사물의 현재 모습보다 상상력으로 재구한 형상에 더 매력을 느꼈기 때문이다. 두 사람의 예술관은 어느 것이 옳고 그르냐의 문제가 아니라 세상과 사물을 바라보는 관점의 차이로, 약간의 변화는 있을지언정 지금도 반복되고 있는 예술의 주요 쟁점이다.

이상문이 고흐의 〈귀 잘린 자화상〉 에피소드를 굳이 삽입한 까닭은 자신의 문학관이 그와 같다는 점을 암시하기 위한 것이라 보인다. 그것은 작금 우리 소설이 한국 현대사의 비극과 정체성, 혹은 당대 사회현실에 대한 예각적 비판과 거리를 둔 채 미시 서사에 침잠하는 일부 흐름에 대한 우려와 함께, 『잃어버린 시간』의 주요 작중 인물들처럼 자신의 길을 굳건히 가겠다는 확고한 의지의 표현으로 이해된다.

김태수의 할아버지는 손자의 편지를 받고 편안한 마음으로 형 '김태수'와 어머니, 그리고 70년 전에 헤어진 아내와 두 딸을 만나러 갈 수 있었을 것이다. 중국의 '채후지'가 탈라스에서 사마르칸트지로 거듭나듯, 회령의 제지기술은 농암에서 김경수와 아무 혈연관계가 없는 김영식·임양숙 부부에게로 전해지고 마침내 김태수가 가업을 잇기로 약속하면서 세계 최고의 종이 명맥이 계승될 것이 분명해졌기 때문이다.

방생과 자비

만해축전 제20회 유심작품상 수상작
불호사佛護寺

장영우 문학평론가 · 동국대 명예교수

　이상문 소설을 면밀히 살펴본 평론가들은 그를 '이야기꾼'이라 부르는 데 별다른 이견을 달지 않는다. 소설의 우리말 표현이 이야기이므로, 소설가를 이야기꾼이라 부르는 게 당연하지 않은가 할 수 있으나, 사정은 그렇게 단순하지만은 않다. 우리 소설계에서 '이야기꾼'이라 불리는 작가는 박완서 · 이문열 등 극히 소수에 지나지 않기 때문이다. 박완서 소설 문체를 '천의무봉'에 가깝다고 하거나 이문열을 '능란한 이야기꾼'이라 일컫는 것은 그들 작가와 작품에 대한 최대의 찬사가 아닐 수 없다. 그런 점에서 일부 평론가가 이상문에게 부여한 '이야기꾼'이란 호칭은 그와 그의 소설에 대한 가장 적확한 평가라 할 수 있을 터이다.

이상문은 1983년 「탄흔彈痕」으로 등단한 뒤 40년 동안 쉬지 않고 소설을 써온 작가다. 그와 비슷한 연배 작가 가운데 지금까지 현역으로 활동하는 이는 다섯 손가락으로 꼽을 정도도 안 된다. 더욱 놀라운 것은, 이상문은 40년 동안 꾸준히 소설을 써왔을 뿐만 아니라, 대학 졸업 후 입사한 직장에서 지금까지 근무하는 현역이라는 사실이다. 우리나라의 내로라하는 작가들이 젊은 시절 직장을 다니다가도 소설 창작에 몰두하면 '전업 작가'로 전환하는 게 일반적 경향이었는데, 이상문은 그런 시류에 아랑곳하지 않고 직장생활과 소설 창작을 병행하는 놀라운 뚝심을 보여 주었던 것이다. 그런 가운데 그가 『황색인』 『태극기가 바람에 펄럭입니다』 『방랑시인 김삿갓』 등 역작과 대하소설을 꾸준히 발표했다는 것은 실로 경이驚異에 가까운 일이 아닌가 한다. 그가 동년배나 선후배 작가처럼 오직 소설 창작에만 전력했으면 어떤 결과가 나왔을까 궁금하기도 하지만, 그것은 부질없는 생각이다. 그는 성실한 생활인이면서 진지한 소설가로 40년을 버텨왔고, 앞으로도 계속 소설을 쓰는 '이야기꾼'으로 남을 것이다.

이상문 소설에는 월남전을 다룬 작품이 꽤 많고, 그것들이 문학계와 일반 독자에게 좋은 반응을 얻었다.

월남 파병군에서 취재한 것은 기성작가 작품에도 더러 있었지만 크게 성공한 소설은 없었던 것으로 안다. 그만큼 「탄흔彈

痕」은 돋보인 작품이었다. 그것은 작품의 시선이 월남에만 국한하지 않고 '나'의 과거인6·25 때 어머니의 인생을 조명함으로써 더욱 효과적이었으며 진주군과 현지의 여성 관계, 그리고 그들 사이에 태어난 아이를 부각함으로써 강한 주제를 의식게 한다.

윗글은 이상문의 등단작 「탄흔」의 심사평으로, 1980~1990년대 그의 소설의 큰 흐름을 규정하는 언표가 된다. 1980~1990년대 이상문 소설은 6·25와 월남전의 대비, 해방 후 좌우익 대립과 분단, 대학 민주화 투쟁, 노사갈등 등 한국 현대사의 가장 예민한 문제를 사회학적 상상력으로 재구성한 작품이 대종을 이룬다. 그런 점에서 작금 불교소설을 잇달아 발표한 것은 다소 뜬금없는 방향 전환이라 볼 수 있으나, 그는 1985년 「방생放生」에서 이미 불교적 생명 존중 사상과 자유를 자기 소설의 가장 중요한 화두로 가슴 깊이 갈무리해 놓고 있었던 것으로 보인다. 따라서 2022년 유심작품상 수상작 「불호사佛護寺」를 제대로 이해하기 위해서는 「방생」과 「손님」을 개략적이나마 먼저 살펴보는 게 올바른 순서라 보인다.

「방생」은 사월 초파일 한강에 방생한 물고기를 되잡아 판돈으로 동생의 미국 여권을 마련하려는 형의 이야기를 표층 서사로 하고 있다. 하지만 그 이면에는 4·19혁명에 참가했다 총상을 입고 불구가 된 사실을 철저히 은폐한 채 작은 출판사와 서

점을 경영하는 아버지, 대학 시위에 참여하여 실형을 선고받고 대학을 졸업한 뒤에도 번번이 취직에 실패하는 화자(정수), 역시 시위에 가담한 죄로 3개월의 실형을 받고 집안에 강제로 유폐되다시피 한 정길 등, 자유와 정의를 추구하다 공권력의 압제와 감시를 받으며 그릇된 선택을 한 가족의 비극적 삶이 숨겨져 있다.

아버지는 자신의 전력前歷이 아들의 미래에 장애가 될까 걱정스러워, 4·19에서 총상을 입은 사실을 숨겼고, 화자는 동생 정길만이라도 미국에 가 자유롭게 살기 바라는 마음으로 한강에 방생된 물고기를 되잡아 팔자는 친구 무한의 엉뚱한 계획에 동조한다. 하지만 정길은 위조여권을 만들려는 정수의 불법행위를 제지하기 위해 극단적인 선택을 함으로써 서사는 결정적 파국을 맞는다. 무한과 정수가 묵직한 그물에서 발견한 것이 방생용으로 팔 물고기가 아니라 동생의 주검이란 충격적 반전으로 소설이 종결되는 것이다.

「방생」의 세 부자는 자유와 정의를 위해 무도한 권력에 저항하다 치명적인 상처를 입거나 형벌을 받는다. 그러면서도 그들은 자기 때문에 다른 가족이 피해를 당할지도 모른다는 두려움에서 그들을 자유롭게 풀어줄 방법을 고민한다. 하지만 그들의 선택과 행동은 방생의 참된 의미에서 벗어난 것이어서 파탄에 이를 수밖에 없다. 4·19 총상을 숨긴 아버지, 정길에게 위조 미국 여권을 만들어 주려는 정수, 형의 잘못된 행동을 자신의 죽음으로 깨우쳐 주려는 정길의 선택은 가게에서 물고기를 구입해 한강에 방류하며 그것을 '방생'이라 자위하는 현대인들의 근시안적 행위와 별다른 차이를 보이지 않는다.

불교에서의 방생은 목숨을 잃을 처지에 있는 생명체를 더 자유로운 환경에서 살도록 풀어주는 자비행이지만, 불교계 일부에서 행해지는 연례적 방생 행사는 본질에서 벗어난 비인도적 상업행위에 지나지 않는다. 소설 「방생」에서 날카롭게 비판하고 있는 것처럼, 강에 방생한 물고기를 그물로 포획해 불자들에게 되파는 행위는, 생명을 살리는 자비행이 아니라 물고기를 이중삼중의 고통에 시달리게 하는 악랄한 살생 행위에 다를 바 없다.

「방생」의 무한과 정수가 한강의 물고기를 방생용으로 팔아 정길의 미국 위조여권 경비를 마련하려는 것은 방생과 자비, 자유의 정신을 곡해한 그릇된 행위다. 이와 함께, 형 정수의 반윤리적 불법 행위를 일깨우기 위해 스스로 한강에 투신한 정길의 마지막 행위 또한 불교의 생명 존중 사상과는 전혀 무관하다. 그런 점에서 「방생」은 오늘날 불교계 일각에서 행해지는 '방생'의 상업주의적 행태를 비판하면서, 가족의 자유와 안녕을 위해 부적절한 생존 방식을 선택할 수밖에 없는 지식인들의 고뇌와 갈등을 반어적으로 제시한 작품이라 할 수 있다.

「손님」은 제목 그대로 한 사찰을 찾아온 손님과 주지 및 그 절에 얽힌 인연을 전통적 서사 기법으로 형상화한 작품이다.

307

철우가 주지로 주석하고 있는 미륵사에는 뱀을 잡아 산 깊은 곳에 방생하는 독특한 관습이 있다. 그것은 뱀이 사찰을 오가는 차량 바퀴에 치여 죽는 것을 방지하기 위함인데, 철우의 사조師祖인 구담 때부터 시행되어 미륵사의 전통으로 정착된 것이다.

수행 납자衲子들은 절 문을 나갈 때도 유달리 올이 성근 짚신을 신었다 하거니와, 그것은 혹시라도 발에 밟혀 죽을 수도 있는 작은 생물을 보호하기 위함이다. 그런 점에서 차량에 로드킬 당할 수 있는 생명체를 안전한 곳에 옮기는 방생 행위는 이상할 게 없지만, 하필이면 그 대상을 뱀으로 한정해 독자의 궁금증을 유발한다.

미륵사에서 뱀 방생 작업을 시작한 것은 6·25 전쟁이 끝난 뒤 갑자기 뱀이 늘어났기 때문으로, 구담은 그 뱀을 전란 중에 억울하게 죽은 사람들 원혼의 환생으로 여긴다. 구담이 뱀 방생 사업을 시작하며 자주 인용했다는 "일기진심수사신(一起嗔心受蛇身, 한 번 성내고 뱀 몸을 받았다)"이란 구절은 금강산 돈도암頓道庵 홍도弘道 비구의 예화에서 차용한 것이다.

홍도는 몇 생애에 걸친 용맹정진 끝에 성불 직전에 이르렀으나 한 번의 화를 참지 못해 뱀으로 환생한 뒤, 자신의 일을 경계 삼으라고 꼬리로 글을 써 수행승에게 주었다는 설화의 주인공이다. 그러므로 구담이 사찰 주변에 갑자기 늘어난 뱀을 전쟁의 원혼으로 여겨 방생하기로 한 것은 수행자로서 지극히 당연한 행동이다. 그런데 50여 년 전, 뱀 궤짝을 등에 지고 산등성이를 넘던 행자의 뱀을 빼앗아 병든 노모의 약으로 썼던 사람이 미륵사의 손님으로 찾아와 예전의 잘못을 참회하고 아버지의 빚을 갚겠다고 고백하면서 소설의 주제가 명료해진다. 좌익이었던 그의 부친은 6·25가 발발하기 전해에 미륵사에 침입하여 구담에게서 큰돈을 취득하는데, 이 대목은 절 집안에서 잘 알려진 우화 스님 일화를 패러디한 것으로 보인다.

"그러면 내가 여기서 죽을랍니다. 식구들은 가만둬도 저절로 아파 죽고 굶어 죽을 테니까."

"그러든지 어쩌든지 처사가 알아서 해요. 그런데 나는 어쩔 건가? 죽일 건가?"

"아니요! 어째서 괜히 스님을 죽입니까? 저승 가서 죗값 치르기 싫습니다. 거기서라도 잘살아 봐야지요."

(……)

"허어! 사람이 어째서 이렇게 깝깝하단가?"

"돈을 거저 주지도 못한다, 뺏길 수도 없다 하는 스님 앞에서, 뭔 놈의 용빼는 재주가 있겠소? ……가만있어 봐라……그러니까 주지도 못하고 뺏기지도 않겠다면……, 않겠다면……, 그러면 조금만 빌려주시면 되겠다! 나한테 돈을 조금만 꿔주란 말입니다. 꼭 갚을 것이니까요. 약속합니다. 맹세합니다. 많이도 말고 백 원만 빌려주세요. 우선 요번 봄을 넘기고 보자니까요. 제

발……."

"그래? 그럼 빌려주지. 빌려가서 여섯 목숨 구하게. 그래야 내가 절 신도들한테 헐 말이 있지. 불사를 뒤로 미룬 이유를 말이여. 헛헛헛허…… 진작에 그렇게 나왔어야지!"

"갚겠다는 약속은 꼭 지키겠습니다. 스님! 백골난망입니다……."

－「손님」중에서

구담의 기지로 그는 도둑질 안 하고도 가족의 목숨을 지켰고, 그 아들은 미륵사의 뱀을 몰래 빼내 어머니 병을 치료했다. 그리고 사업에 성공해 큰돈을 번 그는 병들어 죽기 전에 미륵사를 찾아 옛날의 은혜와 빚을 갚겠다며 거액을 시주한다. 요컨대,「손님」은 불교의 생명 존중 사상이 나와 아무 인연 없는 타자를 위한 이타적 행위인 것 같지만 궁극적으로는 내 생명을 살리는 실천적 행위이며, 모든 게 질긴 인연의 소산임을 역설한 작품이다.

87세 여성(홍여진, 대덕행)이 아픈 다리를 끌고 불호사를 찾아가는 장면으로 시작하는「불호사」는, 98세 용담龍潭 회주와 여진의 대화를 통해 칠순에 접어든 석우石牛 주지의 출생 비밀을 밝히는 흥미로운 내용의 소설이다.

여진은 불호사에서 갓난아이의 젖어미로 들어가 20년을 지내다 절을 떠난 뒤 50년 만에 귀사歸寺하는 길이다. 그녀가 젖을 먹여 키운 아이가 석우로, 그는 호적상 김삼수와 홍여진의 아들로 등재되어 있다. 하지만 그의 친부모는 최 순경(최대길)과 박 양으로, 순천의 술집 작부였던 박 양(춘희)은 최 순경을 사랑해 1950년 7월 18일 경찰부대를 따라 산에 들어왔으나 사실은 빨치산이었음이 뒤늦게 밝혀진다. 최 순경은 박 양이 빨치산이란 사실을 알면서도 경찰에 고발하지 않았고, 그녀와 함께 산속에 숨어 지내다 출산이 가까워지자 불호사를 찾는다. 용담이 그녀를 주지실에 데려간 순간 아이를 출산했고, 사태를 파악한 주지 묵암은 용담을 마을에 내려보내 젖어미를 찾아오라 이른다. 전쟁이 한창 중이어서 아이를 낳고 젖 몇 번 물리지 못한 채 잃은 절통한 산모가 있을 것이라 생각한 묵암 노사의 예상은 적중한다. 열예닐곱의 새색시 여진이 젖이 퉁퉁 불은 상태로 용담을 따라 불호사에 와 갓난아이의 젖어미가 된 것이다. 용담이 여진을 데리고 뒷문으로 들어오자 미리 기다리고 있던 묵암 노사는 용담에게 "이 세상에 절이 있는 이유가 무엇이여? 이 개도 못 먹을 독덩어리 같은 인사"라며 불같이 노한다. 그러면서 젖어미가 일주문으로 당당하게 들어와야 할 이유를 알려준다.

"만행을 나설 때도, 부드러운 빗자루로 발 디딜 곳을 쓴 뒤에, 걸음을 내디디라 했제? 중이 첫째로 지켜줘야 헐 것이 뭣인가?……생명이란께! 그래서 이 시상에 절이 있는 것이고……전

311

쟁 치름시로 그것을 모르겄어? 사람 목숨이 하루살이 목숨 같은 것을 봄시로도……?”

“생명을 지킬라면 당당해사 써. 용감해사 쓴다고. 오해는 당당허지 못헌 디서 생기는 것이란께. ……앞길로 들어온 뒤에, 내일 혹간 누가 묻거든 말해줘부러. 지난밤에 주지실 앞에 강보에 싸인 업둥이가 울고 있었다고……. 책임은 내가 질 것인께로. 알겠는가?”

“소문이 날 텐디요?”

그는 그래도 미심쩍었다.

“우리 절 중들 중에서, 인민군이나 빨치산헌테 함부로 입 벌릴 중이 어디 있는가? 모두가 호되게 당해 봤는디…….”

그는 비로소 수긍할 수밖에 없었다. 곧 조용히 젖어미랑 절 밖으로 나갔다가 시킨 대로 앞길로 당당히 돌아왔다.

　–「불호사」에서

무고한 생명이 속절없이 죽어가는 전쟁을 지켜보며 생명의 소중함을 더욱 절실하게 느꼈을 용담은 자기 방문 앞에서 태어난 아이를 어떻게든 살려야 한다고 결심한다. 출가자 용담에겐 최 순경과 박 양의 신분이나 이념 같은 것은 전혀 관심의 대상이 못 된다. 그는 오직 어린 생명을 온전히 살려야 한다는 일념으로 젖어미를 구해 오라 시켰고, 갓난아이와 젖어미의 안전을 생각해 대문으로 들어오게 한 것이다. 절에 아이가 버려지는 일은 그리 낯선 일이 아니지만, 젖어미는 그렇지 않다. 남성 출가자가 수행하는 절간에 젊은 여성이 장기간 거주하기 위해서는 뚜렷한 명분이 필요했고, 업둥이를 기를 젖어미로 갓난아이를 잃은 산모를 선택한 것은 현명한 판단이었다.

부처님 가르침의 궁극적 목적은 온 중생의 성불이지만, 그것도 온전한 생명이 유지되어야 가능하다. 그런 점에서 "중이 첫째로 지켜줘야 헐 것이 뭣인가?……생명이란께! 그래서 이 시상에 절이 있는 것"이란 용담의 발언은 불교의 생명 존중 사상을 간단 직절하게 요약한 것이고, 용담이 주석하고 있는 사찰이 하필이면 '불호사佛護寺'인 것도 절묘한 명명命名이라 할 수 있다. '불호사'란 '부처님이 보호하는 절'이 아니라 '부처님의 가피가 가득한 절', 다시 말해서 '모든 생명을 보호하는 절'이란 의미로 해석할 수 있기 때문이다.

이 소설에 등장하는 인물은 모두 70대 이상의 고령자들이다. 가장 나이 어린 석우가 70세, 홍여진은 87세, 용담은 98세로 작중인물이 모두 노인인 것은 그들이 6·25를 직접 겪은 세대라는 사실과 무관하지 않다.

앞서 살핀 대로 석우는 1950년 전쟁 중에 불호사에서 태어나 70년 동안 그곳에서 지내며 주지가 된 생래의 '석종釋種'이고, 홍여진은 그에게 젖을 먹여 키운 어머니 같은 존재며, 용담은 그의 생명을 거두고 올바른 수행승으로 길러낸 은사恩師다.

홍여진이 절을 떠난 지 50년 만에 불호사를 찾은 까닭은 "부서진 수레는 구르지 못하고 늙은 사람은 닦을 수 없다"라는 편지 구절 때문이다. 원효의 『발심수행장發心修行章』에서 따온 이 구절은 촌음을 아껴 수행에 힘쓰라는 격려의 뜻이지만, 여진은 용담과 석우 두 출가자 가운데 한 사람이 중병에 걸린 것으로 판단하여 절을 찾는다.

여진을 본 용담이 70년 전 석우의 출생 비화를 회고하면서, 그의 부모 신분과 죽음, 여진의 남편 김삼수의 사인死因이 드러난다. 작부 출신 박 양을 사랑하였을 뿐만 아니라 자랑스러워하던 최 순경은 그녀를 따라 산으로 갔다가 박 양의 출산을 위해 불호사를 찾는다.

아이를 낳은 후 박 양은 다시 산으로 돌아가고, 절 부근에 숨어 지내며 가끔 아이를 살피던 최 순경은 어느 날 시체로 발견된다. 여진의 남편 김삼수는 아이를 잃고 젖어미로 간 어린 신부를 찾아 절에 오다 빨치산 총에 맞아 사살된다. 어찌 보면 여진은 자기 남편의 목숨을 앗은 빨치산의 자식을 젖 먹여 키웠다고 할 수 있으나 두 사람은 그런 사연을 전혀 모른다. 그것은 이 모든 사연을 알고 있는 유일한 증인이라 할 용담이 철저히 함구하며 지냈기 때문이다.

그런 용담이 여진과 석우 앞에서 옛이야기를 조금이나마 밝히는 것은, 석우가 인연에 떨어지거나 매달리지 않고 자유롭게 살기를 바라는 방생과 자비의 마음에서 기인한다. 방생이란 생명체가 자신에게 가장 적합한 환경에서 자유롭게 살아갈 수 있도록 모든 억압과 구속을 제거하는 행위로, 불교의 생명 존중 자비 사상의 직접적 실천이다.

옛날 백장 대사가 설법할 때 한 노인이 참석했다. 불러 연유를 물으니, 자신은 원래 이 산의 주지였으나 "수행을 크게 하면 인과에 떨어지지 않습니까?"라는 학인의 물음에 "인과에 떨어지지 않는다不落因果"라고 답해 여우의 몸이 되었다며, 올바른 대답으로 여우 몸을 벗어나게 해달라고 백장에게 간청했다. 백장이 "인과에 어둡지 않다不昧因果"라고 하자 절을 하고 돌아가 여우 몸을 벗어났다는 이야기가 『무문관無門關』에 전한다.

용담이 석우에게 유언처럼 남긴 "수레를 타고 갈람시로 미리 그것이 움직이는 이치까지 다 알고 난 뒤에사 타고 갈라고 허면 못 가는 것이여. 이왕에 수레를 몰고 가는 사람은 몰고 가는 일을 잘허고, 이왕에 수레를 타고 가는 사람은 닿어서 헐 일을 잘 허면 쓴다"라는 말은 인연에 얽매이지 말고 오직 수행에만 힘쓰라는 간곡한 가르침이다.

용담은 자신의 입적이 얼마 남지 않았다는 사실을 알고 석우의 출생 비밀을 간략히 알려주면서도, 건강하게 살아 있는 지금, 이 순간이 중요할 뿐 70년 전 과거사는 모두 헛것幻影에 지나지 않음을 깨우쳐 주고자 한 것이다. 인과에 떨어지는 것이나 인과에 어둡지 않은 것이나 표현은 다를 뿐 인과를 의식해 얽매이는 점에서는 큰 차이가 없다.

이 점을 백장의 제자 황벽이 지적했다는 이야기가 『무문관』

제2칙(「백장야호百丈野狐」)에 이어지거니와, 용담은 70년 전 과거사는 듣고 곧 잊으란 뜻으로 "지목행족智目行足 수범수제隨犯隨制"를 강조한다. 그것은 지혜롭게 수행하되 계율을 철저히 지켜 과거 인연 따위에 흔들리지 말라는 가르침으로, 용담의 평생 수행방식이었던 것이다.

석우가 내려가자, 여진과 용담은 서로를 위로하며 과거를 회상한다. 50년 전 용담은 젊은 젖어미를 위해 간혹 빗·머리핀 등 장신구나 찐만두, 카스텔라 같은 먹거리를 가져다주었는데, 그것은 어린 나이로 절의 젖어미로 들어와 젊은 시절을 보낸 여진에 대한 보은의 성격을 띤다. 그녀는 법명 대덕화大德華처럼, 한 생명을 온전히 보듬어 키워 반듯한 수행자로 길러낸 보살 같은 여인이다.

여진이 서울에서 준비해 온 커피와 케이크를 나눠 먹는 두 사람의 모습은 한 폭의 아름다운 그림을 연상시킨다. 석우에게 "지목행족智目行足 수범수제隨犯隨制"를 유언처럼 남기고, 여진의 케이크와 커피 공양을 받은 용담이 조용히 좌탈입망坐脫立亡하는 것으로 이 소설은 끝난다. 그것은 용담이 평생 올바른 지혜와 수행으로 용맹정진함으로써 마침내 한 소식 했다는 의미로 이해할 수 있다.

「불호사」「손님」 등 이상문의 불교소설이 70년 전 6·25를 서사의 주요 시간 배경으로 한 것은 단순한 우연처럼 보이지 않는다. 두 편의 소설은 좌우익 대립으로 절대적인 생존 위기에 처한 인물이 가까스로 살아남아 과거의 은혜를 갚고 자유인으로 거듭나는 이야기가 핵심 서사를 이룬다.「손님」의 최기원은 부친이 빨치산이었으나 구담 스님의 도움으로 가족이 생계를 이을 수 있었다는 사실을 뒤늦게 알고 미륵사를 찾아 빚을 갚는다. 석우는 불호사에서 태어나 부모가 누군지 모른 채 성실한 수행승으로 자유로운 삶을 살아간다. 입적을 예감한 용담이 석우에게 최소한의 출생 비밀을 알려주는 것은, 과거 인연에 얽매이지 말고 더욱 용맹정진하라는 가르침이다.

이들 소설은 우리 역사의 가장 쓰라린 비극 가운데 하나인 6·25가 "사람들 마음에 탄흔"으로 남아 지워질 수 없다는 사실을 새삼스럽게 일깨우는 것처럼 보인다. 하지만 이들 소설의 주제 의식은 그 탄흔의 상처를 헤집어 할퀴자는 게 아니라, 상처가 잘 아물어 덧나지 않게 치유하자는 것으로 수렴된다. 그러기 위해서는 과거 인연이나 은원관계에 집착할 게 아니라 현재의 삶에 충실하며 자기 성찰을 통해 정신의 자유를 누려야 한다.

한때 우리 소설에서는 해방 후 이념 갈등과 6·25를 다루면서 이념적 편향성을 강하게 드러낸 작품이 주류를 형성한 적이 있었다. 주지하다시피, 해방 후 이념 갈등과 6·25는 그 상처가 아물지 않고 현재까지 고통이 이어지는 한국 현대사의 최대 비극이다. 그럼에도 불구하고 최근 우리 문학계에서는 이 문제에 관심을 갖는 작가나 작품을 거의 찾아보기 어렵다. 좌우익 갈등과 6·25를 이념적 관점에서 접근하는 순간 편향성이 개입될 수밖에 없고, 이전 소설의 동어반복에서 크게 벗어나기 어렵다는 사실을 그들 모두 잘 인식하고 있기 때문이다. 더욱이 요즘 젊은 작가들에게 해방 후 좌우익 갈등과 6·25는 서적 등을 통해 습득하는 간접 체험일 테고, 그것들은 특정 이념의 관점에서 서술된 것이 대부분이어서 그들 또한 그 영향에서 자유롭기 쉽지 않다.

1947년에 태어난 이상문은, 해방 후의 참혹한 역사를 직접 목격하고 생생한 증언을 들었던 거의 마지막 세대에 속하는 작가다. 특정 역사적 사건을 직접 체험한 사람만이 그 사실을 가장 정확하게 증언할 수 있다고 말하는 것은 어폐가 있으나, 이상문은 당시 사건의 소설적 재현과 해결 방식을 나름대로 고민해 온 것 같다.

앞서 말했듯, 그의 등단작 「탄흔」은 월남전을 배경으로 하고 있지만 서사의 심층구조는 한국전쟁과의 대비에 놓여 있다. 그 밖에 그의 주목할 만한 작품이 대부분 자유와 생명 존중 사상을 주제로 한다는 점도 유의할 부분이다. 그는 자신의 첫 창작집 『살아나는 팔』 서문에서 "나는 자신이 소승小乘의 즐거움 속에만 빠져들지 않도록 경계하고 사람들이 사는 궁극적인 이유가 자유에 대한 갈망에 있으며, 작가란 이를 위해 어떤 형태든 소설로써 도움을 주어야 한다는 믿음을 갖고 있다"라고 피력한 바 있다.

요컨대, 그의 문학적 화두는 '자유'와 '생명 존중 사상'으로 요약할 수 있으며, 그 두 주제를 융합한 것이 불교적 방생 혹은 자비 사상이라 할 수 있다. 그런 점에서 「불호사」는 이상문의 이야기꾼적 기질이 무르익어 열매 맺은 가편佳篇이면서, 좌우익 갈등과 6·25로 발생한 우리 민족의 육체적·정신적 탄흔彈痕을 치유할 방법을 불교적 관점에서 제시한 문제적 작품이라 보아 크게 잘못이 아닐 터이다.